grafit

Die färöische Originalausgabe »Gráur Oktober« erschien 1994 bei
Menturnargrunnur Studentafelagsins, Tórshavn

Deutsche Erstausgabe

Chemnitzer Str. 31, D-44139 Dortmund
Internet: http://www.grafit.de
E-Mail: info@grafit.de

Umschlaggestaltung: Peter Bucker
unter Verwendung eines Fotos von Jan Ortgies
Druck und Bindearbeiten: CPI books, Leck
ISBN 978-3-89425-556-5
1. 2. 3. 4. 5. / 2009 2008 2007

Jógvan Isaksen

Option Färöer

Kriminalroman

Aus dem Dänischen von
Christel Hildebrandt

grafit

Der Autor

Jógvan Isaksen wurde 1950 in der färöischen Hauptstadt Tórshavn geboren und lehrt heute färöische Sprache und Literatur an der Universität von Kopenhagen.
Nach *Endstation Färöer* (Grafit 2006) ist *Option Färöer* der zweite Kriminalroman um den Journalisten Hannis Martinsson aus Tórshavn.

Einsam und kalt und grauer Oktober,
fern die Flügelschläge der Zugvögel bringen eine Botschaft
ob von Liebe, Gesang und Sonne, der Oktober herrscht,
es gibt keinen Schimmer, keine Hoffnung.
(J. H. O. Djurhuus)

Präludium

Henry Mancini. Der Nachrichtensprecher war sich ganz sicher, dass es Henry Mancini mit seinem Orchester war. Wenn der betagte Mitarbeiter aus dem Norden für die Mittagsmusik verantwortlich war, stand fast immer Mancini auf dem Programm. Nur falls er übermütiger Laune war, ertönte James Last im ganzen Land. Wenn seine Stimmung jedoch auf den Nullpunkt sank, gab es kein Pardon; klassische Musik bis zum Abwinken. Und sobald er Strawinsky auflegte, wussten alle: Es kamen schwere Zeiten. Dann schien es, als brächen die Mittagstische zusammen und alle Gespräche erstarben.

So hatte dieser Mann, der einen harten Dialekt sprach, die färöische Bevölkerung seit einem Menschenalter mit fester Hand gelenkt. Niemand konnte sich daran erinnern, dass es jemals anders gewesen war, und niemand rechnete damit, dass es sich je ändern würde. Die Mittagsmusik des Radiosenders war so gesetzmäßig wie das Wetter: Man konnte nichts daran ändern, sie lag außerhalb des menschlichen Einflusses.

Der Nachrichtensprecher saß am grünen Tisch und blätterte die Meldungen durch, die er gleich vorlesen sollte. Das Meiste waren Übersetzungen aus der dänischen Presseagentur, aber schließlich war die Redaktion unterbesetzt und es somit unmöglich, für jede Sendung originelle Nachrichten zu bekommen. Aber etwas Färöisches gab es doch. Ja, da. Ein Mann aus Eiði war 101 Jahr alt geworden und der Gemeinderat gab ein Fest. Das war doch eine gute Nachricht.

Der Werbeblock war länger als die Nachrichten, aber der Sender verdiente nun einmal gut damit, also durfte man sich nicht beschweren. Er stieß die Papiere zu einem ordentlichen Stapel mit schnurgeraden Kanten auf. Er hatte gern Ordnung in seinen Papieren und überhaupt um sich herum.

Er schaute auf das schwarze Mikrofon und die rote Lampe. Wenn die Lampe leuchtete, war er auf Sendung. Der Techniker auf der anderen Seite der großen Glasscheibe hob die Hand, bereit, sie fallen zu lassen, wenn die Uhr zwanzig Minuten nach zwölf zeigte. Die Leute regten sich ständig darüber auf, dass die Nachrichten nicht pünktlich begannen. Dieses Mal sollte es klappen.

Noch fünfzehn Sekunden, der Sprecher nahm einen Schluck Wasser, um seine Kehle zu säubern. Das Wasser hatte einen bitteren Geschmack und der Magen revoltierte, als es hinunterrann. Der Schmerz kam umgehend, sodass er sich über dem Tisch zusammenkrümmte und das Glas losließ, dessen Inhalt sich über die weißen Nachrichtenblätter ergoss.

Der Techniker schaute unverwandt auf die Uhr und sah nicht, was im Studio vor sich ging. Um Punkt zwanzig Minuten nach zwölf schaltete er das Mikrofon ein.

Der Sprecher hatte rasende Kopfschmerzen und ihm war speiübel. Er bekam keine Luft, stöhnte und keuchte, etwas erwürgte ihn.

Der Techniker und die färöische Bevölkerung hörten zunächst ein Röcheln und Stöhnen aus den Lautsprechern und dann das Geräusch eines Menschen, der sich übergibt.

Der Moderator lag über dem schmalen Tisch und umklammerte mit beiden Händen die gegenüberliegende Tischkante. Er war rot im Gesicht, und während sein Körper von Krämpfen geschüttelt wurde, öffnete und schloss er den Mund wie ein Fisch, der an Land geworfen worden war.

An einigen Mittagstischen blieben die Gabeln in der Luft stehen, aber nur für einen kurzen Moment, dann wurden die unappetitlichen Geräusche mit der Bemerkung beiseitegeschoben, dass er dieses Mal aber wirklich zu viel getrunken hätte. Jetzt war es allerhöchste Zeit, ihn zur Entziehungskur in die Klinik von Velbastaður zu schicken.

Als der Techniker ins Studio kam, lag der Körper des Nachrichtensprechers bewegungslos über dem Tisch. Nur die Arme, die herunterhingen, schaukelten leise hin und her. Und als der Techniker sich über das Gesicht mit den aufgerissenen Augen beugte, war ihm, als nehme er den Geruch von Mandeln wahr.

1

Der Rundfunkmitarbeiter Páll Hansen hatte in einem der hellroten Reihenhäuser in Berjabrekka gewohnt. Der Name an sich war ja nicht schlimm, aber es gab keinen Skandal und kein Unglück, das einer Baustelle zustoßen kann und das diese neuen Reihenhäuser nicht betroffen hätte. Wie üblich trug niemand die Schuld. Die Verantwortung wurde in einem ewigen Kreislauf von Pontius zu Pilatus und wieder zurück geschoben und die Besitzer der Häuser waren die Betrogenen.

Jetzt saß ich in meinem frisch erworbenen alten Volvo vor Hansens Haus und versuchte, mit mir selbst einig zu werden, inwieweit ich mich schämen müsste, wenn ich mich an Páll Hansens Witwe wenden würde, die Frau des früheren Journalisten beim färöischen Rundfunk.

Die Oktoberkälte kam langsam von den Bergen im Norden heruntergekrochen und harmonierte ausgezeichnet mit den Gefühlen, die in mir aufschwappten. Frierend und mit einer Antriebskraft, die nicht einmal die Zeiger einer Uhr bewegen würde, saß ich da und starrte vor mich hin. Ich dachte über existenzielle Fragen nach. Wo kommen wir her? Warum sind wir hier? Und wohin werden wir ziehen? Aber das dauerte nur einen kurzen Augenblick, denn ich kannte mich selbst gut genug, um zu wissen, dass sich, wenn ich einmal damit anfangen würde, an der Oberfläche der großen Fragen des Daseins zu kratzen, der Kater nur verschlimmern würde.

Ich schaute auf die Uhr. Kurz vor elf.

Am Samstagabend war ich in der Stadt gewesen, und den Sonntag hatte ich, wie so oft, im Bierclub vertan. Genau diese Handlungen begannen jetzt, meine Gedanken zu dominieren.

Aber dabei konnte ich nicht stehen bleiben und mit meiner reichhaltigen Erfahrung als Therapeut konnte ich die diversen Katzentiere beiseiteschieben.

Montagmorgen, kalt, bewölkt, aber trocken.

Páll Hansen war vor vierzehn Tagen vor eingeschaltetem Mikrofon gestorben. Das ganze Land war in heller Aufregung gewesen. Schließlich geschah es nicht alle Tage, dass man bei einem Mord zuhörte. Diese unangenehme Begebenheit verschaffte den Leuten einen wohligen Schauer. Endlich gab es etwas, was man gemeinsam hatte, und wenn die Leute zusammenkamen, war oft die Rede davon, was sie sich gedacht hatten, als sie die merkwürdigen Geräusche im Radio hörten.

Die Polizei stand vor einem Rätsel.

Mein Freund beim Kriminalkommissariat, Karl Olsen, hatte mir erzählt, dass der Sprecher mit Blausäure vergiftet worden war. Dass sie keine Ahnung hatten, wie diese ins Glas gekommen war oder wer sie dort hineingekippt hatte. Auf den Fluren des Senders liefen ständig Leute hin und her, deshalb mussten viele Verhöre durchgeführt werden. Mehr bekam ich nicht aus ihm heraus. Ich hatte auch das Gefühl, dass die Polizei gar nicht mehr wusste.

Meine Gründe herumzuschnüffeln waren ganz persönlicher Natur. Vor zwei Monaten war ich nach langer Zeit im Ausland wieder zurück auf die Färöer gezogen. Ich arbeitete als Freelancer beim *Blaðið* und wurde nach dem Stoff bezahlt, den ich ablieferte. Aus Themen, über die andere viel besser als ich Bescheid wussten, konnte ich nichts herausholen, aber wenn es sich um einen Mord handelte, bei dem die Polizei im Dunkeln tappte, hatte ich die gleichen Chancen wie alle anderen. Das bildete ich mir jedenfalls ein.

Im Übrigen hatte ich Páll gekannt, vor ungefähr fünfzehn Jahren besuchten wir gemeinsam die Journalistenhochschule in Århus.

Der Unterschied zwischen uns beiden, abgesehen von den drei Jahren, die Páll jünger war, bestand darin, dass er seine Ausbildung beendete, was ich nicht tat. Seitdem hatte ich mich in großen Teilen der Welt herumgetrieben, während Páll versucht hatte, sich in der färöischen Gesellschaft hochzuarbeiten.

Ich stieg aus dem Auto und ging zu einer Tür, an der ein selbst gemachtes hellblaues Porzellanschild sagte, dass hier Kirstin und Páll Hansen wohnten.

Ich drückte auf den Klingelknopf und hörte es im Haus klingeln.

Eine ganze Weile geschah gar nichts und ich wollte es gerade noch einmal versuchen, als die Tür einen Spalt breit geöffnet wurde.

Zwei erschrockene graue Augen schauten zu mir heraus.

»Wer sind Sie?«, fragte eine zitternde Stimme.

»Mein Name ist Hannis Martinsson, ich habe Páll gekannt.« Ich hielt es nicht für angebracht, schon jetzt das *Blaðið* zu erwähnen.

Der Türspalt wurde ein wenig größer und ich sah eine schmächtige Frau in den Dreißigern. Das glatte Haar hing strähnig und leblos herunter und die Ohren stachen dazwischen hervor. Das Weiße in ihren Augen war hellrot, das Gesicht streifig von Tränen. Der geblümte Kittel sah aus, als sei er seit einer Woche nicht gewaschen worden. Die ganze Erscheinung wirkte verwahrlost und erzählte davon, wie schnell jemand von einem gestandenen Mitglied der Gesellschaft zum Verlierer werden kann.

»Ich weiß nicht …«, kam es zögernd aus dem erschrockenen Gesicht, aber sie schloss die Tür nicht.

»Páll und ich haben zusammen in Århus studiert, vielleicht kann ich irgendwie helfen?«

Kirstin Hansen starrte eine Weile mit leerem Blick vor sich hin, dann drehte sie sich um und verschwand im Haus. Die Tür blieb offen und ich nahm das als Zeichen, dass ich hereinkommen durfte.

Im Eingang standen einige Paar Schuhe, darunter auch Kinderschuhe, aber sonst war der Flur leer. Im Wohnzimmer hatte Kirstin Hansen sich auf ein großes, braunes Cordsofa gesetzt, das zusammen mit zwei Sesseln mit dem gleichen Bezug das gesamte Mobiliar des Wohnzimmers ausmachte. Die Wände waren frisch gestrichen, weiß, und es waren noch keine Gardinen aufgehängt.

Die blasse Frau wirkte vollkommen verloren in dem leeren Wohnzimmer und man hatte den Eindruck, dass hier der einsamste Mensch der Welt saß.

Und das war sie vielleicht ja wirklich, aber das war nicht meine Sache.

»Hat Páll mich nie erwähnt?«, fragte ich, nur um ein Gespräch in Gang zu bekommen.

»Nein«, erklang es fern und abwesend. »Nein, ich glaube nicht, ich weiß nicht«, fügte sie gedämpft hinzu, sodass ich kaum die Worte verstand.

»Du weißt nicht, ob er Feinde oder etwas in der Richtung hatte?«

Jetzt kam die Frau auf dem Sofa im Zimmer an, sie streckte ihren Rücken und ihre grauen Augen drückten mit einem Mal Trotz und Wut aus.

»Ich habe es der Polizei mindestens fünfzig Mal gesagt: Páll hatte keine Feinde. Jedenfalls keine, die man so nennen könnte. Alle mochten ihn und er war doch erst sechsunddreißig Jahre alt. Was soll jetzt aus mir und unserer kleinen Tochter werden? Wir sind gerade erst eingezogen, wie soll ich das schaffen? Mein Gehalt reicht nicht mal für die Miete.« Sie schaute sich um, als suche sie eine Antwort.

Wenn sie eine Antwort auf ihre Frage erwartete, hatte sie sich nicht den richtigen Gesprächspartner ausgesucht. Ich war Weltmeister darin, keine Antworten auf welche Fragen auch immer zu haben.

»Was willst du? Warum bist du hergekommen?«, fragte Kirstin Hansen mit einer Stimme, die sich anhörte, als würde sie ihre letzten Kräfte mobilisieren.

»Ich möchte einfach herausfinden, wer Páll ermordet hat. Wenn er nicht Selbstmord begangen hat – es gibt Leute bei der Polizei, die das glauben.«

»Páll wäre nie auf die Idee gekommen, Selbstmord zu begehen.« Jetzt blitzten ihre Augen auf, und die Kraft, die die Frau auf dem Sofa nun ausstrahlte, zeigte, dass sie es mit der Zeit schaffen würde. Sie war stärker, als sie jetzt erschien. »Páll liebte uns viel zu sehr, als dass er so etwas hätte tun können. Der Gedanke ist ... wahnsinnig«, fast zischte sie es.

»Ich wollte dich nicht verletzen. Ich habe nur die Möglichkeiten erwähnt, die infrage kommen. Hat Páll die ganze Zeit beim Rundfunk gearbeitet, seit er zurückgekommen ist?«, beeilte ich mich hinzuzufügen, bevor sie mit neuen Protesten aufwarten konnte.

Sie schwieg eine Weile.

»Wir sind erst seit drei Jahren wieder auf den Färöern und die ersten beiden Jahre hat Páll bei Gaia International gearbeitet. Als die Pleite machten, ist er zum Rundfunk gegangen.« Sie schaute vor sich auf den Boden. »Er hätte nie für diese Kerle von Gaia arbeiten sollen, das habe ich ihm so oft gesagt, aber das Gehalt war dort deutlich höher. Nur – was nützt das, wenn es nie ausbezahlt wird? Im letzten halben Jahr haben wir nicht eine einzige Öre gekriegt. Die Direktoren haben Páll alles Mögliche versprochen und er war ja so gutgläubig ... Jetzt hatten wir endlich alles geregelt, und nun das ... Mein Leben ist eine Hölle, eine Hölle, eine Hölle ...«, murmelte sie vor sich hin.

Es gab keinen Grund, sie weiter zu quälen, also stand ich auf, verabschiedete mich und ging leise meiner Wege.

2

Während ich in die Stadt fuhr, dachte ich über Gaia International nach. Wie in allen unseren Nachbarländern jammert auch bei uns das Volk über die hohen Steuern.

Und genau dieses Gejammer hatte die Gesellschaft Gaia ausgenutzt.

Man konnte soundso viele Anteile an einem Tanker kaufen, brauchte auch nur eine kleine Anzahlung zu leisten, bekam aber den größten Teil der Steuergutschrift sofort. Der Rest konnte nach und nach bezahlt werden, aber die Werbeanzeigen versprachen, dass die Frachtschiffe große Gewinne erbringen würden, mit denen man die Anteile dann bezahlen konnte.

Die Gesellschaft erbrachte tatsächlich einen großen Überschuss, aber nur den Männern, die hinter Gaia International standen.

Der Ölfrachtmarkt lief schlecht und die Schiffe machten reichlich Defizite. Die mussten von den Anteilseignern ausgeglichen werden, während die Muttergesellschaft gleichzeitig noch zwanzig Prozent aller Einlagen für die Verwaltung brauchte. Ob es gut oder schlecht lief, konnte Gaia eigentlich egal sein, sie kassierten auf jeden Fall ihren Teil.

Hinzu kam, dass die Schiffe mit sechzig, siebzig Prozent Staatsgarantie gebaut worden waren. Als es also zur Zwangsversteigerung kam – was viele bereits von Anfang an prophezeit hatten –, saßen das Land und die Anteilseigner mit ihrem Jammer da.

Es war ein Riesenskandal gewesen und hatte mehrere Gerichtsverfahren gegeben. Aber es war nie bewiesen worden, dass die Gesellschaft irgendetwas Ungesetzliches getan hatte. Dass es moralisch verwerflich war, Menschen dazu zu verlocken, ihre Spargroschen auf dieses riskante Spiel zu setzen, daran gab es für viele keinen Zweifel. Die Kommentare der Presse waren scharf gewesen und die Urteile, die gesprochen worden waren, nicht gerade mild. Aber die Zeitungsleute wurden von der Staatsanwaltschaft gebremst.

Páll Hansen hatte also bei Gaia gearbeitet und schlechte Erfahrungen gemacht. Einiges von dem, was die Zeitungen über die Sache geschrieben hatten, hatte ich noch im Gedächtnis, aber zu der Zeit war ich viel herumgereist, sodass ich nicht alle Details mitbekommen hatte. Immerhin konnte ich mich noch schwach daran erinnern, dass der Direktor das Land verlassen hatte und sich später herausstellte, dass er nur dem Namen nach Direktor war. Wer wirklich hinter der Gesellschaft stand und die Fäden zog, das wurde nie geklärt.

Das war ja auch eigentlich ganz gleich. Das dahingeschiedene Gaia-Unternehmen und die Steuerspekulationen hatten wohl kaum etwas mit Pálls Tod zu tun.

Seine Frau wusste nichts, die Polizei wusste nichts und ich wusste auch nichts. Die Dreieinigkeit der Unwissenheit. Aber irgendwo saß einer, der etwas wusste, und diesen Mann musste ich suchen. Oder diese Frau. Es hieß ja, dass Gift eine Frauenwaffe sei, aber in diesen Zeiten der Gleichstellung konnte man nie wissen. Männer brachten Frauen mit Gift um, während Frauen dafür die Männer mit Jagdgewehren durchlöcherten.

Wie viele andere stellte ich den Wagen in der Fußgängerzone im Zentrum ab und ging in die Konditorei, um zu Mittag zu essen. Meine Mahlzeit bestand aus zwei Scheiben Weißbrot und einer Kanne Kaffee. Während ich aß, blätterte ich die Zeitungen durch und hörte die Nachrichten im Radio. Alles war wie gehabt, Zeitungen wie Rundfunk.

Nach den Nachrichten, als die Musik wieder das fast vollständig besetzte Lokal durchströmte, schaute ich mich diesseits und jenseits des Fensters ein wenig um. Um diese Zeit gab es draußen nicht besonders viel zu sehen und in der Konditorei gehörten die meisten Gesichter zu Stammgästen, die hier regelmäßig verkehrten.

Ein paar ältere Männer, die sich jeden Tag in der Mittagspause trafen. Geschäftsleute und Unternehmer, die einander schnell über irgendetwas informieren mussten, bevor das nächste Treffen von Rotary oder Lions stattfand. Alle trugen sie graue Anzüge; die Grauschattierung der Anzüge wechselte mit den Jahreszeiten. Goldene Abzeichen blinkten auf den Revers.

Und dann waren da die Junggesellen, von den Dreißigern aufwärts bis ins Pensionsalter. Sie waren nicht so gut gekleidet wie die Direktoren, trugen oft ihre Arbeitskleidung, aber einige auch Anzüge, die jedoch selten frisch gebügelt waren. Wenn man diese Herren näher betrachtete, wurde deutlich, dass das Hemd auch nicht den ersten Tag in Gebrauch war.

Einige verheiratete Männer im besten Alter wurden während der Mittagspause ebenfalls regelmäßig in der Konditorei gesehen. Das waren Männer, denen nicht im Traum einfallen würde, ihre Frauen irgendetwas zu fragen oder ihnen irgendetwas zu erzählen. Sie taten, was sie wollten. Sie waren nach der letzten Mode gekleidet, und wenn man unter die Tische guckte, konnte man feststellen, dass ihre Schuhe frisch geputzt waren. Sie dachten nicht an ihre Ehefrau, sondern an das Mädchen, das sie als Nächstes verführen wollten. Diese Männer waren oftmals Vertreter, Handelsreisende oder Geschäftsleute, die mit dem Allerneuesten vom Neuen handelten. Sie blieben nur selten lange an einem Ort, lebten ein abwechslungsreiches Leben, und es schien immer, als würden sie ökonomisch keine Sorgen haben.

Abgesehen von den Kellnerinnen waren fast keine Frauen zu sehen. Ausgenommen eine Gruppe Schulmädchen und hier und da eine Frau, die von einem der männlichen Gäste mitgebracht worden war. In der Mittagspause waren die Männer absolut in der Überzahl. Zu anderen Tageszeiten war es gerechter verteilt.

»Was starrst du denn so vor dich hin?«, donnerte ein Orkan von einer Stimme über meinem Kopf, und als ich gleichzeitig einen kräftigen Schlag auf die Schulter bekam, hatte ich keinen Zweifel mehr, wer der Neuankömmling war.

Es war Haraldur, der Wirt des *Eyskarið,* der im blauen Overall dastand und auf mich herabschaute. Er war ein breitschultriger, kräftiger Mann von Ende vierzig mit einem rotbäckigen Gesicht und Augen, die wie gefrorenes Wasser funkelten. Dunkles Haar und ein Bart, in dem einzelne graue Haare zu finden waren, umrahmten sein Gesicht.

»Ich suche Antwort auf die tiefsten Geheimnisse des Lebens«, erklärte ich ironisch.

»Na, dann bist du hier ja an der richtigen Stelle«, nickte Haraldur und ließ sich von oben auf einen Stuhl fallen.

»Die Konditorei bietet dir ein komplettes Abbild des Lebens, dargestellt als eine eintönige Wüstendurchquerung, bei der sich wie die Jahreszeiten alles wiederholt.«

Ich warf ihm einen Blick über den Tisch zu. Er kugelte sich vor Lachen.

»So drückt ihr Journalisten euch doch immer aus, wenn ihr einen Leitartikel schreibt, oder?« Er erstickte fast an seinem Lachen.

Ich antwortete nicht, schaute nur auf die Sverrisgøta hinaus. Keine Menschenseele.

»Immer mit der Ruhe, nun sei mal nicht beleidigt. Wenn ich es nicht besser wüsste, würde ich denken, deine Frau hat dich verprügelt. Aber Duruta ist immer noch in Dänemark, oder?«

Ich nickte. Ja, Duruta war in Dänemark und das ließ meine Laune nicht gerade besser werden. Duruta und ich waren seit ein paar Monaten zusammen und jetzt machte sie einen Kursus an der Polizeischule in Kopenhagen. Sie war nämlich Polizistin. Sie würde erst zu Weihnachten wieder zurückkommen.

»Hast du nichts anderes im Kopf als Selbstmitleid?« Haraldurs Stimme klang immer noch spöttisch, aber ich hörte eine Spur Ungeduld heraus.

»Ich denke nicht an Duruta. Und was das Selbstmitleid angeht, so solltest du mich besser kennen.«

»Ja, ja. Aber wie du hier sitzt, siehst du aus wie ein zerlegter Dorsch mit Seeteufelvisage, also muss was los sein.«

»Ich weiß nicht. Vielleicht ist es das Wetter ... Und dann die Sache mit Páll Hansen. Ich war bei seiner Witwe, aber da habe ich nichts rausgekriegt. Heulen und Zähneklappern. Doch, etwas habe ich erfahren. Páll hat eine Zeit lang für Gaia International gearbeitet, aber das hat sicher nichts mit seinem Tod zu tun.«

»Nee, sicher nicht«, stimmte Haraldur geistesabwesend zu.

»Weißt du was über Gaia International?«, fragte ich.

»Wie bitte, über Gaia?« Haraldur warf den Kopf nach hinten und war wieder voll da. »Nein, nicht viel. Es stand damals eine ganze Menge in der Zeitung, aber ich habe nicht alles gelesen. Wenn man so blöd und gierig ist, in ein Schiff zu investieren, nur um Steuern zu sparen, darf man meinetwegen gern Bankrott gehen. Das nenne ich selbst schuld.«

»Und was ist mit den staatlichen Zuschüssen? Schließlich müssen du und ich dafür geradestehen.«

»Ja, aber ist es nicht immer so? Ich meine, wenn es um Bestechung und Vetternwirtschaft geht, da könnten unsere Politiker noch die sizilianische Mafia beraten.« Haraldur breitete die Arme aus, als wolle er das ganze Lokal umarmen. »Aber weißt du was, lass uns zum Fischen rausfahren. In anderthalb Stunden ist Gezeitenwechsel. Wenn wir wollen, dann jetzt.«

3

»Verflucht, du fasst den Fisch an, als wäre er eine kränkelnde Jungfrau.« Haraldur klemmte seine Angel fest und nahm mir den Schellfisch ab. »Hier, so geht das!«

Er griff mit einem Finger ins Auge, mit dem anderen hinter die Kiemen und dann schnitt er. Er machte das mit einer einzigen Handbewegung, dann warf er den Fisch zu den etwa zwanzig Dorschen und Schellfischen, die wir bereits gefangen hatten. Ein Lengfisch befand sich auch in dem Haufen.

Wir hatten verschiedene Stellen ausprobiert. Wir waren bei Borðan gewesen, um einen Platz zwischen Holið und Kirkjubønes zu finden, doch die Ausbeute war mager. Nur zwei Fische unter der Mindestgröße, die wir wieder ins Wasser warfen; das war alles. Dieser großartige Fang kostete uns zwei Haken, die an dem schorfigen Meeresboden hängen geblieben waren.

Aber jetzt waren wir hier und warfen unsere Angeln aus, was das Zeug hielt. Wir brauchten den Köder nur auf den Grund sinken zu lassen und wieder raufzuziehen. Mehrere Male hatten wir zwei, drei Fische dran. Sie schluckten die

Haken und die Köder, ohne zu zögern. So macht das Angeln wirklich Spaß.

Die Stelle war nicht unbekannt. Einige hundert Meter vom Land entfernt in gerader Linie zwischen der Spitze von Kirkjubønes und Glyvursnes. Man wusste nur nie, wann es sich bezahlt machte, es hier zu versuchen.

Eine Viertelstunde später war Schluss mit dem Fangglück. Wir fuhren zurück und versuchten es noch einmal, aber der Fisch war weg, also fuhren wir heim.

Nachdem wir die *Rani II* in Bakki festgemacht hatten, lud Haraldur mich zu sich ein, damit wir frischen, gekochten Dorsch und Leber zum Abend essen konnten. Er erwähnte auch, dass er Bier und Schnaps im Haus hatte.

Wie die meisten Bewohner der Färöer aßen wir bei laufendem Radio und hörten schweigend die Nachrichten. Eine alte Tradition. Neben den üblichen Berichten über das Elend im Lande und in der Welt war Hauptthema ein Banküberfall oben im Norden, bei Streym. Die Diebe waren durch ein Fenster eingestiegen, und da es keine Alarmanlage gab, konnten sie in aller Seelenruhe den Tresor mit einem Schneidbrenner aufschweißen und sich mit zwei Millionen Kronen wieder davonmachen.

Aus einem Gespräch mit dem Bankdirektor ging hervor, dass man am Sicherheitssystem gespart habe, man jetzt aber in allen Abteilungen Alarmanlagen installieren wolle. Hier hätte ein gewisses Sprichwort gut gepasst, aber der Interviewer meinte vielleicht, dass man lieber kein Salz in die Wunde streuen sollte, deshalb begnügte er sich damit, das Mikrofon zu halten und zu schweigen.

Am Nachmittag hatte man einen jüngeren Mann, einen alten Bekannten der Polizei, aufgegriffen, der am folgenden Morgen dem Richter vorgeführt werden sollte.

»Das hätten wir sein sollen, was?« Haraldur hob sein

Schnapsglas: »Prost!« Er leerte es in einem Zug, und auch ich folgte der Landessitte.

»Nein, der Meinung bin ich nicht«, erklärte ich, nachdem der scharfe Nachgeschmack vom Schnaps verschwunden war. »Diese Art von Diebstahl zahlt sich nicht aus. Die Diebe werden fast immer geschnappt, zum einen, weil sie sich dumm anstellen, zum anderen, weil die Gesellschaft alles daransetzt, die Täter zu finden. Wenn du es dagegen wie Gaia machst, dann musst du schon unwahrscheinliches Pech haben, falls überhaupt jemand herausfindet, was da eigentlich vorgegangen ist, und einen Prozess anstrengt. Und wenn es tatsächlich zu einer Anklage kommt und die Staatsanwaltschaft den Prozess gewinnt, dann gibt es einfach nichts zu holen. Die GmbH oder die AG ist Konkurs gegangen. Der Gewinn liegt weit über dem, was du dir bei einem Bankraub jemals beschaffen kannst.«

»Du und deine Gaia.« Haraldur schenkte die Gläser voll. »Geld, Geld, Geld … Die Leute reden über nichts anderes mehr. Ja, ja, ich weiß nur zu gut, wie es um das Land steht, aber deshalb müssen wir doch nicht die ganze Zeit nur über Geld reden. Wir sind doch keine Dänen!«

Er prostete mir zu und trank und das Gleiche tat ich. Jetzt war es langsam an der Zeit, dafür zu sorgen, dass der Montag nicht fließend ins Wochenende überging. Noch ein paar Schnäpse, und Haraldur und ich würden im *Eyskarið* enden, in dem wir beide Mitglied waren – das war so sicher wie das Amen in der Kirche.

Der *Eyskarið* war eigentlich im Sommer bei einem Versuch, mich umzubringen, bis auf die Mauern niedergebrannt, aber während ein neues, schöneres Haus gebaut wurde, war man bei *Strond* untergekommen. Haraldur war der Wirt des alten *Eyskarið* gewesen und auch jetzt noch beteiligt, obwohl er nicht mehr so stark im Club engagiert war wie früher. Er hatte angefangen, mit der *Rani II* auf Fischfang zu gehen – dass die erste *Rani* auf dem Grund des Meeres landete, daran hatte ich auch meinen Anteil. Ich wusste, dass Haraldur zeitweise unten in Vágsbotnur Fisch verkaufte, aber viel brachte das nicht. Auch wenn die Fische ausgenommen und gesäubert waren, gaben die Leute lieber das Doppelte aus für ein Filet aus irgendeiner Tiefkühltruhe in der Stadt. Das Essen sollte die heutigen so zartbesaiteten Färinger möglichst nicht daran erinnern, wo es herkam. Man wollte es lieber in Plastik eingepackt haben, denn dann sah es ausländischer Ware ähnlich.

Bei Haraldur zu Hause gab es nicht besonders viel, was an das Plastikzeitalter erinnerte. In dem alten Haus auf Reyni war es ziemlich unordentlich, und das war es eigentlich immer, aber es war eine sehr gemütliche Unordnung. Einige Kleidungsstücke waren nicht an Ort und Stelle gehängt – Haraldur war Junggeselle –, aber ansonsten war das Wohnzimmer von seinen Interessen geprägt: Bögen und Bleilote für Angelschnüre – Haraldur goss sie selbst –, ein zerlegtes Jagdgewehr auf dem Couchtisch und auf dem Schreibtisch am Fenster große Aufstellungen für Ahnentafeln.

Ahnenforschung beherrschte das Land wie ein Albtraum und niemand konnte mit erhobenem Haupte herumlaufen, wenn er nicht seine Verwandtschaft mit Heini Havreki oder irgendeinem norwegischen Bischof bewiesen hatte. Nólsoyar-Páll war ein fester Orientierungspunkt in der Ahnenforschung, und das nicht nur für Familien aus Kirkjubø. Die Beharrlichsten hatten sowohl Egil Skallagrimsson als auch König Sverre auf ihrer Seite.

Ich hatte nichts dagegen, dass Haraldur von dieser schrecklichen Seuche befallen war, denn so hatte ich etwas, womit ich ihn ärgern konnte. Ich fragte ihn gern, ob es denn wahr sei, dass er vom Skopper Hansen abstamme, oder ob seine ganze Familie nicht eher türkischer Abstammung sei. Die Schimpfworte, die er mir daraufhin an den Kopf warf, waren eine reichliche Belohnung. Und ich würde mich hüten, ihm ein Wort davon zu erzählen, dass ich Dokumente besaß, die bewiesen, dass ich in direkter Linie vom Kreuzritter und Kirchenwüterer Hans Tausen abstammte.

4

Am Dienstagmorgen um acht Uhr stand ich vor dem Gerichtsgebäude in der Nólsoyar Pálsgøta und wartete darauf, dass sich die Türen zum richterlichen Verhör öffnen würden. Ich war gespannt, den jungen Mann zu sehen, der es fertiggebracht hatte, zwei Millionen aus einer Bank zu stehlen. Wenn er das allein geschafft hatte, dann hatte er es gut hingekriegt.

Die Sonne versuchte, sich durchzusetzen, aber es war noch zu früh am Morgen und deshalb ging ich ein wenig auf und ab, um nicht zu frieren. Der senfgelbe Betonkasten war weder schön noch anziehend, hatte aber diese gewollte Würde, die die Leute dazu bringen soll, sich klein wie die Ameisen zu fühlen.

Ich war am Abend zuvor nicht mehr mit Haraldur in den *Eyskarið* gegangen. Ich war in meine Kellerwohnung in der Jóannes Paturssonargøta gegangen und hatte kurz vor Mitternacht wie ein Ausbund der Tugend allein in meinem Bett gelegen.

Um halb neun war immer noch nichts geschehen und ich kam mir etwas albern vor, wie ich da vor dem geschlossenen Gerichtsgebäude herumlief. Normalerweise waren die richterlichen Verhöre immer früh am Morgen, aber das konnte in diesem Fall ja geändert worden sein.

Um zehn Minuten vor neun wärmte die Sonne so sehr, dass es zu spüren war. Zwei Journalisten kamen durch die Gasse beim *Havnar Klubbi* heran. Sie waren deutlich jünger als ich, ungefähr Mitte zwanzig, und eigentlich repräsentierten sie zwei entgegengesetzte Richtungen. Der eine war von der Kirchenzeitung, der andere vom Republikanerblatt, und in ihren Artikeln ließen sie kein gutes Haar am anderen, aber in Bierclubs und anderenorts waren die beiden die besten Freunde. Beide trugen die färöische Nationaltracht: schwarze Lederjacke und blaue Jeans, aber der Blonde war einen Kopf größer als der Dunkle.

»Na, willst du gerichtlich etwas eintragen lassen?«, fragte der Blonde und grinste ironisch durch sein Kassenbrillengestell.

»Wieso?«

»Weiß ich doch nicht. Aber wenn Leute vorm Grundbuchamt warten, bevor es aufmacht, dann haben sie doch wohl etwas auf dem Herzen, oder?«

»Vielleicht hat er ja in eine Aktiengesellschaft eingeheiratet, wer weiß?« Der Dunkle mischte sich ein.

»Nein, das kann nicht sein. Weißt du denn nicht, dass er mit Duruta Danielsen zusammen ist? Dann heiratet er eher irgendwann ins Polizeipräsidium ein.« Sie lachten und gingen um die Ecke in die C. Pløyensgøta.

Woher sollte ich wissen, wo man ins Gerichtsgebäude hineinkam? Als ich in Tórshavn aufwuchs, musste man die Treppen in der Nólsoyar Pálsgøta hinauf, aber das ist natürlich schon ziemlich lange her; vielleicht sollte ich sogar gerührt sein, dass das Haus immer noch als Gerichtsgebäude diente. Ich ging den beiden Scherzbolden hinterher.

Der dunkle, schmächtige Typ – ich wusste, dass er Christian hieß – stand in der Türöffnung und sprach mit irgendjemandem drinnen.

»Es sieht nicht so aus, als ob es ein Verhör gäbe«, rief der Blonde mir zu. Ich ging zu ihm.

»Warum nicht?«

»Das weiß ich nicht. Christian versucht, etwas herauszukriegen, aber selbst er scheitert damit manchmal.«

Im selben Moment zog sich Christian von der Tür zurück und sie wurde geschlossen.

Er schaute nachdenklich in die Luft. »Hier stimmt was nicht«, sagte er wie zu sich selbst. Er blieb einen Augenblick brummend stehen und wippte auf den Fußspitzen. »Kommt, wir gehen zum Polizeipräsidium rüber«, sagte er plötzlich, drehte sich um und ging Richtung Krókabrekka.

Der Blonde und ich folgten ihm.

»Die wollten einfach nichts sagen, überhaupt nichts, und das sieht ihnen gar nicht ähnlich.« Christian redete, während er weitereilte. »Sonst sind sie nicht so geizig mit ihren Informationen, aber in diesem Fall muss ihnen jemand einen Maulkorb verpasst haben, und zwar einen ziemlich engmaschigen.«

Wer weiß, was geschehen ist!

5

Bei der Polizei rückten sie nur ungern mit Informationen heraus, aber das war nichts Besonderes. Christian und Jákup, der Blonde, stritten sich eine Weile mit einem jungen Polizeibeamten und brachten ihn schließlich dazu, den Kriminalkommissar zu holen, Piddi í Ústistova.

Auf diese Begegnung freute ich mich nicht. Man konnte nicht behaupten, dass wir Freunde wären, Piddi und ich, und er hatte mich mehr als einmal als eine Gefahr für anständige Menschen bezeichnet. Aber Pressekonferenzen im Polizeipräsidium in der Jónas Broncksgøta waren nun mal ein Teil meiner Arbeit, deshalb überhörte ich der Einfachheit halber seine Kommentare über meinen schlechten Einfluss auf die Allgemeinheit.

Piddi war in den Fünfzigern, er war grau, mager und hatte ein lebhaftes Temperament, wie viele von Suðuroy. Die Pfeife, mit der er gern herumwedelte, wenn er sich ereiferte oder wütend war, steckte in seinem Mund, als er zu uns herauskam.

»Hört auf, hier draußen herumzugrölen, kommt lieber in mein Büro.« Er ging vor uns über den Flur und blieb an einer offenen Tür stehen: »Bitte schön, *gentlemen of the press.*« Seine übertrieben höfliche Handbewegung zeigte besser als viele Worte, was er von uns als ›gentlemen‹ hielt.

Als Christian an Piddi vorbeiging, kam es leise, aber deutlich vom Kriminalkommissar: *»Dieser verfluchte Alb, der den Färinger tötete – es war das Stinktier* … Die letzten Worte kannst du selbst ergänzen.«

Gab es etwa noch andere außer mir, die er nicht ausstehen konnte? Ich hatte kaum den Gedanken zu Ende gedacht, als Christian erwiderte: *»Mein Land hat ein Rabengeschlecht großgezogen – das am liebsten des Nachts ausfliegt.«*

»Was willst du damit sagen?«, fragte Piddi wütend.

»Das Gleiche wie du mit deinem Pól F. Joensen«, erwiderte Christian ironisch.

Piddi war an seinen Schreibtisch getreten und blätterte dort in einigen Papieren. Wir setzten uns auf Klappstühle, die an der Wand lehnten. Einen Augenblick lang war es still. Die einzigen Geräusche, die wir hörten, kamen vom Flur.

Piddi räusperte sich. »Ich habe euch nicht hier hereingebeten, damit ihr Gedichte rezitiert …«

»Du hast damit angefangen«, unterbrach Christian ihn.

Der Wutausbruch ließ nicht lange auf sich warten. »Wenn

du nicht die Klappe hältst, und zwar sofort, fliegst du raus und wirst nie wieder deine Füße hier reinsetzen!«

Christian schwieg und starrte zu Boden. Er war es nicht gewohnt, dass man ihm über den Mund fuhr, deshalb brauchte er sicher alle Selbstbeherrschung, nichts zu erwidern. Jákup dagegen grinste, bis Piddi ihm einen Blick zuwarf. Ich selbst versuchte nach Kräften, so zu tun, als wäre ich gar nicht da.

»Warum sitzt du so da?« Piddi starrte mir direkt in die Augen.

»Ich habe kein Wort gesagt«, erklärte ich, hatte aber gleichzeitig ein schlechtes Gewissen. So wirkt die Obrigkeit auf die Meisten.

»Genau das kann ich nicht ausstehen, das bedeutet nämlich, dass du irgendwas ausheckst.«

Jetzt begann Piddi, die Papiere auf seinem Schreibtisch neu zu sortieren. Das Oberste kam zuunterst, und was links lag, wurde auf die andere Seite gelegt und umgekehrt. Es war offensichtlich, dass er Zeit schinden wollte.

Die Repräsentanten der Presse schwiegen.

»Petur Kári Magnussen ist tot«, sagte er schließlich. »Wir haben ihn heute Morgen gefunden, in der Zelle erhängt.« Piddi machte mit beiden Händen eine abwehrende Bewegung, um uns zu stoppen. »Es hat gar keinen Sinn, Fragen zu stellen, denn mehr werdet ihr nicht erfahren.« Er ließ seinen Blick von links nach rechts schweifen und sah uns einzeln an.

»Aber ihr könnt doch die Sache nicht einfach abschließen.« Das war natürlich Christian.

»Doch, das können wir und das werden wir auch tun, und wenn du uns in irgendeiner Weise daran hindern willst, dann werde ich dich persönlich festnehmen und einsperren wegen Behinderung der Polizeiarbeit.«

Christian öffnete seinen Mund und wollte etwas sagen, schluckte es dann aber doch lieber runter. Aber ich sah, dass er sich Notizen machten, also war er offenbar der Meinung, er müsste einer Sache nachgehen.

»Petur Kári Magnussen hat zweifellos den Banküberfall von Streym begangen und er hat sich heute Nacht in seiner Zelle aufgehängt. Warum man ihm nicht den Gürtel abgenommen hat, weiß ich nicht, aber das wird noch untersucht.« Piddi ging zur Tür und öffnete sie: »Wir sind mit Arbeit überlastet, da passieren Fehler. Auf Wiedersehen, meine Herren!«

Wir gingen und die Tür wurde sorgfältig hinter uns geschlossen.

Etwas Gutes konnte man dennoch über diesen Besuch sagen: Piddis Pfeife hatte die ganze Zeit auf dem Tisch gelegen, so waren wir der Gefahr entgangen, im Tabakrauch zu ersticken.

»Und was jetzt?« Jákup schaute Christian fragend an. »Du willst dieses Arschloch doch nicht so einfach davonkommen lassen. Übrigens, das Pól-F.-Zitat, auf deine Zeitung bezogen, das war nicht schlecht.«

»Halt die Klappe! Ist mir doch scheißegal, was Pól F. geschrieben hat! Hier passiert etwas, wovon wir nichts mitkriegen sollen.« Er ging langsam neben Jákup zum Ausgang. Die beiden Kumpel.

Ich wartete, bis sie gegangen waren, danach ging ich in Karl Olsens Büro.

Karl hatte die Beine auf den Tisch gelegt. Er hatte schütteres Haar, braune Augen, war umgänglich, freundlich und hatte schon so manchen harten Burschen mit seinem netten Aussehen reingelegt.

Jetzt lächelte er mich an: »Ich habe Piddi herumschimpfen gehört, darum habe ich mir schon gedacht, dass du herkommen würdest, um mich auszuhorchen. Aber hier gibt es nicht mehr zu erfahren als dort, du kannst dir deine Mühen also sparen.«

»Ich habe auch nicht erwartet, dass du die große Plaudertasche sein würdest, aber wieso um alles in der Welt durfte Petur Kári seinen Gürtel behalten?«

Karl sah nachdenklich drein, dann entschied er sich: »Du erzählst niemandem davon und schreibst auch nichts drüber, okay?« Er machte eine Pause und holte tief Luft. »Der Wachhabende hat erklärt, dass er Petur Kári den Gürtel abgenommen hat. Er schwört es. Wie der Gefangene ihn wiederbekommen hat, das weiß ich nicht. Vielleicht lügt der Wachhabende ja oder er erinnert sich falsch, aber er sagt es so bestimmt, da muss schon was dran sein. Die Sache ist nur die, wenn er recht hat, dann ist da verdammt noch mal etwas oberfaul ...«

6

Daheim in der Kellerwohnung, die ich von einem Freund übernommen hatte, der auf großer Fahrt war, schmierte ich mir zwei Scheiben Brot – es kommt nicht so oft vor, dass ich für mich allein Essen koche – und dachte dabei an Petur Kári Magnussen.

Ein neunzehnjähriger Tórshavner, der alles daransetzte, als ein Versager zu enden. Solche Typen sieht man jeden Tag in den Straßen der Stadt. Abgewetzte Jeans, ungewaschenes, langes Haar und immer eine Flasche in der Hand. Bier, Wein oder ebenso oft: Schnaps irgendeiner Sorte. Wenn sie die Mitte zwanzig überschritten haben, gibt es keinen Weg mehr zurück, auch wenn Knast und Entziehungsheime ihr Äußerstes geben. Meistens sterben sie so früh, dass wir anderen froh sein können, sie nicht länger versorgen oder auf der Straße über sie stolpern zu müssen. Natürlich sind viele der Meinung, man sollte sie auf Fischfang oder zum Arbeiten in den Hafen schicken oder Schlimmeres. Aber das Traurige ist, dass niemand diese traurigen Gestalten haben will, sie sind zu nichts zu gebrauchen, sie schaden nur. Sie taugen nicht als Arbeitskraft, sie haben schon lange sämtliche Energie verbraucht.

Obwohl Petur Kári nicht älter als neunzehn war, gehörte er zur Gruppe der Ausgestoßenen. Seit seinem zwölften Lebensjahr war er nur selten nüchtern gesehen worden und hatte bereits mehrere Male eingesessen. Sein Sündenregister war lang, aber ziemlich unspektakulär. Ein ganz gewöhnliches armes Schwein wie viele andere in Tórshavn. Was diese Menschen betraf, so hatte Pól F. vollkommen recht, als er schrieb: *Tórshavn, du warst das Zentrum der Färöer, der Treffpunkt seit Jahrhunderten.* Es gab keinen Ort im ganzen Land, der nicht Repräsentanten zu den Tingsitzungen auf den Pissoirs, in den Kaffeestuben, in den Gassen und Ecken geschickt hatte, aber diese Repräsentanten hatten den Fehler, dass sie nie wieder nach Hause kamen.

Das Bild von Petur Kári als Schwerverbrecher hatte also einen entscheidenden Haken. Wie um alles in der Welt sollte so ein Penner in der Lage gewesen sein, sich zwei Millionen anzueignen? Normalerweise war er so benebelt, dass er nicht einmal in der Stadt zurechtkam.

Andere mussten ihre Finger im Spiel gehabt haben. Aber wer?

Warum nicht der Polizei die Sache überlassen, schließlich war es ihr Job. Aber es war auch meiner, deshalb musste ich herausfinden, wer Petur Káris Freunde waren.

Ich verbrachte den Nachmittag beim *Blaðið* damit herumzutelefonieren, Leute auszufragen und Notizen für die morgige Ausgabe zu schreiben. Auch Sklavenarbeit musste gemacht werden.

Keiner von denen, die ich fragte, wusste viel über die Freunde des Verstorbenen, aber sie nannten mir verschiedene Spitznamen, die ich vielleicht brauchen konnte. *Blöder Poul, Weißauge, Zahnspange, Gotteswort vom Lande* – das war eine Frau – und *der Schiffer auf dem Diwan.* Einige Spitznamen hatte ich vorher schon mal gehört, aber ich war noch nicht lange genug wieder daheim, um das ganze Straßenvolk zu kennen. Das war vielleicht sogar ein Vorteil, denn dann kannten sie mich auch nicht, weder im guten noch im schlechten Sinne, und so würde ich hoffentlich mit einigen reden können.

Kurz vor Sonnenuntergang, gegen fünf Uhr, schlenderte ich in die Stadt und suchte nach Pennern. Ich ging zum *Kaffivognur* auf der Eystara Bryggja, draußen auf Tinganes, ich schaute im *Underhuset* rein und überall dort, wo ich wusste, dass sie sich normalerweise aufhielten. Aber die Stadt war wie leer gefegt von Alkis, es gab kein einziges armes Würstchen zu sehen. Ich konnte mir nicht vorstellen, dass sie alle zusammen zur Entziehungskur gefahren waren, also musste es irgendwo anders etwas Interessantes geben. Vielleicht hatte einer von ihnen eine Kiste Schnaps gekriegt? Oder war der Mittelpunkt des Lebens ein dampfender Kanister Sprit? Aber ich wusste nicht, wo das Fest steigen sollte. Also ging ich nach Hause, nachdem ich bei Vaglið zwei Bratwürste verzehrt hatte.

Die Wohnung war ein einziges Chaos. Es war noch nicht lange her, seit ich meine Wohnung in Kopenhagen aufgegeben hatte und hierher gezogen war, und ich hatte mich noch nicht richtig eingerichtet. Nun ja, Bett und Fernseher waren natürlich an Ort und Stelle. Außerdem sind die Kellerwohnungen in den Reihenhäusern in der Jóannes Paturssonargøta ziemlich eng, sodass nur Platz für das Allernötigste ist, und sobald es unordentlich war, konnte man sich gar nicht mehr drin aufhalten.

Während ich im Radio die Meldungen des Tages hörte, baute ich einige Regale zusammen, und als um acht Uhr die Fernsehnachrichten begannen, standen sogar schon Bücher drin. Das musste für dieses Mal reichen; ich fand ein kaltes Bier und setzte mich vor den Fernseher.

7

Die Tróndargøta ist eine echte Tórshavnstraße. Die vom Alter gezeichneten Häuser ähneln einander und sind dennoch ganz unterschiedlich. Das erzeugt einen speziellen Charme, der von den vielen alten Gärten noch verstärkt wird. Vor allem von dem großen, gepflegten Garten der alten Realschule, die heute Teil der Kommunalschule ist. Diese große gelbe, dreiflügelige Betonburg an der Tróndargøta war sieben Jahre lang ein bedeutender Teil meiner Welt gewesen. Jeden Morgen die Straße hoch, in der Mittagspause runter und wieder hoch, und nach der Schule wieder hinunter und nach Hause.

Mein Gefühl für diese Straße ist natürlich von Kindheitserinnerungen geprägt, aber die gute Laune, die ich an diesem Dienstagabend hatte, hatte ihren Grund nicht nur in den Straßen einer vergangenen Zeit oder dem ruhigen Oktoberwetter, sondern auch im Ziel meines Spaziergangs.

Mein alter Freund, der Bierclub *Eyskarið,* war zu Staub und Asche zerfallen, und die vorübergehenden Räume bei *Strond* erinnerten mich an eine drittklassige Kaschemme aus der amerikanischen Prohibitionszeit. Jeden Augenblick konnte man damit rechnen, dass die Türen aufgetreten wurden und Männer einer Schmugglerbande einen mit ihren Maschinengewehren durchlöcherten.

Mit anderen Worten: Ich war auf dem Weg zum *Bacchus*, um mich dort zu amüsieren und zu sehen, ob ich Christian, den Journalisten, antreffen würde. Der *Bacchus* war nämlich Treffpunkt für Journalisten und Setzer, und wenn der Club einmal Reklame machen wollte, dann wäre der Slogan ›Journalisten und Setzer trinken im *Bacchus*‹ nicht aus der Luft gegriffen.

Rundfunk und Fernsehen hatten die Neuigkeit gebracht, dass der junge Mann, den die Polizei beschuldigte, den Banküberfall von Streym begangen zu haben, tot in seiner Zelle aufgefunden worden war. Laut eben dieser Polizei würde es jetzt schwierig sein, den Fall aufzuklären.

Das war alles. Kein Wort darüber, warum er sich erhängt hatte oder wie es sein konnte, dass er seinen Gürtel behalten durfte. Und absolut nichts darüber, dass der Wachhabende versicherte, er hätte ihm den Gürtel abgenommen, was ja bedeuten würde, dass irgendjemand in der Zelle nachgeholfen haben musste.

Jetzt hatte ich zwei Todesfälle, über dic ich schreiben konnte: der eine Mann bei eingeschaltetem Mikrofon während einer Rundfunksendung ermordet, der andere in einer dunklen Nacht in der Polizeizelle erhängt. Im Augenblick waren der Bankraub und Petur Kári Magnussen die Spur, die ich verfolgte, deshalb wollte ich mit dem Journalisten Christian Joensen sprechen.

Um halb elf Uhr abends an einem ganz gewöhnlichen Wochentag kann man keine großen Erlebnisse in einem Bierclub erwarten. Dementsprechend gab es auch nicht mehr als zehn, zwölf Gäste in der großen Bar. Ausschließlich Männer. Ganz hinten an der lederbezogenen Theke stand Christian und unterhielt sich mit dem Barkeeper.

Als ich näher kam, hörte ich, wie er mit reichlich belegter Stimme über den Verkehr in Tórshavn redete und darüber schimpfte, dass die Kommunalpolitiker keine Ahnung hatten, wie sie ihn lenken sollten, weil sie ausschließlich an sich dachten. Der ganze Verkehr in der Innenstadt sollte verboten werden. Ich bestellte mir ein Bier und einen doppelten Aalborg – seit vorgestern war ich fast abstinent gewesen – und Christian drehte mir sein Gesicht zu.

»Na, haben die Schlauen heute Ausgang?« Seine Augen waren halb geschlossen. Das schmale Gesicht mit dem scharfen Profil war blass und die Hand, die die Zigarette hielt, zitterte leicht.

»Das ist so 'ne Sache mit dem Schlausein. Ich weiß nicht, ob ich zu den Schlauen gehöre, aber unterwegs bin ich, ja.«

Meine Antwort war nicht viel besser als seine Frage, aber an diesem Abend hatte ich keine Lust, mich mit ihm anzulegen.

»Doch, du bist schlau, nein wirklich.« Er holte weit mit seiner Zigarettenhand aus. »Denkst du, ich wüsste nicht, wo du gewesen bist, nachdem Jákup und ich gegangen sind?«

»Schon möglich.«

»Und wie möglich das ist!« Letzteres rief er wütend aus und dann fing er an zu lachen. Er war betrunkener, als ich gedacht hatte, war jedoch ein erfahrener Experte darin, sich auf den Beinen zu halten und ein Blackout zu vermeiden.

»Du warst bei Karl, hast aber nur das mit dem Gürtel erfahren.«

»Was für ein Gürtel?«, fragte ich ganz unschuldig.

»Du brauchst nicht den Dummen zu spielen, wenn ich mit dir rede. *So* blau bin ich nun auch wieder nicht und ich weiß, was Karl dir erzählt hat. Komm, lass uns da rübergehen.«

Wir setzten uns an einen der leeren Tische. Christian

zündete sich eine neue Zigarette an und trank von seinem Bier. Ich trank meinen Schnaps und wir schauten ein wenig in die Runde.

Am Tisch direkt neben der Schwingtür saßen ein paar typische, wohlgenährte färöische Akademiker. Graues Haar, Nickelbrille, grauer Anzug und passender Schlips. Die Stimmung bei ihnen war gut, und warum auch nicht? Den Akademikern auf den Färöern ging es ökonomisch blendend, sie arbeiteten in der Regel, wo und wann sie gerade Lust hatten, und wenn sie eine Reise machen wollten, dann war der Staat immer mit einer helfenden Hand zur Stelle. Mit dem sexuellen Teil des Daseins lief es vielleicht nicht so gut, die meisten Frauen hielten sie nicht für ein Gottesgeschenk, aber an einem Dienstagabend, an dem keine Frauen anwesend waren, konnte man das, was unter ihren Begierden schmorte, gut vergessen.

Professoren-, Ehren- und Doktortitel
sind, wenn es drauf ankommt,
nicht mehr wert als der Titel eines Katzenkönigs
an des Teufels Geburtstag.

Christian leierte die Zeilen herunter und schaute dabei auf den Tisch. Dann schielte er zu mir, seine tief liegenden Augen waren von Stirn und Augenbrauen fast verdeckt: »Ich kenne meinen Pól F. und könnte ohne Weiteres diesen Polizeiarsch in Gedichten ertränken, aber das hieß Perlen vor die Säue zu werfen. Der würde nichts kapieren und nur vor Wut umfallen.« Er nahm einen großen Schluck Bier und zeigte mit dem Daumen zum Tisch an der Schwingtür: »Aber wenn ich Leute wie diese sehe – ganz zu schweigen davon, sie zu hören –, dann ist es kein Problem, die richtigen Verse für sie zu finden.«

Er drückte seine Zigarette hart und nachdrücklich im Aschenbecher aus.

»Du wolltest mir was erzählen, Christian?« Ich versuchte, das Gespräch wieder aufs richtige Gleis zu bringen.

»Ja, ja, aber hör erst mal, ehe du deine Nase zu hoch trägst:

Wenn die Lehrer Papageientaucher sind, die Studenten Junge,
die auf den Färöern ausgebrütet wurden und hier wohnen –
dann werden in Dänemark speiende Eissturmvögel gezüchtet,
voller Teufeleien und Unzucht.«

»Wie kannst du deine Arbeit bei einer christlichen Zeitung und Pól F. unter einen Hut bringen?«

»Was die Zeitung meint und was ich meine, das hat nicht viel miteinander zu tun. Ich bin Profi.« Er klopfte seine Taschen auf der Suche nach Zigaretten ab. »Aber wir wollten doch über den Vorfall auf der Polizeiwache reden.«

Ich bot ihm eine von meinen Prince an, die ich fast immer in der Tasche habe, aber selten selbst rauche. Christian nahm sich Feuer und blies den Rauch aus.

»Ich bin in Tórshavn schon länger als du Journalist, deshalb habe ich gute Verbindungen zur Polizei. Zuverlässig unzuverlässige Leute, wenn du verstehst, was ich meine. Also nicht solche Leute wie Karl.« Er lachte kurz. »Und diese Kontakte erzählen mir, dass Petur Kári Magnussen reichlich ängstlich wirkte und dass er nichts sagen wollte. Was ihm gar nicht ähnlich sieht, denn normalerweise verwickelt er sich in Widersprüche, noch ehe fünf Minuten vergangen sind, um dann alles zu beantworten, was man ihn fragt. Aber dem war diesmal nicht so.«

Christian betrachtete sein leeres Glas und bat mich, Nachschub zu holen. Als ich zurückkam, fuhr er fort: »Er hat gar nichts gesagt. Hat immer nur wiederholt, dass er überhaupt nichts wüsste und dass sie ihm etwas zu trinken geben sollten. Das haben sie natürlich nicht getan, aber obwohl er ganz fürchterlich unter dem Entzug litt, haben sie nichts aus ihm rausgekriegt. Gar nichts.«

Christian schwieg eine Weile und ich schaute mich im Lokal um. Es gab inzwischen weitere männliche Gäste, aber es war immer noch ein ruhiger Abend.

»Die Verschwiegenheit des armen Petur Kári ist nicht das einzige Merkwürdige …«

»Auch die Frage, wer ihn erhängt hat«, warf ich ein.

»Das auch«, bestätigte Christian, ging aber nicht weiter darauf ein.

»*First thing first.* Warum haben sie ihn überhaupt festgenommen? Ich meine, er war zwar ein Krimineller, aber sicher nicht der erste, auf den die Polizei gekommen ist, als sie nach einem Meisterdieb gesucht haben.« Jetzt sah er mich triumphierend an. »Daran hast du nicht gedacht, was?«

»Nein, habe ich nicht.«

Ich hatte zwar gedacht, dass es für einen neunzehnjährigen Säufer eine stolze Leistung war – wenn er es denn gewesen war –, aber ich war nicht auf die Idee gekommen, zu fragen, wie die Polizei ihn so schnell hatte schnappen können. Und warum.

»Guck mal.« Christian beugte sich über den Tisch vor. »Meine Quelle erzählt, dass irgendjemand die Polizei angerufen und ihr den Tipp gegeben hat, mal mit Petur Kári zu reden. Das war alles. Das war alles. Sie haben keine Ahnung, wer es war, nur dass es eine Männerstimme war.«

»Vielleicht einer seiner feuchtfröhlichen Freunde, der sich für irgendwas rächen wollte?«

»Ist nicht ausgeschlossen, aber unwahrscheinlich.« Christian war jetzt Herr über seinen Rausch und sprach klar und deutlich: »Der Anrufer muss irgendwas mit Peturs Tod zu tun haben, aber einen Menschen in einer Zelle im Polizeipräsidium aufzuhängen, dazu sind die Kerle, mit denen Petur Kári sich herumtrieb, nicht in der Lage.«

»Wieso bist du so sicher, dass er sich nicht selbst aufgehängt hat?«

»Es gibt nicht den geringsten Zweifel daran, dass ihm sein Gürtel abgenommen worden ist. Im Laufe der Nacht hat sich also irgendjemand in seine Zelle geschlichen und ihn erhängt.«

Wir dachten darüber eine Weile schweigend nach.

»Der Kerl, der angerufen hat«, sagte ich langsam, »der wollte Schaden anrichten. Jedenfalls hat er die Polizei auf die richtige Spur gebracht.«

»Wie kann Petur Kári die richtige Spur gewesen sein? Wir waren uns doch grade einig, dass er gar nicht in der Lage war, etwas, was auch nur annähernd wie ein Bankraub aussieht, zu begehen?«, widersprach Christian mir ungeduldig.

»Das schon, aber es passt zusammen und gleichzeitig nicht.« Ich ließ mir reichlich Zeit. »Die Polizei nimmt Petur Kári fest, der bestimmt nicht den Bankraub begangen hat, aber – und das ist der entscheidende Punkt – er will nichts sagen. Das widerspricht den Erfahrungen, die die Polizei sonst mit ihm gemacht hat. Kurz darauf wird er umgebracht. Summa summarum: Die Person, die die Polizei auf Petur Kári hetzt, weiß, dass Petur Kári etwas weiß. Aber warum ruft er die Polizei an? Und wer hat den armen Tropf unschädlich gemacht?«

In diesem Moment klingelte der Barkeeper, um uns mitzuteilen, dass die Bar in einer Viertelstunde schließen würde. Christian und ich hamsterten Vorräte und unterhielten uns nunmehr über die färöische Fußballmannschaft. Wir fragten uns, ob es wohl klug sei, an den internationalen Meisterschaftskämpfen teilzunehmen. Keiner von uns beiden hatte viel Ahnung vom Fußball, deshalb amüsierten wir uns prächtig.

Gegen ein Uhr trennten wir uns an der Kreuzung von Tróndargøta und Niels Winterhsgøta. Christian war nicht ganz sicher auf den Beinen, als er langsam zum Haus der Heilsarmee ging.

8

Es war nach acht Uhr, als das Telefon mich weckte. Karl war dran.

»Komm zum Krankenhaus, Hannis. Wir treffen uns in einer halben Stunde in der Eingangshalle.«

Ich versuchte zu tun, als wäre ich wach, aber mein Hals war rau wie Sandpapier, deshalb war das Einzige, was ich hervorbrachte, ein heiseres Brummen.

»Gestern Abend wieder im Bierclub gewesen? Das letzte Mal im Polizeirevier hast du doch strahlend gesund ausgesehen, aber ich hätte es besser wissen sollen.«

»Warum soll ich zum Krankenhaus kommen?« Karls Äußerungen über meine Lebensführung kommentierte ich lieber nicht, an sie war ich schon gewöhnt.

»Sieh zu, dass du in einer halben Stunde da bist.« Er legte auf.

Ich lag noch eine Weile mit geschlossenen Augen und dem Hörer in der Hand da. Fast wäre ich wieder eingeschlafen, aber das Tuten des Telefons hinderte mich daran. Schließlich riss ich mich zusammen und stand auf – und ich dachte sogar daran, den Telefonhörer aufzulegen.

Ich zog die Vorhänge zurück und schaute in dem Lichtschacht einen Meter vom Fenster entfernt auf eine Betonmauer, dort, wo der Fußweg der Jóannes Paturssonargøta anfängt.

Auf dieser Seite schien man fast unter der Erde zu wohnen. Aber wenn ich den Kopf schräg legte, konnte ich über den Rand sehen, in den Himmel. Nun ja, Himmel war wohl etwas übertrieben, denn ich schaute in eine dichte, graue Daunendecke. Südwind im Oktober bedeutete oft so dichten Nebel, wie ich ihn auch in meinem Kopf verspürte.

Der Kaffee bereitete sich selbst zu, während ich im Bad war, und ich trank ihn, während ich mich anzog. Ich warf meinen Mantel über und ging los.

Karl wanderte in der großen Eingangshalle bereits auf und ab, als ich ankam. Der Kiosk war noch nicht geöffnet und die Halle wirkte wie ausgestorben. Zwei bleiche Patienten saßen an einem Tisch und sprachen miteinander, aber dieses Zeichen zerbrechlichen Lebens unterstrich nur noch die Leere. Wenn da nicht der ungeduldige Karl gewesen wäre, könnte ein Fremder das Entree als Vorhof der Hölle und nicht als geschäftige Landesinstitution ansehen. Obwohl diese Auffassung vielleicht gar nicht so falsch war.

»Da bist du ja. Ich warte schon seit einer Viertelstunde.« Karl sprach laut und seine Worte wurden zwischen den Wänden und dem Steinfußboden hin und her geworfen. Die Patienten drehten sich um und schauten vorwurfsvoll zur Glastür, als würden sie uns anklagen, die Stille zu stören, die auf der Schwelle zur letzten Ungewissheit gefordert wird.

Karl bemerkte es und flüsterte nur noch: »Komm mit!« Schnell ging er zu einer Schwingtür und ich folgte ihm. Wir kamen in einen langen, weißen Flur, auf dem die Wagen mit Krankenhausutensilien an den Wänden standen und wo kein Mensch zu sehen war.

»Was willst du von mir?«, fragte ich ungeduldig. Jetzt hatte ich ernsthaft das Gefühl, dass das Ganze unangenehm enden würde.

»Warte noch ein bisschen. Du wirst es schon noch erfahren.«

Wir gingen weiter. Durch Schwingtüren und über andere Flure. Ich spürte ein würgendes Unbehagen. Weißes Metall und dann dieser Krankenhausgeruch. Man braucht eine überdurchschnittliche Kondition, um sich in diesem Milieu wohlzufühlen.

Karl blieb vor einer Tür mit einem runden Fenster stehen. Dahinter waren mehrere grün gekleidete Menschen zu sehen.

»Es ist kein erhebender Anblick, deshalb hoffe ich, dass du nicht zu gut gefrühstückt hast.« Er öffnete die Tür und machte mir ein Zeichen, ihm zu folgen. Plötzlich fiel mir auf, wie erschöpft er aussah, dass er dunkle Schatten unter den Augen und Müdigkeitsfalten im Gesicht hatte.

Ein dünner, nackter Körper lag in der Mitte des Raums auf einem Metalltisch, der Rinnen wie ein Tranchierbrett hatte. Und genau das war der Tisch auch: ein Tranchierbrett. Ich erkannte den Toten sofort, auch wenn er einer der Wachsfiguren in Madame Tussauds Kabinett ähnelte und viel kleiner wirkte als zu Lebzeiten.

Christian würde nie wieder Pól F.s Gedichte rezitieren oder in Bierclubs sitzen und herumtönen und über die Politiker unseres Landes herziehen. Er lag auf dem Bauch, und aus seinem Nacken ragte der schwarze, geriffelte Griff eines Messers.

Einer der grün gekleideten Pathologen – ich war mir nur zu klar darüber, dass es sich hier um die pathologische Abteilung handelte – schob eine Hand unter Christians Gesicht und hob seinen Kopf vom Tisch. Die Spitze des Messers ragte vorn aus seinem Hals hervor. Die Hand des Pathologen in dem milchweißen Gummihandschuh, die den dunkel gelockten Jünglingskopf über dem glänzenden Metalltisch hochhielt, ließ mich an eine perverse Inszenierung des *Hamlet* denken. *Das Landeskrankenhaus führt* Hamlet *im Sezierraum auf. Die Hauptrolle wird gespielt von dem bekannten Pathologen und Geißelungsspezialisten ...!*

»Hannis!« Karl packte mich am Arm. »Komm mit raus auf den Flur.«

Ich kam zu mir und sah, dass Hamlet und ein weiterer Arzt sich bereit machten zu sezieren. Sie hatten beide weiße Gummischürzen umgebunden, trugen Operationshauben und einen Mundschutz. Zwei Krankenschwestern in der gleichen grünen Montur standen bereit, um zu assistieren. Eine von ihnen war dabei, ein Mikrofon anzuschließen, das über dem Seziertisch hing. So konnten die Ärzte ihre unappetitlichen Geschichten erzählen, während sie arbeiteten.

An der Tür stand ein uniformierter Polizeibeamter und versuchte, an die Decke zu starren, um den Vorgängen am Metalltisch zu entgehen. Aber nach seiner Gesichtsfarbe zu urteilen, gelang es ihm nicht so recht. Ich fühlte mich auch reichlich flau und war froh, noch nichts gegessen zu haben.

Und dann war da noch jemand, der hier eigentlich nicht hingehörte. Das war Haraldur. Er trug wie gewöhnlich seinen blauen Overall, aber sein Gesicht war nicht so rosig wie üblich. Oder aber die Beleuchtung war so stark, dass alle Farben verblassten.

Auf dem Flur eilte der junge Polizist von dannen. Zweifellos auf der Suche nach einer Toilette. Wir drei blieben einen Moment stehen, um uns zu sammeln, wobei wir darauf achteten, dem Fenster in der Tür den Rücken zuzukehren.

»Haraldur hat ihn heute Morgen gegen halb sieben gefunden. Er schwamm in dem dreckigen Wasser von Skítivík.«

Karl sprach gedämpft und starrte auf die weiße Wand direkt vor uns.

Skítivík ist eine kleine Bucht auf der Westseite von Tinganes. Den Namen findet man wahrscheinlich nirgends gedruckt, aber so nannten wir die Bucht als Kinder. Damals dachte ich, dass sie nach allem, was da herumlag und -schwamm, genannt wurde, aber später erfuhr ich, dass ursprünglich der Name wörtlich zu verstehen war.

»Ich bin heute Morgen früh aufgestanden«, berichtete Haraldur. »Das Wetter war gut, die Strömung auch. Es war noch nicht so eine undurchdringliche Suppe wie jetzt. Ich wünschte, ich wäre nicht rausgefahren.« Kurz schien es, als würde Haraldur ganz in seine eigenen Gedanken versinken, doch im nächsten Augenblick war er wieder bei uns. »Bevor ich an Bord gegangen bin, bin ich noch mal ans Ufer, um zu pinkeln. Er lag direkt am Ufer, vor meinen Füßen. Erst als ich ihn aus dem Wasser geholt hatte, habe ich gesehen, dass es Christian war.«

Jetzt ergriff Karl das Wort: »Wir sind nicht auf den Kopf gefallen, Hannis. Wir wissen bereits, dass du und Christian nach Mitternacht gemeinsam das *Bacchus* verlassen habt. Und nach allem, was wir bis jetzt herausgekriegt haben, bist du der Letzte, der ihn lebend gesehen hat …«

Karls Worte hingen in der Luft, hätten aber ebenso gut in Granit gehauen sein können. Das war also der Grund, warum ich an einem nebelverhangenen Mittwochmorgen im Landeskrankenhaus auftauchen sollte.

»Wir haben uns am Haus der Pfingstgemeinde getrennt, und das Letzte, was ich von ihm gesehen habe, war, wie er in die Tórsgøta abgebogen ist.«

»Wohin wollte er?«

»Nach Hause, nehme ich mal an. Etwas anderes hatte er bestimmt nicht im Sinn.«

»Er ist nicht zu Hause gewesen.« Karl wanderte auf und ab, die Hände auf dem Rücken. »Er hat bei einer Frau in Djóni í Geilsgøta ein Zimmer gemietet, aber sie sagt, er sei in dieser Nacht nicht nach Hause gekommen. Hat er dir erzählt, woran er arbeitet?«

»Wir haben über Petur Kári Magnussen geredet. Christian war sich sicher, dass es kein Selbstmord war, sondern dass jemand nachgeholfen hat. Er hat auch behauptet, dass ihr einen Hinweis bekommen hättet, Petur Kári zu verhaften.«

»Hat er das gesagt?« Karls Stimme klang müde, aber man konnte die Wut in ihr hören. »Das Revier leckt wie ein Sieb. Wir könnten ebenso gut Lautsprecher auf der Straße installieren oder einen heißen Draht zu den Zeitungen.«

»Es stimmt also?«

»Du kannst dir deine Frage sparen, Hannis. Ich darf nichts sagen, und schon gar nicht zu dir. Wenn du etwas wissen willst, musst du zu Piddi gehen.« Er drehte sich um und schaute durch die Scheibe in der Tür.

Wie er so dastand, in zerknittertem hellem Mantel und schmutzigen Schuhen, gebeugt und mit dem Ansatz einer Glatze, war er die Müdigkeit in Person.

Drei Morde in vierzehn Tagen, das steckt man nicht so einfach weg. Und einer davon auch noch im Polizeirevier begangen. Deshalb kommentierte ich seinen Vorschlag, mit Piddi zu sprechen, lieber nicht. Er war wohl auch nicht ganz ernst gemeint.

»Es sieht so aus, als würde es nicht mehr lange dauern. Ihr könnt jetzt verschwinden, ich bleibe hier, bis sie fertig sind mit der Obduktion.« Er machte eine Pause. »Und, Hannis, du weißt, wie viel du darüber schreiben darfst.«

Das wusste ich nur zu gut. Unter diesen Umständen konnte ich eigentlich gleich meinen Job als Journalist an den Nagel hängen.

Haraldur, der ein wenig von seiner normalen Gesichtsfarbe zurückerlangt hatte, ging langsam den Flur entlang und ich folgte ihm.

9

Wir verließen das Krankenhaus und liefen eine Weile schweigend nebeneinander her. Bei der *Gullsvingið* am Westkai blieben wir kurz stehen und schauten auf einen der Neubauten der Schiffswerft hinunter.

Das Schiff war noch rostfarben, aber es sah so aus, als sollte es bald angestrichen werden. Trotz Nebel konnten wir deutlich die Männer sehen, die zwischen der Helling und der großen Maschinenhalle hin- und herliefen, während das Ende der Helling bereits im feuchten Dunst verschwand. Ab und zu hörten wir Hammerschläge und das Kreischen elektrischer Maschinen, dann wurde es wieder ganz still. Normalerweise machte es Spaß, Menschen bei der Arbeit zuzuschauen, vor allem von einem Aussichtspunkt wie diesem, der etwas von der Perspektive unseres Herrgotts hatte. Aber heute stand uns der Sinn nicht nach Spaß.

»Das wird gut tun, aus diesem Regenwetter rauszukommen.« Haraldur schaute in den Himmel, während er sprach. »Weiße Strände und Palmen und kein Gerede von Steuern, Personenkennziffern und Auslandsverschuldung.«

»Willst du verreisen?« Ich war verblüfft. Schon seit langer Zeit war Haraldur für mich zu einem Teil von Tórshavn geworden. Dass er plante, das Land zu verlassen, war so unerhört, als hätte Rasmus Effersøe seinen Sockel verlassen und wäre über den Tinghúsplena spaziert.

»Ich habe eine Heuer als Ablöser auf einem Gastanker gekriegt, der zwischen San Francisco, Hawaii und den Marshallinseln fährt. Vorläufig für vier Monate. Ich warte nur auf den Bescheid, der kann jeden Augenblick kommen.«

»Und was ist mit dem *Eyskarið?*«

»Da ist ja im Augenblick nicht viel zu tun, und nur herumzurennen und Architekten und Handwerker zu beaufsichtigen, dazu habe ich keine Lust mehr.«

»Na, das wird hoffentlich auch ohne dich klargehen, aber mit wem soll ich dann zum Fischen rausfahren?« Ich versuchte, ironisch zu klingen, aber die Wahrheit war, dass ich Haraldur schon jetzt vermisste. Er war für mich wie ein Fels in der Brandung, besonders in diesen Tagen.

»Es gibt genug Boote, du wirst sehen, das ergibt sich.« Haraldur ging langsam den Weg zwischen der Schiffswerft und der alten Navigationsschule hinunter. »Übrigens, ehe ich es vergesse. Ich wollte dir noch etwas sagen.« Wir gingen gemeinsam nach Rættará hinunter.

»Als du mich in der Konditorei nach Páll Hansen und Gaia International gefragt hast, da habe ich gesagt, dass ich nichts über deren Machenschaften wüsste. Was Páll Hansen betrifft, stimmt das auch. Da weiß ich nur, dass ich an dem bewussten Tag frisches Walfleisch und Speck zu Mittag gegessen habe. Ich hatte ein Stück Speck in der einen Hand und ein Klappmesser in der anderen, als er starb. Ich glaube, ich bin mehrere Minuten so sitzen geblieben, so verblüfft war ich, als er anfing, im Radio zu röcheln. Zuerst habe ich gedacht, es wäre ein Scherz, aber dann wurde mir schnell klar, dass da etwas absolut nicht stimmte.«

Haraldur schwieg eine Weile, während wir langsam auf Skálatrøð und die vielen Boote zuschlenderten. Unten bei den Pontons setzten wir uns auf eine Bank und Haraldur griff den Faden wieder auf: »Was Gaia betrifft, so habe ich nicht genau verfolgt, was die Zeitungen geschrieben haben. Beispielsweise hatte ich keine Ahnung, dass Páll Hansen für die Kerle gearbeitet hatte. Aber vielleicht stand das auch gar nicht in der Zeitung?« Für einen Augenblick verfiel er ins Grübeln.

»Aber etwas habe ich doch gehört. An einem Abend, als ich hinterm Tresen im *Eyskarið* stand, war da ein mehr als angesäuselter Typ und plapperte vor sich hin. Ich habe nicht besonders darauf geachtet, aber ich kann mich noch gut daran erinnern, dass er sagte, Hanus í Rong sei der Mann, der hinter Gaia stünde, und es sei seine Schuld, dass so viele Menschen so viel Geld verloren hätten. Ich hatte Zweifel, doch er beharrte auf seiner Meinung und ergänzte noch, dass er das ja wohl wissen müsse, da er einer der Steuerprüfer bei Gaia gewesen sei.«

»Hanus í Rong. Ist das nicht der Reeder und Laienprediger?«, fragte ich verblüfft.

»Stimmt genau. Das, was einem Propheten hier im Land am nächsten kommt. Aber ich weiß nicht, ob an den Vorwürfen des Steuerprüfers etwas dran ist. Er war ziemlich angeheitert. Andererseits würde es mich gar nicht wundern. Diese Gläubigen streifen sich doch die göttliche Haut über und wieder ab, wie andere ihre Hemden wechseln.«

Haraldur steckte eine Hand in die Tasche und holte seine Kautabakdose hervor. Er schob sich einen Streifen hinter die Unterlippe, spuckte aus und reckte sich.

»Du kannst ja mal mit dem Steuerprüfer reden. Er arbeitet bei einem der großen Betriebe an der Hoyvíksvegur und lebt sicher wie die Made im Speck, jetzt, wo das Land von seinesgleichen regiert wird. Ich könnte mir auch gut zwei Bierclubdirektoren in Tinganes vorstellen.«

»Wie heißt dieser Steuerprüfer?« Ich unterbrach Haraldurs Wunschtraum.

»Arngrímur Brestisoyggj. Einer dieser jungen Typen von der Wirtschaftshochschule, die vom gemeinsamen Markt reden, von internationaler ökonomischer Zusammenarbeit, dass die Grenzen aufgehoben werden sollten und anderen schönen Dingen. Wenn sich ihm die Möglichkeit bietet, wird er sich aufstellen lassen und ganz sicher ins Ting gewählt werden.«

»Wer ist Hanus í Rong? Ich meine, wie ist er, was ist sein Ziel?«

Haraldur schaute auf seine Uhr und stand auf. »Eigentlich weiß ich überhaupt nichts über ihn. Habe nur mal bei der Post ein paar Worte mit ihm gewechselt, du weißt schon, Guten Morgen und was übers Wetter.«

Jetzt trippelte er ungeduldig.

»Jetzt muss ich aber nach Hause, telefonieren. Die Heuer, weißt du.«

Als Haraldur gegangen war, blieb ich noch ein wenig sitzen, starrte vor mich hin und kam ins Grübeln. Aber das dauerte nicht lange, denn bald zitterte ich vor Kälte. Milder Nebel, aber immerhin waren wir schon mitten im Oktober.

10

Als im Radio die Mittagsmusik begann, saß ich im überfüllten *Kaffivognur* auf der Østre Brygge und genoss die Zeitung der Konservativen und einen Becher Kaffee. Ich war wegen Christian Joensen immer noch zu aufgewühlt, um etwas Festes zu mir zu nehmen. Der Inhalt der Zeitung war wie üblich vorhersehbar und trotz heftiger Angriffe auf Personen und Institutionen herrlich beruhigend. Also gab es immer noch etwas, was beständig war.

Im Übrigen hatten mich die letzten Tage in Bezug auf die Zustände in unserem Land unsicher werden lassen. Irgendetwas lief hier verdammt falsch, und hinter dem Ganzen gärte eine Krämermentalität und noch etwas anderes, das ich kaum erahnte. Es war meine Aufgabe als Journalist, die Zusammenhänge herauszufinden. Von dieser Aufgabe war ich nicht gerade begeistert.

»Verflucht! Wenn das nicht Hannis ist!«

Jeansstoff beugte sich zu mir herunter und erstickte mich fast in Schnapsgeruch. Er lehnte sich schwer gegen mich, sodass der halb volle Kaffeebecher umfiel. Ich stand auf und konnte das Stoffbündel so weit zur Seite schieben, dass ich dem Kaffee entging und sehen konnte, um wen es sich da handelte.

Eine Folge von Erinnerungen kam mir in den Sinn. Das Gymnasium in Hoydalur, der weitgestreckte Rasen, der Bach, auf dem wir im Winter Schlittschuh liefen, die Lehrer, die ersten Feten, Schüler, die auf dem Boden lagen und ihren Rausch ausschliefen.

»Na, erkennst du mich wieder?« Die Stimme war etwas belegt, aber gut zu verstehen. Ihr Besitzer hatte Übung darin, angetrunken zu sein. Das war sein alltäglicher Zustand.

Natürlich erkannte ich ihn wieder, aber einen kurzen Moment lang kämpfte ich mit meinen Gefühlen. Mit der Borniertheit, die mit dieser Sorte Menschen nichts zu tun haben möchte, weil deren Unglück ja ansteckend sein könnte, und außerdem machten sie nur Ärger. Am besten, sie blieben im Verborgenen und kamen gar nicht hervor. Aber gleichzeitig war da das Gefühl, dass es nicht in Ordnung wäre, alte Schulfreunde zu verleugnen – was ich am liebsten getan hätte –, und dass ich mit dem Mann reden müsste.

»Natürlich erkenne ich dich wieder, Birgir. Setz dich doch.« Ich deutete auf einen Stuhl mir gegenüber.

Die junge Frau am Tresen kam zu uns herüber und wischte wütend den Kaffee vom Tisch.

»Solche Leute haben hier keinen Zutritt. Unser Direktor

will das nicht. Mit denen hat man nur Ärger.« Ihre Stimme zitterte vor Wut und sie sprach, als säße ich allein am Tisch. »Soll ich ihn rausschmeißen?«

»Nein, schon gut. Bring uns lieber zwei Becher Kaffee.«

Sie ging.

Inzwischen betrachtete ich Birgir, der sich mit dem Kinn auf der Brust und geschlossenen Augen gesetzt hatte. Die Worte der Kellnerin hatte er gar nicht zur Kenntnis genommen. Sicher war er so etwas gewohnt.

Wie er so dasaß, schmutzig, nach Schnaps und altem Schweiß stinkend, verstand ich die junge Frau. Er war wirklich kein appetitlicher Anblick. Was von seinem Haar noch übrig war, war blond und hing klebrig bis in Ellbogenhöhe herunter. Auf dem Schädel, auf der Stirn und auf einer Wange hatte er verschorfte Wunden. Entweder war er im Suff hingefallen oder er hatte sich geprügelt. Wahrscheinlich traf beides zu.

»Bitte schön!« Sie stellte die Becher so hart auf den Tisch, dass der Kaffee überschwappte und sich auf dem Tisch ergoss. Ich tat, als wenn nichts wäre, und sie ging zurück zum Tresen, auf dem trockenes Gebäck unter einer Glashaube auf Liebhaber wartete.

»Alles nur vom Feinsten. *Unser Direktor!* Fehlt nur noch, dass der *Kaffivognur* einen in Leder gebundenen Jubiläumsband herausbringt.« Birgir lachte vor sich hin. »Oder was meinst du, Hannis?« Er versuchte, mich anzusehen, hatte aber nicht die Kraft, seine Augen ganz zu öffnen. »Oder habe ich etwa nicht recht?« Letzteres flüsterte er in sein schmutziges Hemd.

»Spendierst du ein Bier?« Jetzt waren seine Augen weit aufgerissen. Sie waren blutunterlaufen, nur in der Mitte war ein bisschen Blau zu sehen. Aber das ironische Grinsen war unverwechselbar. Das hatte sich seit der Schulzeit nicht geändert. »For old time's sake«, fügte er hinzu. Auch seine Angewohnheit, englische Phrasen zu benutzen, hatte er beibehalten.

Als ich mit zwei Restorff zurückkam, nahm Birgir sofort einen großen Schluck. Dann klemmte er sich die Flasche zwischen die Knie und holte aus seiner Brusttasche ein Fläschchen Aqua Velva, dessen Inhalt er in die Bierflasche füllte. Er schüttelte sie ein paarmal, setzte sie an den Mund und trank die Hälfte aus.

»Ah, das tat gut.« Er schaute den leeren Flachmann an und ließ ihn auf den Boden fallen. Die Musik aus dem Radio und die Gespräche an den anderen Tischen sorgten dafür, dass niemand etwas merkte. Birgir trank noch ein wenig und es schien, als würde er etwas wacher.

»Möchtest du probieren?« Er reichte mir die Flasche.

»Nein danke. Ein andermal vielleicht.«

Vor mehr als zwanzig Jahren hatte ich einmal aus Versehen einen Schluck von dieser Mischung aus Bier und Aqua Velva getrunken und konnte den ekligen Geschmack immer noch spüren.

»Habe ich auch gar nicht erwartet.« Er lächelte. »Als Dank dafür, dass du das hier nicht probieren musst, kannst du mir eigentlich dein Bier geben. Du trinkst es ja sowieso nicht.«

Ich schob ihm die Restorff-Flasche hinüber. Er hatte recht. Das färöische Piss-Bier ist nicht gerade das Getränk, das ich im Paradies trinken möchte.

Wir saßen eine Weile da und lauschten den Lokalnachrichten. Diese Minute verging schnell. Die Fischzuchtbetriebe forderten Unterstützung, sie sagten, dass es nicht angehen könnte, dass ein freies Unternehmen allein zurechtkommen sollte. Die Landesregierung wollte die Sache überdenken.

Nicht ein einziges Wort über einen Toten in Skítivík.

Birgir brummte vor sich hin, während er etwas von meinem Bier in seine Flasche goss. Das Getränk war jetzt sicher reichlich dünn geworden, aber vielleicht genügte es ja schon, wenn nur etwas von dem Geschmack übrig war?

»Kanntest du Petur Kári Magnussen?« Ich konnte ebenso gut die Gelegenheit gleich nutzen, auch wenn ich Birgir für zu intelligent hielt, um sich mit einem Typen wie Petur Kári abzugeben. Aber in der Gemeinschaft Durstiger gab es viele sonderbare Mitglieder.

»Petur Kári Magnussen?« Er sah mich fragend an. »Ach, du meinst Paki, den Typen, der sich im Polizeirevier aufgehängt hat?«

»Ja.«

»Nein, den kannte ich nicht besonders gut. Habe ihn häufiger gesehen, aber er war immer zugedröhnt, sodass man gar nicht mit ihm reden konnte.«

Umso erstaunlicher, dass er eine Bank ausrauben konnte, dachte ich.

»Warum fragst du?« Birgir war nicht schöner geworden, aber in seinen blau-roten Augen blitzte es auf.

»Nur so. Vielleicht schreibe ich einen Artikel über menschliche Wracks in Tórshavn.« In dem Moment, als ich die Worte aussprach, wurde mir bewusst, was ich gesagt hatte.

»Und deshalb möchtest du erst mal mit mir reden.« Birgir sah mich ironisch an. »Du hältst mich wohl für einen Spezialisten auf diesem Gebiet?«

»So habe ich das nicht gemeint. Ich dachte nur …« Ich wusste nicht, wie ich fortfahren sollte.

Birgir lachte. »Mach dir nichts draus. Ich weiß, wer ich bin. Und das ist mehr, als man von vielen sagen kann, die ganz nach oben gekommen sind.«

Er wühlte in seinen Taschen, suchte sicher nach Zigaretten. Ich bot ihm eine von meinen Prince an und zündete sie ihm auch an. Er inhalierte ein paarmal.

»Der Grund, weshalb du dich mit Paki beschäftigen willst, geht mich auch gar nichts an. Aber ich kann dir leider nicht helfen.«

»Kennst du die Leute, die mit ihm rumhingen?«

»Vielleicht den einen oder anderen.« Er trank einen ordentlichen Schluck.

»Auch wenn ich mich um Grund und Boden gesoffen habe und ein Alki bin, wie man so schön sagt, habe ich immer noch einen gewissen Stolz. Und der besteht zum Teil darin, dass ich nicht mit Petur Kári und seinesgleichen verkehre. Ich will mich mit Anstand zu Tode saufen.«

Er machte mit der rechten Hand eine vornehme Handbewegung. Ich saß einem ramponierten Aristokraten gegenüber. Aber trotz allem einem Aristokraten.

»Ich gebe dir einen guten Rat: Geh zur *Quelle,* das ist der richtige Ort, wenn du Informationen über die Penner von Tórshavn haben willst.«

Ich hatte schon von der *Quelle* gehört, allerdings nichts Gutes. Es war eine Kneipe ohne Lizenz und noch illegaler als die üblichen Bierclubs. Wenn nur ein Bruchteil der Geschichten, die über den Laden kursierten, stimmen, waren Sodom und Gomorrha dagegen eine Sonntagsschule. Ich hatte bisher nie Lust verspürt, diesen Ort aufzusuchen, aber vielleicht jetzt?

»Wie kommt man rein? Ich bin nicht Mitglied.«

»Ich glaube nicht, dass die Mitglieder haben, aber wenn du nicht bezahlen kannst, kommst du nicht so ohne Weiteres rein. Warte mal, ich muss nachdenken. Und das bin ich nicht gewohnt.« Birgir lächelte sein halbes Lächeln, aber dann verschwand es wieder. »Jetzt erinnere ich mich. Das einzige

Mal, dass ich da war, musste man dem Türsteher sagen, man kenne Heindrik, und dann kam man rein.«

»Wer ist Heindrik?«

»Keine Ahnung. Ich weiß auch nicht, ob das heute noch funktioniert. Ist schon ’n halbes Jahr her, seit ich da war.«

»Kannst du nicht mitkommen?« Auch wenn Birgir runtergekommen war, war er immer noch ziemlich clever.

»Ich komme nicht rein. Ich habe denen ein paar Wahrheiten gesagt und da haben sie mich rausgeschmissen. Aber wenn du mich unbedingt bei dir haben möchtest, kann ich dich gern besuchen. Ich gehe davon aus, dass du was zu trinken im Haus hast.«

Zuerst konnte ich mit mir selbst nicht ins Reine kommen, ob ich wirklich Lust hatte, von Birgir besucht zu werden.

»Machst du mir auf, wenn ich komme?« Er sah mich spöttisch an.

»Kommt drauf an.«

»Worauf?«

»Ob ich allein zu Hause bin oder Gesellschaft im Bett habe.«

Wir grinsten einander an. Es waren viele Jahre vergangen, aber wir kannten uns.

»Natürlich mache ich dir auf, Birgir.« Und als ich das sagte, meinte ich es auch so.

11

Der Nebel hielt sich. So ein richtiger Alltagsnebel, der keinerlei Spielereien mit wechselnden Beleuchtungen zuließ und sich auch nicht auf den Fjord hinaus verzog. Er hatte sich niedergelassen, um während seiner Arbeitszeit hier zu bleiben, und auch gegen ein paar Überstunden hatte er nichts einzuwenden. Gott weiß, ob er vielleicht eine Abmachung mit der Angestelltengewerkschaft hatte?

Das Tuten des Nebelhorns verfolgte mich spöttisch die Jónas Broncksgøta entlang. Die Feuchtigkeit legte sich auf meine Haare und mein Gesicht und schon nach wenigen Sekunden tropfte es von Nase und Kinn. Jetzt bereute ich, dass ich nicht das Auto genommen hatte. Kurz nachdem ich den Weiher an der Hoyviksvegur passiert hatte, kam ich zu einem großen, grauen Betonkasten mit roten Fenstern und schwarzem Dach. Es erinnerte ein wenig an eine Gemeindeschule aus den Siebzigern.

An der Betonmauer neben der großen Doppeltür stand mit großen Messingbuchstaben *REVISION A/S.* Darunter, mit kleineren Buchstaben, standen die Namen von fünf Männern, darunter der des Steuerprüfers, mit dem zu reden ich mir vorgenommen hatte.

Ich ging hinein und blieb einen Augenblick in dem kleinen Vorraum stehen, um die schlimmste Nässe abzuschütteln. Die Tropfen bildeten ein zufälliges Muster auf dem grauen Steinfußboden, und wenn ich mich beeilt hätte, hätte ich die Fliesen firnissen und ausstellen können. Aber ich war in einer ganz anderen Sache hier, deshalb ging ich weiter in einen großen Büroraum, in dem zehn Menschen vor ihren Computern saßen. Die meisten davon waren Frauen.

Zwischen ihnen und mir befand sich ein hoher Tresen. Ich legte meine Ellbogen darauf und wartete. Niemand sah auch nur von Tastatur und Bildschirm auf. Die reinsten Computerzombies.

An der langen Wand gegenüber dem Fenster gab es drei Türen und ganz am Ende des Raums eine Wendeltreppe, die nach oben führte. Diese Treppe kamen zwei schlanke Beine in schwarzen Strümpfen und dunklen, hochhackigen Schuhen herunter.

Während sie auf mich zu ging, hatte ich Zeit, sie mir näher anzusehen. Das Haar war blond gesträhnt, und fiel in sanften Wellen über ihre Schultern. Das braune Kleid in altmodischem Stil mit Volant betonte Brust und Hüften. Die Lippen waren dunkelrot geschminkt, die Augenbrauen schwarz, und goldene Sprenkel betonten das Grau ihrer Augen. Sie trug eine große Brille mit hellbraunem Gestell. An den Bügeln waren die Buchstaben *CD* sehr deutlich zu sehen. Sie war um die dreißig und hübsch genug, dass mir einfiel, dass ich nicht frisch rasiert und mein Hemd nicht gebügelt war.

»Ja?«, sagte sie in fragendem Ton.

Ich nannte meinen Namen und erklärte, dass ich gern mit Arngrímur Brestisoyggj sprechen wollte.

»Worum geht es?«

Mit ihr war nicht gut Kirschen essen. Und ihrem Aussehen nach zu urteilen, konnte ihr Gehalt nicht ganz bescheiden sein.

»Ich habe ein paar Fragen.«

»Was für Fragen?«

»Das kann ich Ihnen nicht sagen.«

»Ach!« Die grauen Augen schweiften ein wenig ab. Sicher war sie meiner bereits überdrüssig.

»Aber Herr Brestisoyggj ist sehr beschäftigt, ich kann ihn nicht jedes Mal stören, wenn jemand nach ihm fragt. Wenn Sie einen Termin hätten, wäre das etwas anderes.«

»Sagen Sie ihm, es geht um Gaia und um Páll Hansen.« Ich versuchte, ihr tief in die Augen zu sehen.

»Gaia und Páll Hansen.« Sie schaute zweifelnd drein, aber ich lächelte mein höflichstes Lächeln. Was ich zu benutzen pflege, wenn ich bissige Hunde beruhigen will.

Sie drehte sich auf dem Absatz um und ging die Wendeltreppe wieder hinauf.

Erneut hatte ich Gelegenheit, ihre Beine zu bewundern, während sie durch die Windungen tanzte. Ich wusste nicht, ob es mein Lächeln war, das den Ausschlag gegeben hatte, aber ich werde noch mal darüber nachdenken, vielleicht hatte ich darin ja so etwas wie eine Geheimwaffe.

Kurz darauf kam sie zurück. Ebenso stilsicher, ebenso hübsch und ebenso kalt.

»Herr Brestisoyggj kann Ihnen fünf Minuten einräumen.« Ihrer Stimme war zu entnehmen, dass sie damit nicht einverstanden war. »Es ist die erste Tür rechts, wenn Sie oben sind.«

Als ich oben auf die letzte Stufe trat, wurde mir klar, was unten gefehlt hatte: Den ganzen Flur entlang hingen große Gemälde. Unten hatte ich kein einziges Bild gesehen. Vielleicht war das ja Teil der Politik, auf diese Art die Unterschiede zwischen Direktoren und dem Personal deutlich zu machen? Oder meinten sie, dass Menschen, die unter einem gewissen Lohnniveau lagen, sich sowieso nichts aus Kunst machten?

Arngrímur Brestisoyggj entsprach seinem kraftvollen Namen nicht besonders. Das Erste, was auffiel, war sein Anzug aus Seide. Hellgrau, gestreift und sicher während eines Aufenthalts in Thailand genäht. Er changierte so stark, dass es eine Weile dauerte, bis man den schmächtigen, blassen Mann darin entdeckte. Obwohl er kaum die Mitte dreißig überschritten haben konnte, hatte er schon eine Halbglatze, und Nase und Kinn reckten einander in dem mageren Gesicht so sehr entgegen, dass man den Eindruck hatte, man stünde einem jungen Greis gegenüber.

»Nun, wird's bald.«

Die Stimme war kalt und alles andere als höflich.

»Ich möchte wissen, wer Gaia International wirklich besitzt.«

Arngrímur Brestisoyggj warf mir aus seinem reflektierenden Panzer einen kalten Blick zu. »Das stand doch in den Zeitungen, deshalb kann ich nicht verstehen, warum du noch mal darüber schreiben willst.«

»Ich glaube nicht, dass die Presse alles erfahren hat. Ich glaube nicht, dass der Name eines bestimmten Reeders überhaupt erwähnt wurde.«

Der Blick des Steuerprüfers flackerte einen Augenblick lang, aber dann gewann er seine Fassung wieder.

»Mir ist nicht bekannt, dass ein Name nicht genannt worden sein soll. Wenn du mit solchen Spekulationen meine Zeit verschwenden willst, dann ...«

»Was hältst du von Hanus í Rong?«, fragte ich schnell.

Jetzt wurde sein Blick wirklich unsicher. Mir tat der kleine Mann in dem pompösen Anzug fast leid. Der Schweiß brach ihm auf der Stirn aus.

»Du musst jetzt gehen, ich habe keine Zeit mehr.« Er schob mich fast auf den Flur und schloss die Tür.

Ich leistete keinen Widerstand, er hatte mir bestätigt, was ich wissen wollte.

12

Später am selben Nachmittag saß ich draußen beim *Blaðið* und schaute über das Wasser. Wasser ist vielleicht zu viel gesagt, denn der Nebel, der mich offenbar verfolgte, sorgte dafür, dass man nicht von einem Haus zum anderen sehen konnte. Ich starrte also in die weiße Watte und versuchte, die Dinge zu überdenken.

Páll Hansen war vor vierzehn Tagen vor eingeschaltetem Mikrofon mit Zyankali ermordet worden und niemand kannte den Grund. Ein Selbstmord war bei Frau, Kind und einem neuen Haus nicht wahrscheinlich. Und wenn es ein Selbstmord hätte sein sollen, hätte er ihn wohl kaum begangen, während er auf Sendung war. Die Polizei stand offensichtlich vor einem Rätsel.

Dafür hatten sie einen Hinweis bekommen, als sie herausfinden sollten, wer den größten Bankraub in der Geschichte der Färöer begangen hatte. Wer diesen Tipp gegeben hatte, wussten sie nicht, aber Petur Kári Magnussen, genannt Paki, war vorgestern festgenommen worden. Am nächsten Morgen wurde er in seiner Zelle gefunden, erhängt mit seinem eigenen Gürtel. Der wachhabende Polizeibeamte schwor, dass der dem Gefangenen den Gürtel abgenommen hatte. Petur Kári konnte den Bankraub kaum allein geplant haben, dazu war er viel zu sehr neben der Spur gewesen, aber etwas musste er gewusst haben. Und irgendjemand hatte dafür gesorgt, dass er dieses Wissen nicht weitergab.

Jetzt der dritte Mann – oder sollte ich lieber sagen: die dritte Leiche? Christian Joensen hatte von irgendetwas Wind bekommen, aber mir fiel einfach nicht ein, ob er an diesem Abend etwas Besonderes erwähnt hatte. Vielleicht hatte ich es auch vergessen, aber ich hatte eigentlich erst richtig zu trinken begonnen, als wir über Fußball sprachen, deshalb sollte ich mich wohl noch erinnern. Es war durchaus möglich, dass die Person oder die Personen, die hinter dem Bankraub standen, auch Christian auf dem Gewissen hatten. Aber wer hatte nur bei der Polizei angerufen, um Petur Kári anzuschwärzen?

Es musste einen Zusammenhang zwischen dem Bankraub und Christian Joensen geben. Aber welchen?

Vorläufig konnte ich das Ganze der Polizei überlassen und außerdem hatte Karl mir Schreibverbot erteilt.

Zurück zu Páll Hansen und seinem ehemaligen Arbeitgeber, Gaia International. Es war nicht sicher, dass Gaia etwas mit Pálls Tod zu tun hatte, aber merkwürdig war es schon. Der Steuerprüfer Arngrimur Brestisoyggj bekam Angst, als ich den Namen Hanus í Rong in Verbindung mit dem Konkurs der Anteilseigner nannte, und das genügte mir als Beweis dafür, dass bei der Gerichtsverhandlung nicht alles zutage gefördert worden war. Aber es konnte sich auch um einen ganz gewöhnlichen Fall von Korruption handeln – der neue färöische Sport – und er hatte möglicherweise Angst, seine Zulassung als Steuerprüfer zu verlieren.

Ich musste unter allen Umständen irgendwo anfangen und im Augenblick erschien mir Hanus í Rong die interessanteste Person.

Das Material, das ich im Archiv abgestaubt hatte, reichte aus, damit ich mir ein Bild von dem vielseitigen Reeder und Laienprediger machen konnte. Was an erster Stelle stand, Gott oder der Mammon, konnte ich nicht genau sagen. Für Hanus í Rong waren diese beiden Teile des Daseins zusammengewachsen, es waren einfach zwei unterschiedliche Bilder des innersten Kerns des Erdenlebens.

Von Anfang an war er Mitglied einiger der vielen Sekten auf den Färöern gewesen, blieb aber nie lange an einer Stelle. Vor fünf Jahren war er auf Geschäftsreise in Amerika gewesen, und da wurde er zu der Sekte *The Apostles* bekehrt. Die *Apostel* waren überzeugt davon, dass der Herrgott ein besonders offenes Ohr für die Gläubigen im Geschäftsleben hatte und ihnen seine Unterstützung gab. Wenn jemand an der Geschäftsfront Erfolg hatte, war er in inniger Harmonie mit seinem Schöpfer.

Das war nicht besonders neu. Viele der von den USA inspirierten Sekten hatten diese spezielle Vorstellung von einem Schöpfer, aber bei den *Aposteln* war sie besonders ausgeprägt. Die Gnade des Herrn wurde nur dem zuteil, der auch allein zurechtkam. Man sollte Mitleid mit den Notleidenden empfinden, doch nicht weil es ihnen schlecht ging, sondern weil der Herr sie verstoßen hatte.

Ich zündete mir eine Zigarette an und warf einen Blick aus dem Fenster. Es schien, als würde der Nebel sich in der Dämmerung langsam auflösen, man konnte schon die Lichter von Tórshavns Innenstadt sehen.

Laienprediger und alles, was Geschäft hieß, schienen gut zusammenzupassen. Und inzwischen konnte man kaum noch einen Unterschied zwischen Färingern und Ausländern feststellen. Früher sah man immer sofort, wann man einem dieser aalglatten dänischen Vertreter gegenüberstand. Sprache und Verhaltensweise verrieten ihren anderen Lebensstil. Man hatte kein Vertrauen zu dem Mann. Heute konnte man nicht wissen, ob es sich nicht vielleicht um einen ebenso aalglatten Färöer handelte. Anzug, Schlips und das angeklebte Lächeln gehörten zur Vertreterausrüstung, und oft kamen noch religiöse Glaubenssätze hinzu. Es war immer praktisch, Schwestern und Brüder auf seiner Seite zu haben. Wenn man dann eine Aktiengesellschaft nach der anderen einschließlich ihrer Angestellten mit einem freundlichen Bibelzitat über den Jordan schickte, machte das nichts weiter. Man hatte gleichzeitig die Ausbeute und den Glauben. Das heißt, man predigte gern, aber man war dennoch in erster Linie Geschäftsmann, ganz gleich, ob es sich um Autos oder Möbel handelte, die man verkaufte.

Es gab mehrere Fotos von Hanus í Rong, die ihn bei einer Predigt zeigten. Er war breitschultrig und hielt sich so aufrecht, dass er fast nach hinten kippte. Ich schätzte ihn auf über fünfzig, auch wenn das lockige Haar und die Sommersprossen ihm ein jüngeres, fast jungenhaftes Aussehen gaben. Vor fünfundzwanzig Jahren war er ein hervorragender Sportler gewesen und hatte mehrere färöische Meisterschaften im Schwimmen gewonnen. Er schien immer noch eine gute Kondition zu haben.

Auf den Fotos, auf denen man seine Zuhörerschaft sehen konnte, war diese zahlreich. Es gab eine Menge Menschen, die glaubten, wenn man den lieben Gott um Geld und Macht bäte, würde er einen erhören.

Die meisten dieser neumodischen Sekten waren die reinste Pest für mich und am liebsten hätte ich sie einfach ignoriert, aber ich zwang mich weiterzulesen, damit ich mir ein Bild von den *Aposteln* und ihrem färöischen Propheten machen konnte. Vor allem von Letzterem.

Der Gründer hieß Jerimiah Johnson und lebte von 1845 bis 1914. Er war ein Geschäftsmann aus St. Louis, der aufgrund von Spekulationen Konkurs gemacht hatte. Er zog gen Westen und hoch oben in den Rocky Mountains erschien ihm der Erzengel Uriel mit gezücktem goldenem Schwert. Der erzählte Jerimiah Johnson, und nur ihm, wie er das Menschengeschlecht führen solle.

So einen Blödsinn hatte ich schon oft gelesen, deshalb las ich nur diagonal.

Jerimiah Johnson sollte also der wiedergeborene Jeremias sein und er sollte Protestanten und Katholiken vereinen. Wie das vor sich gehen sollte, verschwand in einem Nebel aus Bibelzitaten, und der Nebel wurde nicht undurchdringlicher dadurch, dass der Hauptprophet des wiedergeborenen Jeremias Jesaja war.

Ich übersprang einen Teil, erfuhr dann, dass die Sekte über hundert Jahre existierte, ohne dass jemand außerhalb der Dörfer im Mittelwesten sie entdeckt hatte.

Die Umwälzung geschah erst, als der Fundamentalist Ronald Reagan Präsident der USA wurde. Und danach ging alles so schnell, dass die *Apostel* eine der größten Glaubensgemeinschaften in Amerika wurden. In Europa dagegen lief es nicht so gut, nur in Schweden hatten sie einen gewissen Zulauf, wahrscheinlich weil ein bekannter Popstar, der oft im Fernsehen zu sehen war, zu den Glaubensgenossen gehörte.

Auf den Färöern nannten die Gegner der *Apostel* die Sekte die *Reedersekte,* und das Missionsvolk hatte versucht, das zu unterbinden.

Ich hatte keinen Zweifel daran, dass es den *Aposteln* hier in unserem Land gut ging. Bei uns waren in den letzten Jahren die Wellen so hoch geschlagen, dass eine Bibeldeutung, die verkündete, dass man nach seiner eigenen Gier leben solle, weil diese von Gott gesegnet sei, als die richtige Botschaft zur rechten Zeit angesehen werden musste. Hinzu kamen noch all die verwirrten Menschen, die sich immer dranhängten, wenn etwas passierte.

Ich stand gähnend auf. Draußen war es dunkel geworden und die Schreibtischlampe warf schwarze Schatten auf Boden und Wände. Aus den Geräuschen draußen auf dem Flur schloss ich, dass man dabei war, nach Hause zu gehen. Es war bald Essenszeit. Aber weder nahm ich an der täglichen Arbeit, eine Zeitung herauszubringen, teil noch an einem Alltag mit Frau und Kindern. Ich war ein Vagabund ohne Verantwortung außer für mich selbst, aber auch ohne die Freuden, die ein Familienleben spendete, wie man mir versichert hatte.

Hanus í Rong war seit seiner Jugend Geschäftsmann gewesen; an welchen Geschäften er beteiligt gewesen war, ging aus den Berichten nicht hervor, aber in späteren Jahren hatte er sich mit Reedereien beschäftigt. Das war ein Erfolg gewesen. Vor wenigen Jahren hatte er draußen auf Argir einen Büropalast gebaut, von der Bevölkerung *Salomons Tempel* genannt. Hier hatte die Reederei NorthMed ihren Sitz, Experten für Fracht- und Tankschiffe. Die Namen ihrer Schiffe verrieten die enge Verbindung zwischen Glaube und Business: *Salem*, *Hosianna*, *Kyrie Eleison*, *Halleluja*, *Genesis* und *Golgatha*. Außerdem besaß NorthMed in Skipanes eine Fischverarbeitungsfabrik mit dem Namen *Ichthys*.

Der Reeder war ein vermögender Mann geworden und sein Wunsch war, dass die Färöer eine Freihandelszone würden. Wir sollten außerhalb der EU und aller anderen Verbände bleiben, aber gleichzeitig mit ihnen zusammenarbeiten und von ihnen leben. Die Fischerei auf den Färöern würde bald Geschichte sein und wir sollten in die Zukunft blicken. Wie diese Zukunft aussehen sollte, das erklärte er nicht näher. Es genügte offenbar, Schlagworte zu benutzen: Freihandel und Fortschritt.

Das musste reichen. Ich legte die Ausschnitte und Fotos in die Mappen zurück und stellte diese an ihren Platz.

Im Auto auf dem Weg nach Hause auf dem Hospitalvej durchdachte ich das skizzenhafte Bild, das ich von Hanus í Rong bekommen hatte.

Ein Mann, der so weit ging, dass er die Bibel als Begründung für seine Geschäfte benutzte und sie ganz nach seinen geschäftlichen Zielen auslegte, so ein Mann würde sich kaum zurückhalten, wenn es ums Ganze ging.

13

Zu Hause begann ich, das Abendessen zu kochen. Ich hatte ein Pfund Rindfleisch, das ich in Würfel schnitt und in einem Topf mit scharfem Paprika und *Olio Extra Vergine di Olivia* anbriet. Das jungfräuliche Öl sollte für jemanden wie mich, der ganz allein herumschlich, genau das Richtige sein.

Während das Fleisch braun wurde, schnitt ich eine Zwiebel und eine grüne Paprika, öffnete eine Dose Tomaten und pellte eine Knoblauchzehe. Die Zwiebel kam zu dem Fleisch, etwas später auch die Tomaten, der Knoblauch und die Paprika. Danach Wasser, noch mehr Paprika, Salz und Pfeffer. Ich schälte drei Kartoffeln und schnitt sie in kleine Würfel, und als auch sie im Topf verschwunden waren und es unter dem Deckel blubberte, hieß es nur noch warten. In etwa anderthalb Stunden konnte ich essen. Dazu gab es Weißbrot und einen Rioja Reserva.

Ich war kein Vielfraß, deshalb würde die ungarische Gulaschsuppe sicher für ein paar Tage reichen. Ab und zu machte es Spaß, für sich selbst zu kochen, in der Küche herumzupusseln, während man an einem Glas Wein nippte, Radio hörte oder eine Platte aufgelegt hatte.

Aber nicht tagein, tagaus.

Irritierend, das mit Duruta. Hätte sie mit diesem Kursus nicht bis zu einem anderen Mal warten können?

Ich meine ... Seit zwanzig Jahren hatte ich in meiner Heimatstadt wieder Fuß gefasst und dann flieht die Frau, die ich gerade erst kennengelernt habe, in die Welt hinaus. Nun gut, der Fuß hatte vielleicht noch nicht so ganz sicheren Halt, aber dennoch ...

Wenn ich ehrlich war, wusste ich gar nicht genau, warum ich so irritiert war.

Nein, das stimmte nicht, ich wusste es ganz genau.

Dieses Mal war nämlich nicht *ich* derjenige, der davonzog. Ich hatte versucht, mich damit zu trösten, dass es nur gut für mich sei, diese Erfahrung auch einmal zu machen. Aber das half nicht die Bohne.

Ich scheute die Selbstanalyse nicht, aber sie nützt nichts, solange man ihr kein Ohr schenkt und nichts aus ihr lernt.

Und ich schenkte mir selbst fast nie ein Ohr. Damit hatte ich schlechte Erfahrungen gemacht. Übrigens hörte ich auch nicht besonders oft auf andere.

Ich ging ins Schlafzimmer, um Duruta anzurufen.

Sie hatte ein Zimmer in einem Wohnheim in einem Studentenviertel auf Amager gemietet. Näher konnte man einer färöischen Siedlung im Ausland nicht kommen. Vergleichbar mit den berühmten *Chinatowns* auf der ganzen Welt hatten wir dort eine richtige *Färöertown.* Die Häuser waren zwar nicht typisch färöisch, aber dafür ein großer Teil der Bewohner. Man konnte fast ein färöisches Durchschnittsdasein mitten in der größten Stadt des Nordens führen. Dafür konnte ich mir nicht vorstellen, dass die Polizeischule besonders färöisch war.

Meine tieffliegenden Gedanken wurden unterbrochen: »Allô! Orsun Kolleg.«

Die Sprache, die das Mädchen am Telefon sprach, war jedenfalls nicht Färöisch. Hatte sie nicht einen französischen Akzent?

Ich bat darum, mit Duruta Danielsen sprechen zu dürfen.

»Durut Daniels, ja.«

Ich hörte ferne Schritte auf einem langen Flur.

Vielleicht war das färöische Viertel in Kopenhagen doch nicht so färöisch, wie ich es mir eingebildet hatte?

Während ich wartete, schaute ich zur Straße hinauf. Ein paar Autos sausten vorbei und auf der anderen Straßenseite lief ein Mann schnellen Schrittes. Im Lichtkegel konnte ich sehen, dass er nichts auf dem Kopf hatte, einen grauen Mantel trug und vor lauter Eifer vorgebeugt ging. Fast wie ein färöischer Groucho Marx. Aber statt der Zigarre hatte er eine große, schwarze Bibel mit Reißverschluss in der rechten Hand. Und die Bibel sagte mir, dass hier ein Profi unterwegs war. Die Laien in diesem Spiel verrieten sich immer dadurch, dass sie *nicht* die richtige Bibel hatten.

Der ›Profi‹ verschwand die Jóannesar Paturssonargøta hinunter.

»Niemand zu Hause«, tönte es aus dem Telefonhörer.

Jetzt war ich mir fast sicher, dass die Stimme französisch klang, aber leider war sie so weit entfernt, dass ich mir keine endgültige Gewissheit verschaffen konnte. Ich begnügte mich damit, mich für die Mühe zu bedanken.

Duruta war also nicht zu Hause. Musste sie vielleicht Überstunden machen? Oder besuchte sie eine Freundin? Oder war sie bei einer kranken Tante? Oder war sie mit Kollegen in die Stadt gegangen?

Sofort sah ich große, breitschultrige Polizeibeamte um Duruta herumschwärmen. Ich schob diese Gedanken beiseite und ging in die Küche.

Vielleicht sollte ich auch ausgehen? Mich mit jemandem treffen? Nein, leider nicht heute Abend. Mir fiel ein, dass ich mir selbst versprochen hatte, die *Quelle* aufzusuchen, und ein Wort ist ein Wort.

Während ich auf mein Essen wartete, füllte ich einige Giroformulare aus. Das gab mir das wohltuende Gefühl, mein Leben im Griff zu haben.

14

Gegen elf ging ich auf den Landavegur hinaus. Die Abstände zwischen den Straßenlaternen waren so groß, dass ich abwechselnd im Dunkeln und im Licht ging. Als würde ich eine Theaterbühne betreten, um sie gleich wieder zu verlassen.

Auf dem letzten Kilometer vor Velbastaðvegur begegnete ich keinem Menschen. Das Fernsehen demonstrierte wieder einmal sein Talent als Babysitter.

In den letzten Jahren war an der Straße einiges gebaut worden, aber bei Weitem nicht so viel wie an anderen Stellen von Tórshavn. An so einem bedeckten Oktoberabend konnte man immer noch das Gefühl haben, in unbebautem Gelände herumzulaufen. Oder waren das nur Reminiszenzen an die Kindheit, als es überhaupt nicht witzig war, im Stockfinstern den Landavegur entlangzugehen, während Trolle und andere Geschöpfe der Nacht hinter Steinen und in Senken lauerten?

Die *Quelle* war ein altes, geteertes Haus auf weißem Steinsockel. Es sah aus wie ein ganz gewöhnliches färöisches Haus aus einer Zeit, als der Beton noch nicht seinen Siegeszug gehalten hatte. Aber der Zustand im Haus schien alles andere als gewöhnlich zu sein. Die Lichter aus den Fenstern sahen aus wie Scheinwerfer und der Rolling-Stones-Song *Satisfaction* dröhnte in den Abend hinaus. Ich konnte gut verstehen, dass die *Quelle* keine Nachbarn hatte und allein in ihrer majestätischen Haltung stehen durfte.

Ich ging die Treppe hinauf und fasste an die Türklinke. Es war abgeschlossen. Ich klopfte an.

Nichts geschah.

Bei dem Lärm konnte ein höfliches Klopfen unmöglich zu hören sein. Ich klopfte noch einmal an. Dieses Mal mit allen Kräften.

Das Resultat war das gleiche.

Aber jetzt konnte ich hören, dass Mick Jagger seinen Refrain zum letzten Mal sang:

I can't get no, I can't get no
I can't get no satisfaction
No satisfaction, no satisfaction
No satisfaction

Als die Musik aufhörte, waren Lachen und Kreischen zu hören.

Ich klopfte zum dritten Mal.

Einen Augenblick später wurde die Tür geöffnet und ein Mann mit dem Umfang einer Tonne öffnete die Tür.

»Was willst du?«, donnerte die Tonne.

»Ich soll von Heindrik grüßen«, sagte ich kleinlaut.

Der Dicke war in meinem Alter – so um die vierzig – und hatte blonde Locken und einen herunterhängenden, rötlichen Schnurrbart. Knallgelbe Hosenträger, dekoriert mit grünen Meerjungfrauen, hielten seine riesige graue Hose direkt unter dem Brustkasten an Ort und Stelle. Darunter trug er ein helles Hemd mit himmelblauen Blumen.

»Wer ist Heindrik«, fragte er ungeduldig.

Zur Hölle mit Birgir. Sicher hatte er alles durcheinandergebracht.

»Das weiß ich nicht. Mir ist nur gesagt worden, wenn ich reinwollte, sollte ich von Heindrik grüßen.«

»So einen Quatsch wie Codeworte benutzen wir nicht.«

Er wollte die Tür schließen, aber ich fragte schnell: »Und wie komme ich dann rein?«

Er hielt die Tür einen Spalt offen: »Du musst Mitglied sein, wie überall. Das kostet tausend Kronen.«

Während ich noch überlegte, was ich machen sollte, erklang eine höhnische Stimme hinter dem Dickbauch.

»Lass ihn rein. Glaubst du, ein armer Schmierfink kann eure Preise bezahlen?«

Ein blonder Kopf mit Kassenbrille erschien hinter der Schulter des Türstehers. Es war Jákup Petersen, der Freund des verstorbenen Christian Joensen.

»Ja, ja, ist in Ordnung«, murmelte der Türwächter und trat zur Seite, damit ich in den schmalen Flur kommen konnte. Danach robbe er seitwärts an mir vorbei und öffnete die Tür zum Lokal, aus dem der Lärm drang. Die stakkatoartige Einleitung zu *Paint it Black* begann: *I see a red door and I want it painted black …*

Die Tür wurde geschlossen und es war wieder möglich, sich zu unterhalten.

»Wer hat dir erzählt, dass du von Heindrik grüßen solltest? Es ist mindestens ein halbes Jahr her, seit sie damit Schluss gemacht haben.« Jákup Petersen sah mich misstrauisch an.

»Ein alter Freund«, antwortete ich. »Aber das ist ja auch egal. Was machst du hier?«

»Die gleiche Frage könnte ich dir stellen. Ich hätte nicht gedacht, dass ein anständiger Mann, der mit einer Polizistin zusammen ist, an so einen Ort kommt. Du kannst froh sein, dass er keine Ahnung hat, wer du bist. Er hätte sonst Gehacktes aus dir gemacht.«

»Der Türsteher?«

»Ja. Er ist berühmt dafür, dass er denen, die er rausschmeißt, immer etwas bricht.«

Ich hatte keine Lust, länger darüber zu reden, was der Türwächter mit mir machen würde, wenn er herausfände, wer ich war. »Aber wie kommt es, dass du hier bist?«

»Ich halte Leichenschmaus.« Er hielt mir eine halb volle Flasche Gordon's Gin unter die Nase. »Willst du einen Schluck?«

»Ja, warum nicht?« Ich nahm die Flasche mit dem Wildschwein und probierte ein wenig von dem bitteren Getränk.

»Du wunderst dich vielleicht, dass ich nicht im *Bacchus* bin?« Jákup sprach mit belegter Stimme. »Aber wenn du fühlst, dass die Mächte der Finsternis die Herrschaft übernommen haben und der Weltuntergang nahe ist, gibt es dann einen besseren Ort als den Wohnsitz der Sünde selbst?«

Er hob die Ginflasche zum Dachgebälk hinauf. »Prost, Christian, wo immer du auch bist! Ob du nun einen mit dem heiligen Petrus kippst oder mit dem Satan.«

Und Freundschaft, die doch nie vergeht ..., grölte er mit besoffener Stimme.

Auf der anderen Seite der Tür sangen die Stones *It's not easy facing up when your world is black ...*

Mir gefiel die Schwarzmalerei der Rolling Stones viel besser als die abgegriffene schottische Trinkweise über alte Freundschaft, deshalb ging ich durch dieselbe Tür wie zuvor der Türwächter.

Die Bar war alles andere als gewöhnlich. Man hatte die Trennwände entfernt. Auch die des Badezimmers. Deshalb stand mitten zwischen alten Sofas und Sesseln eine große, emailleweiße Badewanne. In der Wanne saß eine junge, dunkelhaarige Frau und besprühte ihren nackten Körper mit einer Handbrause. Um die Wanne herum saßen etwa ein Dutzend Männer und Frauen, die schrien und klatschten. Die Frauen waren mit ihrem Striptease noch nicht so weit gekommen wie die Frau mit der Brause, waren aber schon ein Stück auf dem Weg.

Durch den Qualm konnte ich die Tonne am anderen Ende des Lokals erkennen. Jetzt spielte er den Barkeeper und saß neben den Überresten einer Küchenspüle.

Die Schranktüren fehlten und man hatte auch das Waschbecken entfernt. Dort waren die Bierkisten auf dem Boden gestapelt und auf dem Tisch standen die Flaschen mit den härteren Getränken.

»Und, was meinst du?« Jákup Petersen flüsterte mir ins Ohr. »Gib dem Barkeeper tausend Kronen, dann kannst du mit jedem der Mädchen raufgehen.«

Ich drehte mich zu ihm um, ohne das dunkelhaarige Mädchen aus den Augen zu lassen. »Wem gehört der Laden?«

»Ich glaube, das weiß niemand genau. Aber diejenigen, die die täglichen Geschäfte, oder besser: die nächtlichen führen, sind nicht gerade Musterknaben.«

Die Dunkelhaarige beschäftigte sich jetzt intensiv mit der Handbrause und das Haus erzitterte vom Trampeln der Zuschauer.

Ich schlängelte mich durch die improvisierte Bar und bestellte ein Bier.

Der Barkeeper zog mit einer trägen Handbewegung eine Flasche aus dem grünen Kasten und öffnete sie.

»Fünfzig Kronen.« Er streckte eine riesige Hand aus.

»Ihr habt ja heiße Preise.«

»Es hat dich niemand gebeten, herzukommen.« Sein Gesicht war ausdruckslos und die hellblauen Augen ließen sich weder von mir noch von dem Spiel in der Badewanne irritieren.

»Schon gut.« Ich legte einen Fünfziger in seine Hand. Ebenso gut konnte ich den Stier gleich bei den Hörnern packen. »Ist Petur Kári Magnussen oft hier gewesen?«

Jetzt klatschte man im Takt um die Badewanne, aber ich sah den Barkeeper an. Er wirkte völlig unbeeindruckt.

»Wenn du was wissen willst, geh ins Informationsbüro der Stadt. Die können einem wie dir sicher viele interessante Dinge erzählen.«

Er betrachtete mich ironisch. Wer wusste, ob er wusste, wer ich war? Ich ging zu Jákup Petersen zurück. Es brachte jedenfalls nichts, den Barkeeper zu provozieren. Jákup reichte mir die Ginflasche und ich nahm einen ordentlichen Schluck. Warum sollte ich nicht bei dem Spaß mitmachen? Jákups Flasche hatte keine Banderole. Ebenso wenig die Flaschen, die beim Barkeeper standen.

Ein junger Mann, der so blond wie die nackte Frau dunkel war, schmiss seine Sachen von sich und stieg in die Wanne.

Der Jubel im Lokal war ohrenbetäubend.

15

Der Wecker klingelte. Hörte auf. Klingelte wieder. Das Geräusch durchfuhr meinen Kopf wie ein Messer.

Mit einer Hand tastete ich über den Nachttisch, kein Wecker. Das Klingeln hörte nicht auf. Ich zog mir die Decke über den Kopf, aber das half nichts. Ich schlug nach dem Lärm und das Telefon landete mit einem Knall auf dem Boden.

»Hannis, bist du da?«, fragte eine ferne Stimme.

Es war also das Telefon gewesen, das mich fast umgebracht hätte. Aber das war leicht abzustellen. Ich versuchte, vom Bett aus den Hörer zu erreichen, doch das ging nicht.

Die ferne Stimme wurde böse: »Hannis! Hannis! Ich weiß, dass du da bist. Nun geh schon ran.«

Ich erkannte die Stimme, schließlich war es die Stimme, die mich neuerdings immer morgens weckte.

Langsam, ganz langsam stand ich auf. Was für ein mörderischer Schmerz. Ich nahm den Hörer hoch.

»Ja?«

»Na endlich. Was tust du noch im Bett? Warst wohl mal wieder auf der Piste, wie ich annehme.«

»Ja«, wiederholte ich.

»Komm zur Reitbahn beim Hotel *Borg.* Wir möchten mit dir reden.«

»So früh?«

»Früh! Es ist halb elf. Nimm eine kalte Dusche und komm.« Der Hörer wurde aufgelegt.

Ich blieb einen Moment auf der Bettkante sitzen und dachte an gar nichts. Am liebsten hätte ich mich wieder hingelegt, aber das ging nicht. Auf dem Weg in die Küche wurde mir bewusst, dass Karl gar nicht gesagt hatte, warum ich kommen sollte. Ich holte mir ein Glas Wasser und fand zwei Kopfschmerztabletten. Während die Tabletten sich auflösten, zog ich die Gardinen auf. Die Sonne schien von einem klaren Himmel und blendete mich. Jetzt freuten sich die Leute sicher. Ich wünschte, es regnete.

Die Tabletten und die Dusche halfen ein wenig, aber als ich bei strahlendem Sonnenschein die Dalavegur hinauffuhr, störte mich das Licht trotz dunkler Sonnenbrille fürchterlich. Am liebsten hätte ich mich in einem dunklen Keller versteckt.

Es war eine lange Nacht gewesen, ich war erst gegen Morgen heimgekommen. Jákup hatte mir Gin eingetrichtert und danach hatten wir den größten Teil einer Flasche Whisky miteinander geteilt. Aber die Erinnerungen waren reichlich nebulös. Nackte Körper in der Badewanne und auf Matratzen im Dachgeschoss. Was ich auf dem Dachboden zu suchen hatte, wusste ich nicht mehr. Sicher war ich nicht mit einem Mädchen zusammen gewesen. Und die ganze Zeit die Rolling Stones. Ich erinnerte mich schwach, dass der dicke Barkeeper jemanden zusammengeschlagen und splitternackt die Treppen hinunter und aus dem Haus geworfen hatte.

Und da war noch etwas anderes. Etwas, woran ich mich erinnern wollte. Und was ich natürlich nicht erinnerte. Vielleicht war es ja auch besser, so viel wie möglich dem Vergessen zu überlassen.

Vielleicht würden mir ja später weitere Einzelheiten einfallen?

Oder ich hatte das Glück, dass alles verschwunden war?

16

Die Reitbahn lag westlich vom Hotel *Borg*. Auf dem Rasen beim Hotel standen mehrere Autos, sonst war es ruhig. Aber dreihundert Meter weiter oben auf der Reitbahn, da war etwas los. Ich stieg aus dem Wagen und sofort kam ein junger Polizist zu mir.

»Wo wollen Sie hin?«

»Karl Olsen hat mich hergebeten. Ist er da oben?« Ich deutete zu der Gruppe auf der Reitbahn.

»Ja.« Der junge Polizist sah etwas unsicher aus. »Nun ja, wenn er gesagt hat, dass Sie kommen sollen, dann ist es wohl in Ordnung.« Er trat zur Seite, sodass ich weitergehen konnte.

Die Reitbahn sah aus wie ein alter Feldweg, und wenn man nicht wusste, dass die etwa fünfhundert Meter lange Strecke wirklich eine Reitbahn war, wäre man nicht darauf gekommen. Ein kleiner Schuppen, in den färöischen Farben gestrichen, fiel mir ins Auge.

»Dir scheint es nicht so gut zu gehen.« Das war Kriminalkommissar Piddi í Útistovu.

Das ließ sich ja gut an. Sonnenschein, Kater und Piddi. *Herz, was willst du mehr?*

»Komm her, ich will dich etwas fragen.« Die metallische Stimme des Kommissars passte einfach nicht zu den Zuständen, die in meinem Kopf herrschten.

»Augenblick.« Abwehrend hob ich die Arme hoch. »Was ist denn passiert?« Ich nahm die Sonnenbrille ab und schaute mich um.

Mitten auf der Reitbahn stand ein mit Tarnfarben lackierter Jeep. Eine Gruppe von Männern untersuchte ihn. Ein

Stück hinter dem Jeep hockte Karl Olsen und überprüfte einen runden Gegenstand.

»Das hier, sage ich dir«, antwortete Piddi ungewöhnlich mitteilsam, »das ist der hässlichste und hinterhältigste Mord, den ich je gesehen habe.« Er nahm meinen Arm und führte mich zum Jeep.

Erst jetzt sah ich, dass ein Mann hinter dem Steuer saß, aber er würde kaum die Führerscheinprüfung bestehen. Jedenfalls nicht, nachdem er seinen Kopf verlegt hatte.

Das Innere des Autos war voller Blut, Unmengen von Blut. Der Kopflose hatte offenbar schon ziemlich lange dort gesessen, denn das Blut war bereits getrocknet.

Mir wurde schwindelig, aber daran war vielleicht auch mein Besuch in der *Quelle* schuld.

»Komm her!« Piddi schlug mir leicht auf die Schulter und wir gingen zu Karl. Kurz bevor ich ihn erreichte, lief ich in einen dünnen Stahldraht. Er war fast nicht zu sehen und spannte sich in etwa ein Meter zwanzig Höhe quer über die Reitbahn.

Piddi nahm den Draht zwischen Daumen und Zeigefinger. »Das hat den Fahrer geköpft. Der Draht ist scharf wie ein frisch geschliffenes Messer, und dann in voller Fahrt unters Kinn.« Piddi strich sich mit der Hand über die Kehle. »Wie eine Sense im Gras.«

Jetzt schaute ich zu Karl hinunter und mir wurde klar, dass der runde Gegenstand, den er da begutachtete, der Kopf des Fahrers war.

Jetzt war Arngrímur Brestisoyggj noch blasser als gestern in seinem Büro und seine leeren Augen starrten in die Luft.

»Raffiniert, nicht wahr?« Piddi stand direkt hinter mir. »Man hat mir erzählt, dass er immer abends und manchmal auch morgens hier hochfährt. Sicher um sein empfindsames Ego zu stärken. Der Mörder hat das gewusst und einen

Draht über den Weg gespannt. Man kann ihn nicht mal bei Tageslicht sehen.«

Der strahlende Sonnentag bildete einen scharfen Kontrast zu dem grausigen Anblick und verstärkte den Eindruck von Unwirklichkeit noch. Er war gar nicht zu vermeiden. Piddi tat darüber hinaus sein Bestes.

»Als der Kopf abgeschnitten wurde und an den Wegrand gerollt ist, verringerte sich der Druck auf das Gaspedal, sodass das Auto ruhig und friedlich stehen geblieben ist.«

Nachdenklich sah er auf den fast kahlen Revisorkopf hinunter, dann durchfuhr ihn ein Zittern.

»Das ist eine verfluchte Schweinerei, das darf so nicht weitergehen. Wir haben innerhalb kurzer Zeit vier Morde gehabt, und Gott weiß, wo das noch enden wird.«

»Vier Morde?«, fragte ich vorsichtig. »Ich dachte, Petur Kári hätte sich in seiner Zelle selbst aufgehängt.«

Er fuhr mir über den Mund.

»Verflucht, nun spiel hier mal nicht den Neunmalklugen. Niemand hat dich darum gebeten, dich einzumischen. Wenn ich könnte, würde ich dich umgehend hinter Schloss und Riegel bringen und den Schlüssel ins Meer schmeißen.«

Der Kriminalkommissar wanderte ruhelos auf und ab.

»Ohne Typen wie dich wäre Tórshavn eine friedliche Stadt. Aber jetzt ...« Er schwieg mitten im Satz. »Karl, kümmer du dich um ihn!« Dann ging er schnell zur Reitbahn zurück.

Karl sah mich an und zuckte mit den Schultern.

17

Der Ausblick vom Restaurant des Hotel *Borg* war spektakulär. Nicht nur Tórshavn entfaltete sich vor dem Auge des Betrachters, sondern außerdem noch der Fjord mit Nólsoy, das bei diesem Wetter so nah schien, dass man glaubte, nur die Hand ausstrecken zu müssen, um es zu berühren. Das Meer lag spiegelblank bis Glyvursnes da und man konnte Eysturoys Südspitze sehen, die nie schöner ausgesehen hatte. Dächer und Fenster funkelten und trotz meines angeschlagenen Kopfes hatte ich die Sonnenbrille abgesetzt, um den Anblick zu genießen. Tage wie diese gab es hier nicht so oft.

Karl und ich hatten schweigend unseren Kaffee getrunken. Abgesehen von drei lautstarken dänischen Händlern waren wir die einzigen Gäste in dem großen Lokal. Muzak floss aus den Lautsprechern und übertönte fast die Worte.

»Wie sang doch Gabbi im Märchen, als er in den Sack gesteckt wurde: *Hier ist es anmutig wie im Himmelreich.*« Karl sprach leise. »Aber wie Gabbi log, so wird auch hier gelogen.«

»Na, na«, wandte ich ein. »Übertreibst du da nicht ein bisschen?«

»Da bin ich mir nicht so sicher. Alles geht zum Teufel. Die Färöer sind ernsthaft von der öffentlichen Krankheit befallen.«

»Die öffentliche Krankheit?«, fragte ich nach und war mir im gleichen Augenblick klar darüber, dass jetzt eine Brochmandspredigt folgen würde.

»Ja, schau doch. Früher gab es in der Regel eine direkte Verbindung zwischen Arbeit und Einkommen. Je mehr man schuftete und sich abmühte, je größeren Einsatz man zeigte, umso mehr kriegte man dabei heraus. Heutzutage gibt es für viele überhaupt keinen Zusammenhang mehr zwischen Einsatz und Gewinn. Man bekommt seinen Lohn, egal ob man etwas tut oder nicht. Mit der Zeit verschwindet jedes Gefühl dafür, dass es notwendig sein könnte zu arbeiten, dass etwas geschaffen und produziert werden muss, um sich den Lebensunterhalt zu verdienen. Das Resultat: Die Leute fordern und fordern, ohne sich zu fragen, woher das Geld denn kommen soll.« Er lachte leise: »Ehe wir uns versehen, ähneln wir den alten Priestergeschlechtern, die unverdrossen glaubten, das Geld wachse auf den Bäumen.«

Ich versuchte, ihn zu unterbrechen, aber Karl hatte sich warm geredet:

»Und was hältst du von der Titelkrankheit, die schlimmer als die schlimmste Pestilenz hier bei uns herrscht? Alle müssen irgendeine schicke Bezeichnung für ihren Job haben. In der Exekutive sind alle Oberregierungsräte, woanders wird jeder Angestellte zum Professor und jetzt haben wir noch einen dänischen Bischof und einen dänischen Domprobst gekriegt. Einerseits muss alles ultrafäröisch sein und wir sollen die Herren im eigenen Haus sein, andererseits lassen wir uns von dem letzten Mist, wenn er nur von außerhalb kommt, beeinflussen. Dieser ganze Idiotenkram, der hier gelandet ist, muss aus historischen Gründen mitgeschleppt werden, und das nur aus reiner Blödheit.«

Er holte tief Luft.

»Wusstest du, dass Kaiser Augustus ein Weltreich mit sechs Schreibern regierte? Die Färöer sind nicht größer als eine mittelgroße Gemeinde irgendwo auf der Welt, und wie viele Menschen sind notwendig, um diese ›Gemeinde‹ zu lenken?«

Es war nicht das erste Mal, dass ich dazu verdonnert war, Karls Vorlesungen über die schlechte Regierung zu lauschen. Man konnte schnell den Eindruck bekommen, dass das sein Lieblingsthema war.

»Und das hier?« Er deutete ins Lokal hinein. »Es würde mich nicht verwundern, wenn das Hotel wieder mal Konkurs machen würde und noch einmal den Namen änderte. Heutzutage muss eine Firma mindestens zwei-, dreimal Konkurs gegangen sein. Vorher kann es gar nicht laufen.«

»Mag ja sein, Karl, aber wir sind doch nicht hier reingegangen, damit du mir über alles, was in diesem Land schiefläuft, eine Predigt hältst.«

Karl sah etwas verdutzt aus, dann lächelte er. »Ich habe im Moment einfach zu viel zu tun, und du weißt, wenn ich erst mal anfange, über die da oben zu reden, dann …«

Wir saßen eine Weile da, ohne etwas zu sagen. Die Muzak war verstummt, aus den Lautsprechern hörte man den Rundfunksender verkünden, dass es zwölf Uhr war. »Es geht um Arngrímur Brestisoyggj. Was hast du gestern bei ihm gemacht?« Jetzt war sein Ton ein ganz anderer als vor wenigen Sekunden.

Ich erzählte ihm, was ich von Haraldur über den Revisor erfahren hatte und dass Brestisoyggj mich fast rausgeschmissen hatte, als ich Hanus í Rong erwähnte. Ich sagte auch, dass ich keinen Zusammenhang mit dem, was hier geschehen war, sehen konnte.

Karl war eine Weile in eigene Gedanken versunken, während Countrymusik den Augenblick vergoldete. Dann beugte er sich über den Tisch vor: »Es ist vermutlich ganz falsch, dir etwas zu erzählen, und wenn Piddi davon erfährt, dreht er mir den Hals um, aber andererseits kann ich nicht sehen, warum es schaden sollte. Wir wissen ja überhaupt nichts.« Letzteres sagte er wohl, um sich selbst zu beruhigen.

»Aber wenn du auch nur das Geringste ausplauderst, dann werde ich höchstpersönlich …«

Ihm fehlte offenbar die passende Drohung, also half ich ihm aus der Klemme: »Mich zwingen, nach Klaksvík zu ziehen?«

Für eingeborene Tórshavner wie uns war das ein Schicksal, schlimmer als der Tod.

Karl lachte: »Nein, so weit wollte ich nun doch nicht gehen.«

Jemand stellte das Radio lauter und die Nachrichten dröhnten durch den Raum. *Sadam Hussein, Angemessene Kaution. Untergrund.*

»Komm, lass uns rausgehen, hier versteht man ja sein eigenes Wort nicht.« Karl stand auf und ging voraus.

Neben dem Jeep stand jetzt ein Krankenwagen und mehrere Leute waren damit beschäftigt, Körper und Kopf auf eine Bahre zu legen.

Wir gingen langsam vor das Hotel und setzten uns in die Sonne auf einen Felsen. Karl fuhr fort: »Als Gaia International den Bach runterging, hatten wir schon den Verdacht, dass Hanus í Rong seine Finger in den Anteilsspekulationen hatte, aber keiner von den Leuten, die im Büro arbeiteten, wollte etwas sagen. Sie behaupteten, sie würden den Reeder gar nicht kennen. Und jetzt sind zwei der Angestellten tot. Und ein Journalist. Und ein Penner.«

Karl hielt vier Finger hoch.

»Was haben diese vier gemeinsam? Offensichtlich nicht besonders viel, und vielleicht gibt es gar keine Verbindung zwischen den Todesfällen.«

»Das glaubst du doch selbst nicht«, stieß ich hervor. »Es ist schon möglich, dass die Morde nicht von ein und derselben Person begangen wurden, aber sie haben miteinander zu tun. Páll Hansen und Arngrímur Brestisoyggj haben beide für Gaia gearbeitet. Um das erst mal festzuhalten. Petur Kári Magnussen ist von einem Unbekannten angeschwärzt und erhängt in seiner Zelle gefunden worden. Christian Joensen interessiert sich für die Sache und wird mit einem Messer im Hals gefunden. Fassen wir die beiden letzten erst mal zusammen. Es ist denkbar – darin kann ich dir recht geben –, dass je zwei Verbrechen nichts miteinander zu tun haben. Aber letztes Jahr hat Christian Joensen viel über Anteilsspekulationen veröffentlicht, besonders über Gaia International, und er hat geschrieben, dass vieles von dem, was passiert ist, nie ans Licht gekommen ist. Mit anderen Worten: Der Journalist ist das Bindeglied zwischen den Morden.«

»Eins muss man dir lassen: Fantasie hast du«, sagte Karl und fuhr sich mit der Hand durch seine wenigen Haarsträhnen. »Wir brauchen Beweise, keine Gedankenspiele.«

»Ja, leider.«

Die Stare, die fest hier wohnten und nicht dem großen Vogelzug folgten, der das Land jetzt verließ, zwitscherten in dem milden Herbstwetter, sicher, dass sie genau das Richtige taten, wenn sie hier auf den Inseln blieben.

»Aber etwas hakt. Warum ruft ein Mann bei der Polizei an und bittet uns, Petur Kári festzunehmen? Und wer?«

»Ich habe nicht die geringste Ahnung«, seufzte Karl. »Das Ganze stimmt vorn und hinten nicht, aber jedenfalls hat Piddi recht, wenn er sagt, dass es so nicht weitergehen darf.«

Wir schwiegen eine Weile, während die Sonne schien, als wäre nichts Ungewöhnliches geschehen.

»Wie ist der Mörder in Petur Káris Zelle gekommen?«, fragte ich.

»Wer sagt, dass Petur Kári ermordet worden ist?« Karl war wieder voll und ganz Beamter.

»Ach, hör doch auf«, entgegnete ich ungeduldig. »Das kann doch jeder sehen. Erst mal diese merkwürdige Art, wie ihr den Tipp über ihn bekommen habt. Und der Wachhabende behauptet steif und fest, er habe Petur Kári den Gürtel abgenommen. Das stinkt drei Meilen gegen den Wind nach falschem Spiel.«

Karl sah mich unsicher an, aber dann gab er sich einen Ruck: »Eigentlich kann ich es dir auch gleich erzählen. Die Geschichte ist ganz witzig, nur für die Kollegen nicht, die Wache hatten.« Karl lachte leise. »Und auch nicht für Petur Kári«, fügte er hinzu.

»Zuerst wollte keiner irgendetwas zugeben, und die beiden Wachhabenden behaupteten hartnäckig, dass Petur Kári seinen Gürtel behalten hätte. Nach einer Weile kam dann heraus, dass am Montagabend eine Tasche voller Pornofilme direkt im Haupteingang zum Polizeirevier gefunden worden war. Auf einem Zettel stand, dass die Tasche auf dem Flughafen beschlagnahmt worden sei. Natürlich machten sie sich sofort daran, den Inhalt zu untersuchen. Und während sie sich mit *Fleischeslust* auf dem Bildschirm beschäftigten, schlich sich irgendjemand herein, holte Petur Káris Gürtel, ging in dessen Zelle und erhängte den Armen. Ein Wagnis, aber es hat geklappt.«

»Der liebe Gott hat bestimmt reichlich damit zu tun, eure Gebete anzuhören, dass die Zeitungen nichts von der ganzen Geschichte erfahren.«

Die Stare zwitscherten munter.

Kurz darauf fuhren wir den Oyggjarvegur entlang. Ursprünglich hatte ich geplant, zum *Blaðið* zu fahren und ein wenig Arbeit wegzuschaffen. Zwischendurch war es erforderlich, etwas für den Lebensunterhalt zu verdienen, und womit ich im Augenblick meine Zeit verschwendete, das konnte nicht gedruckt werden. Aber etwas begann, sich in meinem Hinterkopf zu rühren, als ich über Hoyvíkstjørn fuhr.

Karl hatte mir erzählt, was die Polizei wusste. Es war traurigerweise eine ziemlich kurze Geschichte.

Páll Hansen war mit Zyankali vergiftet worden und das war's schon. Bei all den Verhören war nichts herausgekommen. Jemand hatte Petur Kári Magnussen im Knast aufgehängt, aber wer dieser Jemand war, blieb ein Geheimnis. Das Messer, das Christian Joensens Hals durchbohrt hatte, war ein Tauchermesser. Man konnte nicht sagen, ob das von Bedeutung war. Schließlich gab es die überall zu kaufen.

Und sie hatten gerade erst angefangen, den zerteilten Revisor zu untersuchen.

Abgesehen von dem Tauchermesser gab es nichts Neues.

Ich fuhr den Ring weiter bis zur Hoyvíksvegur. Es wäre schneller gewesen, durch das Industriegebiet Hálsur hinaufzufahren, aber da verfuhr ich mich immer.

Soweit ich wusste, hatte niemand versucht, mich umzubringen. Aber bei meinem Lebensstil war das auch gar nicht notwendig, das schaffte ich schon ganz allein. Ich hatte immer noch einen Kater, die Sonnenbrille half da überhaupt nicht. Vielleicht sollte ich nachtanken? Nein, dafür war es noch zu früh.

Wie geht das Lied des Faulpelzes? *Montag hab ich nichts zu tun, Dienstag hab ich reichlich Zeit …* Mein Lied würde anders lauten: *Montag besuchte ich 'ne Witwe, Dienstag starb der Penner, Mittwoch war der Journalist breit, Donnerstag steht zur Revision an, Freitag …* Wer würde der Nächste sein? Das Gefühl, nicht weit hinten in der Schlange zu stehen, ließ mich frösteln.

Bei der *Revision A/S* sah es ganz anders aus als gestern. Alles war in Aufruhr. Niemand saß am Computer, die Angestellten standen in kleinen Grüppchen herum und redeten. Was sonst, schließlich war einer ihrer Direktoren geköpft worden und so viel Glück hatte man kaum jedes Jahr.

Schließlich gelang es mir, von einer älteren, grauhaarigen Frau mit Brille zu erfahren, dass die Privatsekretärin des Direktors heute freihatte, dass sie Griseldis Jacobsen hieß und im Haus ihrer verstorbenen Eltern in der Trappugøta wohnte.

Ich gestattete dem Personal von *Revision A/S*, den feierlichen Tag in Ruhe und Frieden zu genießen, und fuhr nach Vágsbotnur hinunter. Während ich einparkte, sah ich mehrere Boote hinausfahren und schätzte, dass höchstens 90 Prozent der Schiffe am Anleger festgebunden waren. In der Regel nähert sich die Zahl den 100 Prozent an.

Die Trappugøta ist eine enge Gasse im alten Stadtteil nahe der Vágsbotnur und Lítlavík. Der Name lügt nicht, die Straße besteht aus Treppen, nur ein kurzes Mittelstück ist eben. Griseldis wohnte in einem roten Holzhaus, das von einer weiß gekalkten Steinmauer umgeben war. Ich öffnete die Pforte und trat in den Garten. In den Kronen der alten Bäume hörte ich Vogelgezwitscher, das Ganze erschien wie ein einziges Idyll.

Es gab keine Klingel, also musste ich anklopfen und damit den paradiesischen Frieden brechen. Ich hatte ein Gefühl, als wäre ich mit Holzschuhen in ein Wohnzimmer getrampelt.

Kurz darauf hörte ich aus dem Innern des Hauses Geräusche und die Tür wurde geöffnet.

Sie trug einen stahlgrauen Seidenkimono und führte sich ebenso würdig auf wie gestern.

»Was wollen Sie?« Sie verriet mit keiner Miene, ob sie mich wiedererkannte.

»Mit dir reden.«

»Und warum sollte ich mit Ihnen reden?« Das Gespräch schien sie bereits jetzt zu ermüden.

»Weil ich sonst durch alle Straßen laufe und erzähle, was ich letzte Nacht in der *Quelle* gesehen habe.«

Ich betrachtete das schöne Gesicht. Sie wurde eine Spur entgegenkommender, aber das war nur dadurch zu bemerken, dass die Augen hin- und herhuschten. Dann war es wieder still.

»Was Sie in der Nacht erleben, interessiert mich nicht«, sagte sie eiskalt. Sie wollte die Tür zuziehen, aber ich schob einen Fuß dazwischen. Jetzt wurde ihre Stimme wütend: »Wenn Sie nicht augenblicklich Ihren Fuß da wegnehmen, rufe ich die Polizei.«

»Wenn du das machst, erzähle ich von einem Matratzenspiel, das ich in einem Haus zwischen Landavegur und Velbastaðvegur gesehen habe. Es wird sie sicher interessieren, wie akrobatisch eine Frau sein kann, wenn sie gleichzeitig mit zwei Männern klarkommen muss.«

Sie wurde rot, drehte sich um und verschwand im Haus. Und ich folgte ihr wie ein dressierter Hund.

Aus dem Wohnzimmer konnte man auf Vestara Vág sehen, wo Wasser und Boote in der Sonne funkelten und blitzten. Schnell wandte ich den Blick ab.

Die Einrichtung war einfach, aber teuer. Mitten im Raum stand der Ruhesessel von Le Corbusier und am Fenster ein großes schwarzes Ledersofa. In einer Ecke gab es einen runden Glastisch mit zwei Metallhockern. Sie hatte nur zwei Gemälde. Ein dunkler Ingálvur av Reyni und ein heller Zacharias Heinesen. Keine Teppiche, kein Nippes.

Griseldis Jacobsen setzte sich auf das Sofa und beugte sich vor, sodass ihr Kopf auf den Händen ruhte. Ich fühlte mich weder von den Hockern noch von dem Ruhesessel angezogen, also blieb ich stehen.

»Was Sie da auf dem Dachboden gesehen haben«, kam schluchzend aus dem blonden Haar, »tue ich nicht, weil ich Lust dazu habe.« Jetzt wurde sie vom Weinen geschüttelt. »Ich muss das tun, sonst komme ich nicht über die Runden.«

Ich sagte nichts.

»Können Sie das nicht verstehen?« Sie wandte mir ihr Gesicht zu. Tränen liefen ihr die Wangen hinunter. Sie hatte nicht die große Brille auf. Vielleicht trug sie die nur, wenn sie Direktionssekretärin war?

Letzte Nacht hatte sie sie auch nicht getragen und das war sicher der Grund, weshalb ich sie nicht gleich erkannt hatte. Aber ich hatte sie ja auch noch nie nackt mit zwei Zuchtstieren gesehen.

»Ich brauche das Geld, sonst kann ich das Haus nicht halten. Es ist einfach so teuer.«

Das Bild war herzzerreißend. Eine verführerische Frau, die sich die Seele aus dem Leib heulte.

Ich lächelte nur.

»Wenn du dir die letzten Sätze verkniffen hättest, hätte ich dir vielleicht sogar geglaubt. Aber ich weiß, dass du das Haus geerbt hast, also hör auf zu heulen und lass das blöde ›Sie‹.«

»Ach, halt doch die Fresse, du Arschloch! Verpiss dich, sonst wirst du es noch bereuen.«

Das Weinen und die Hilflosigkeit verschwanden wie Tau in der Sonne und sie stand auf. Ich hatte den Eindruck, ich könnte es in ihren braunen Augen blitzen sehen.

»Setz dich!« Ich schob sie aufs Sofa zurück.

»Ach, darum geht's. Dann komm nur!« Sie öffnete den Kimono und legte sich auf den Rücken.

Ihr Körper war makellos und es gab sicher nicht viele, die sie aus ihrem Bett geschubst hätten. Aber weder der Zeitpunkt noch der Zustand, in dem ich mich befand, inspirierten mich zu einem Abenteuer auf dem Sofa.

»Hör auf. Was ich will, ist mehr wert.«

»Du Schuft.« Sie versuchte aufzustehen, aber ich trat ihr die Beine unterm Körper weg, sodass sie zurück auf das schwarze Leder fiel. Der Kimono war unter sie gerutscht und einen Augenblick lang blieb sie nach Luft japsend liegen. Dann setzte sie sich auf, wickelte den Kimono um sich und zog den Gürtel stramm.

»Was willst du?« Sie war vollkommen kalt und ruhig.

»Ich will wissen, wer hinter Gaia International steckte, wem die *Quelle* gehört und warum Arngrímur Brestisoyggj ermordet wurde. Letzteres wusstest du vielleicht noch nicht?«, fügte ich hinzu.

Griseldis sah mich höhnisch an. »Doch, sie haben mich vom Büro aus angerufen, dass wir dieses Stück Scheiße los sind.«

Mitgefühl war nicht gerade ihr Metier.

Sie steckte eine Hand in die Tasche, zog ein Päckchen Zigaretten heraus und zündete sich eine mit einem goldenen Feuerzeug an. Sie blies mir den Rauch ins Gesicht. »Warum, kannst du mir das vielleicht sagen? Warum sollte ich dir irgendetwas erzählen?«

»Weil ich sonst deinem Arbeitgeber und der Polizei erzähle, womit du dich in den Nächten beschäftigst.« Ich wusste, dass ich fast das Gleiche bereits draußen im Garten gesagt hatte, aber etwas anderes fiel mir nicht ein.

»Ha, ha! Du bist vielleicht witzig. Mein Arbeitgeber ist tot und die Polizei weiß nur zu gut, was in der *Quelle* vor sich geht. Geh doch mit deinem Tratsch zum Polizeirevier, dann wirst du schon sehen, was du davon hast.«

Ich hatte nicht übel Lust, ihr eine zu langen, aber das würde ihr nur gefallen, also war es die größere Strafe, es sein zu lassen.

Als ich ging, rief Griseldis Jacobsen hinter mir her: »Du bist keinen Deut besser als all die anderen Schlappschwänze hier im Land!«

Ich sagte mir, dass die färöische Frau ganz offensichtlich ihren Ursprung in etwas Großartigem hat.

19

Man konnte es nicht anders sagen: Ich hatte einfach Glück bei den Frauen. Ehrlich gesagt, ich konnte sie um den Finger wickeln. Sie taten das, worum ich sie bat, und sie waren dort, wo ich sie haben wollte. Griseldis wie auch Duruta.

Arschloch! Ich schlug mit der Faust auf das Lenkrad.

Griseldis Jacobsen hatte mich so sehr gereizt, dass ich beschloss, es wäre jetzt an der Zeit, beim Heiligen Vater himself einen Besuch zu machen.

Salomos Tempel, NorthMeds Bürogebäude, stand an einem Hügel auf Argir. Nach färöischen Maßstäben war es kolossal, seine dunkle, glänzende Oberfläche erinnerte an die spiegelblanken Fassaden in amerikanischen Fernsehserien.

Neben dem großen, doppelflügeligen Eingangstor stand mit goldenen Buchstaben:

NORTHATLANTIC-MEDITERRANEAN.

Das bedeutete NorthMed also.

Die Vorhalle war so groß, dass eine gewöhnliche Villa problemlos hineingepasst hätte. Ein paar helle Ledersofas und Ledersessel standen an den Wänden, und mitten auf dem Marmorfußboden standen Glasvitrinen mit Schiffsmodellen.

Eine Frau und ein Mann saßen hinter einem glänzenden Tresen, aber ich ignorierte sie und ging direkt zum Aufzug. Ich drückte auf den obersten Knopf, und bevor die beiden Wächter reagieren konnten, war ich auf dem Weg in den Himmel.

Die Fahrstuhltüren glitten im fünften Stock auf und ich kam direkt in ein Büro. Eine dunkle Frau mittleren Alters beendete gerade ein Telefongespräch und musterte mich. Sicher hatten sie aus der Eingangshalle angerufen.

»Haben Sie einen Termin?« Sie legte ihre linke Hand auf den Kalender.

Der Schreibtisch war hell, ebenso wie die Wände und Tapeten. Das sollte wohl der Ausgleich dafür sein, dass der Raum keine Fenster hatte. Dafür aber diverse Türen.

»Ich habe keinen Termin, aber ich bin mir sicher, dass Hanus í Rong mit mir sprechen möchte.«

»Im Augenblick ist der Reeder beschäftigt. Aber wir können sicher an einem anderen Tag einen Termin finden.« Sie gab sich Mühe, freundlich zu klingen, hätte mich aber offensichtlich am liebsten zur Hölle geschickt. Doch das wäre in einer Firma, die auf religiösem Grund gebaut war, doch zu unpassend gewesen.

»Nein, ich habe Zeit. Ich kann warten, bis der Reeder frei ist.« Ich sah mich nach einem Stuhl um, aber die Sekretärin saß auf dem einzigen, den es hier gab. Da ich sie schlecht runterschubsen konnte, lehnte ich mich gegen eine Wand.

Sie war nicht gerade begeistert, wusste aber nicht, wie sie die Situation meistern sollte, also widmete sie sich wieder ihrem Computer.

Eine Zeit lang hörte man nur die Geräusche der Tastatur. Die Sekretärin sagte kein Wort, warf mir jedoch diverse wütende Blicke zu, und auch ich war still, sah sie jedoch lächelnd an. Was sie noch rasender machte, also ließ ich mein Lächeln so breit wie möglich werden, ohne allzu blöd auszusehen.

Dieses Spiel spielten wir eine halbe Stunde. Niemand kam, niemand ging. Ich wurde des Wartens langsam überdrüssig, als das Telefon klingelte.

Sie hob ab: »Ja, hier wartet ein Mann. Ja.« Sie legte auf. »Sind Sie Hannis Martinsson?«

Das konnte ich nur bestätigen.

»Sie können reingehen. Der Schiffsreeder möchte gern mit Ihnen sprechen.« Sie deutete auf eine der Türen.

»Tausend Dank.« Ich verbeugte mich höflich und eine Spur übertrieben. Die Sekretärin schnaubte.

»Und Siegfried besiegte den Drachen«, summte ich, als ich an der Hydra vorbei ins Allerheiligste ging.

Das Erste, was mir in dem riesigen Büro auffiel, war der helle Teppich. Er war so dick, dass man bis zu den Knöcheln in ihm versank, und sollte sicher Solidität signalisieren.

Ich fühlte mich wie Roald Amundsen auf dem Weg zum Südpol, während ich mich zu einem gewaltigen glänzenden Schreibtisch durchkämpfte. Nachdem ich einige hundert Meter zurückgelegt hatte – so kam es mir jedenfalls vor –, kam ich endlich am Ziel an. Die Wand hinter dem Schreibtisch war aus Glas und bot ein Panoramabild der Stadt und des Fjords. Zwischen Tisch und Glaswand saß Hanus í Rong auf einem hochlehnigen Schreibtischstuhl.

Er sah etwas älter aus als auf den Fotos, die ich in der Redaktion gesehen hatte, fast an die sechzig, schätzte ich. Das Haar, das einmal rot gewesen war, war fast ganz ergraut, aber die Locken und die Sommersprossen waren immer noch vorhanden. Ein Mann in den besten Jahren und in guter Form. Er trug einen dunkelgrauen Anzug, ein weißes Hemd und einen roten Schlips.

Er stand auf, ging um den Tisch herum und gab mir die Hand.

»Willkommen, Hannis Martinsson. Was kann ich für Sie tun?« Das Entgegenkommen leuchtete aus seinen klaren blauen Augen.

»Ich nehme an, man hat Sie angerufen und Ihnen gesagt, dass ich Sie aufsuchen würde.«

»Ja, Griseldis, eine unserer Schwestern, rief an und sagte,

ein unverschämter Mann hätte sie besucht und Informationen über mich haben wollen. Sie sagte auch, dass ich davon ausgehen könnte, dass der Mann zu mir kommen würde. Aber sie hat nicht gesagt, dass das so schnell passieren würde.«

Hanus í Rong lächelte sanft, aber ich war mir nicht sicher, ob das Lächeln auch seine Augen erreichte.

»Griseldis ist Mitglied bei den *Aposteln?*«

Erst jetzt sah ich, dass rundherum an den mit dunklem Holz getäfelten Wänden eingerahmte Bibelsprüche hingen. Aber die Entfernung war zu groß, als dass ich sie hätte lesen können.

»Ach!« Der gute Hirte sprach das Wort aus, dass es wie ein Vorwurf klang. »Sie wissen um ihre Lebensweise und wundern sich darüber, dass sie Mitglied in der Herde des Herrn werden kann? Aber Jesus hat niemanden weggeschickt, weder die Zöllner noch die Sünder und auch nicht Maria Magdalena. Steht es uns Menschen zu, ein Urteil zu fällen? *Mein ist die Wahrheit,* sagt der Herr.«

»Ich will auch gar nicht darüber diskutieren, wer Mitglied in deiner Glaubensgemeinschaft werden kann und wer nicht. Ich hatte nur den Eindruck, dass es nicht gerade der Herrgott ist, an den Griseldis in erster Linie denkt.«

»Ein jeder findet seinen Weg zur Seligkeit.« Hanus í Rong predigte die Worte und richtete den Blick gen Himmel. Sicher eine alte Gewohnheit von unzähligen Treffen.

»Ich kann dir ebenso gut gleich die Fragen stellen, die ich Griseldis Jacobsen gestellt habe, aber wahrscheinlich kennst du sie schon: Wem gehört die *Quelle* und wer hat Arngrímur Brestisoyggj umgebracht?«

Der Prediger und Schiffsreeder Hanus í Rong richtete sich auf und erschien nun noch hagerer.

»Diese Fragen gefallen mir nicht.« Er versuchte, seine ruhige Sprechweise beizubehalten, aber ich spürte seinen

Groll. »Ich kann gut verstehen, dass Griseldis Sie rausgeschmissen hat.«

»Du willst also nicht antworten. Na gut, dann schreiben wir das eben im *Blaðið.* Ich sehe die Überschrift schon vor mir: *PREDIGER BESITZER EINER ILLEGALEN KNEIPE?* in großen Lettern und etwas kleiner darunter: *Hanus í Rong weigert sich zu erzählen, ob er Besitzer der* Quelle *ist.*«

Das Altväterliche hatte den Reeder verlassen und ich sah, wie aufgewühlt er war. Aber immer noch war er Herr über sich selbst.

»Es wäre sehr töricht, so etwas im *Blaðið* zu schreiben. Ihr habt nicht gerade viel Geld zur Verfügung, und wenn ich euch wegen Verleumdung belange, bekommt ihr nie wieder einen Fuß an den Boden.«

Es war schwierig, das Göttliche in diesem Mann zu sehen, der sich an die Schreibtischkante klammerte, um seine Wut zu bezwingen. Sein Gesicht war puterrot, und sein Haar, das in akkuraten Wellen gelegen hatte, stand ihm zu Berge.

Aber ein guter Journalist nimmt ein Nein nicht als gegeben hin, also bohrte ich weiter: »Páll Hansen und Arngrímur Brestisoyggj haben beide für Gaia International gearbeitet, und beide sind tot. Arngrímur hatte behauptet, dass du hinter Gaia standst. Stimmt das?«

»Nimm dich in Acht.« Hanus í Rong kam langsam auf mich zu. Er erschien jetzt vollkommen ruhig, erst recht ein Grund, auf der Hut zu sein. »Wenn ich du wäre, würde ich durch diese Tür hinausgehen und mich hier nie wieder blicken lassen. Für deine Gesundheit wäre es am besten, du führest zurück nach Dänemark, wo du hergekommen bist, statt deine Nase hier in Sachen zu stecken, die dich nichts angehen.«

»Aber du bist nicht ich, und ich mische mich in alles ein, was verrottet riecht. Und hier stinkt es schlimmer als in der

Fischmehlfabrik in Fuglafjørður. Ich habe die Nase von Reedern und Predigern reichlich voll. Vor allem, wenn sie in ein und derselben Person auftreten.«

Er sah mich eine Weile an, dann ging er auf die andere Seite seines Schreibtischs zur Gegensprechanlage: »Schicke irgendjemanden hoch in mein Büro, damit er einen unerwünschten Gast aus dem Haus begleitet.«

»Das ist nicht nötig, ich gehe freiwillig.«

Auf dem Weg aus dem Büro las ich einige der Bibelzitate: *Wollt ihr mir gehorchen, so sollt ihr des Landes Gut genießen. Jesaja 1,19.* Das passte ganz ausgezeichnet zu der Sekte. *Die Übertreter aber und Sünder werden allesamt vernichtet werden, und die den Herrn verlassen, werden umkommen. Jesaja 1,28.* Ja, ja, wenn du nicht das Gleiche glaubst wie wir, dann bist du verloren. Das war auch nicht besonders neu. Aber direkt an der Tür wurde noch eins draufgesetzt: *Hört mir zu, ihr Inseln und ihr Völker in der Ferne, merket auf! Der Herr hat mich berufen vom Mutterleibe an; er hat meines Namens gedacht, als ich noch im Schoß der Mutter war. Jesaja 49,1.* Ich hatte noch einen Trumpf in der Hand, den ich jetzt ausspielte: »Du hast einen Fehler gemacht, als du sagtest, ich hätte Griseldis nach dir gefragt. Du bist gar nicht erwähnt worden, nur die *Quelle* und Arngrímur Brestisoyggj. Wie lautet doch das Sprichwort? Wer sich verteidigt, klagt sich an!«

Hanus í Rong blieb stumm, er stand nur wie ein dunkler, bedrohlicher Schatten im Nachmittagslicht, das durch die Glaswand hereinströmte.

20

Zu Hause in der Wohnung lagen ein Brief und ein Schlüssel. Von Haraldur.

Lieber Hannis. Wenn du das liest, bin ich vielleicht schon in Kopenhagen. Gestern bekam ich die Nachricht von der Reederei, dass ich sofort kommen sollte; ich habe versucht, dich anzurufen, aber du bist nicht immer so einfach zu erwischen. Während du hier also vom Nebel erdrückt wirst, werde ich mich auf dem Weg quer über den Stillen Ozean in der Sonne aalen. Ich gebe dir den Schlüssel für mein Haus. Hältst du ein Auge drauf? Und wenn du ab und zu das Boot ausschöpfst, werde ich dich lobpreisen. Aloha. Haraldur.

Er selbst konnte lobgepriesen sein. Wenn meine Laune schon vorher nicht die beste gewesen war, so war sie jetzt auf dem Nullpunkt gelandet. Plötzlich wurde ich von einem Gefühl der Heimatlosigkeit übermannt. Tórshavn ohne Haraldur? Wer würde mir jetzt helfen, wenn Not am Mann war? Sollte ich auch einfach wegfahren? Fliehen, bevor irgendjemand auf die Idee kam, mich zu erdolchen. Oder zu köpfen.

Ich ging ins Schlafzimmer und rief Duruta an. Das heißt, ich fragte nach Duruta, aber sie war nicht zu Hause. Was jetzt? Sollte ich mich aufs Bett werfen und heulen? Oder mich volllaufen lassen? Letzteres war bedeutend verlockender als Ersteres, aber nein, ich konnte mich nicht jeden Abend besaufen.

Warum eigentlich nicht? Ich hatte ja doch nichts Besseres

zu tun. Andererseits, war es nicht etwas albern, sich wie ein Junkie zu fühlen, nur weil ein Freund auf große Fahrt gegangen war? Und weiter? Und weil man seine Liebste nicht erreichte. Wo zum Teufel trieb sie sich herum? Es war sicher das Beste, den Gedanken in dieser Richtung nicht zu viel Freiheit zu erlauben.

Ich goss mir einen Schnaps aus der Flasche im Kühlschrank ein und holte mir ein Bier. Dann wärmte ich den Rest der gestrigen Gulaschsuppe auf. Während ich mein Pils trank, durchblätterte ich ein paar färöische Zeitungen. Ob ich nun wollte oder nicht, so leicht wurde ich Hanus í Rong doch nicht los. Eine der Zeitschriften brachte ein langes Interview mit ihm über das Reedergeschäft, über die Fischfiletierfabrik Ichthys auf Skipanes und die Reihe der Treffen der *Apostel,* die heute Abend begann. Nach dem, was ich begriff, fuhren die Schiffe der NorthMed meistens auf Trampfahrt in der Welt herum, aber es kam auch vor, dass sie die Färöer anliefen, wo sie gefrorene Fischprodukte aus der Fabrik in Skipanes luden.

Und dabei hatte ich gedacht, die goldenen Zeiten der Trampschiffe sei vorbei. Aber wie das Sprichwort sagt: *Es wird viel geredet, wenn der Tag lang ist.* Der NorthMed schien es gut zu gehen. Die Reederei besaß sechs Schiffe und hatte Pläne, mindestens ein weiteres zu kaufen.

Ansonsten drehte sich das Gespräch vor allem um die Landestreffen der *Apostel.* Der Prediger durfte lang und breit den Hintergrund erklären, die große Bedeutung, die es für das färöische Wirtschaftsleben und damit für die Färöer hatte, dass der richtige Mann mit dem richtigen Glauben am richtigen Platz stand. Wenn die Wirtschaft nicht die Unterstützung und Garantien bekam, um die man anfragte, konnte man sich Messiaswehen erwarten. An dieser Stelle des Interviews spürte man deutlich, dass der Journalist genauso verblüfft war wie ich. Auch er hatte noch nie etwas über ›Messiaswehen‹ gehört.

Nun folgte eine Erklärung, was dieser unglückselige Begriff bedeutete, und entweder hatte die Zeitung nicht genug Stoff oder der Interviewer traute sich nicht, auch nur ein Wort von dem, was Hanus í Rong sagte, auszulassen. Jedenfalls füllten dessen Ausführungen, die mit Bibelzitaten gespickt waren, mehr als zwei Seiten. Ich überflog die Spalten und fand heraus, dass es sich um die Not handelte, in die die Welt gerate, bevor der Messias mit seiner Herrlichkeit komme. Der Verursacher der Wehen sei der Antichrist, der seinen Bezwinger nahen sehe und deshalb um sein Leben kämpfe. Aber Hanus í Rong hatte seine eigene Apostelinterpretation des Kampfes zwischen Gut und Böse, und dem Leser stellte es sich so dar, dass die Wirtschaft den Messias repräsentierte, während der politisch linke Flügel aus Lakaien des Antichristen bestand. Wenn der Liberalismus auf Erden gesiegt hatte, wäre Gottes Reich nahe.

Sah man von der nebulösen Sprache einmal ab, war Hanus í Rong ein typischer Repräsentant der färöischen Wirtschaft, denn er forderte eine vollkommen liberale Gesellschaft mit öffentlicher Unterstützung für die Wirtschaft. Auch seine Moral war typisch: Wenn das Unternehmen Überschuss erwirtschaftet, dann ist der privat, wenn es Verlust macht, muss der Staat einspringen.

Ich warf die Zeitung zur Seite. An Aasgeiern herrschte in diesem Land kein Mangel, aber bevor ich mich in eine längere Gedankenkette über den Staat und die Wirtschaft verwickelte, kochte die Gulaschsuppe im Topf.

Ich deckte den Tisch, stellte Weißbrot und Butter dazu und holte mir noch ein Bier. Während ich aß, dachte ich an das Landestreffen der *Apostel.* Sowohl Radio als auch Fernsehen würden die Veranstaltung den ganzen Abend lang live übertragen, das würde bis Mitternacht dauern. Mehrere bekannte Persönlichkeiten waren dabei, darunter ein schwedischer Popstar. Das war gewiss ein großer Tag für die färöische Bevölkerung. Wenn man keinen Platz mehr in der Sporthalle fand, konnte man den Abend andächtig lauschend vorm Radio oder Fernseher verbringen.

Mir kam eine Idee.

21

Es war fast elf, als ich den Wagen oben bei Ternuryggur abstellte. Ich holte meine Taschenlampe aus dem Handschuhfach. Ich hätte mir auch gut einen Revolver vorstellen können, aber nur in Amerika sind in die Wagen selbst ernannter Detektive Waffen eingebaut. Ich musste mich mit der Taschenlampe begnügen, aber die war aus Plastik, also als Waffe nicht besonders geeignet. Einen Augenblick lang dachte ich daran, den Griff für den Wagenheber mitzunehmen, da ich aber wusste, dass er immer gut mit Öl eingefettet war, verwarf ich die Idee.

Meine Idee war es, in Hanus í Rongs Haus einzubrechen. Schließlich war er den ganzen Abend bei dem Treffen, es konnte gar nicht günstiger sein. Soweit ich wusste, wohnte sonst niemand in dem Haus. Laut Karl hatte seine Frau ihn vor vielen Jahren verlassen und die Kinder mitgenommen. Ich wusste gar nicht, was ich finden wollte, aber das Gefühl, auf der Stelle zu treten, wurde immer schlimmer, irgendwo musste ich also ansetzen.

Es war dunkel, als ich langsam nach Svartifossur hinunterging. Hier war seit den Sechzigern, als die Pfadfinder in dieser Gegend noch ihre Nachtübungen machten, viel gebaut worden, dennoch erkannte ich das Gebiet wieder. Ich brauchte nicht lange, um den Pfad wiederzufinden, den ich suchte. Er stammte aus der Zeit, als hier lediglich Sommerhäuser standen, und in der Niederung gab es immer noch ein paar davon. Diese Ferienhäuser waren nie besonders imposant gewesen, aber jetzt, wo sie von eleganten Nachbarn umgeben waren, erinnerten sie an Bretterbuden, wie Kinder sie bauen, oder an Gänseställe.

Obwohl es ein ruhiger, sternenklarer Abend war – oder vielleicht gerade deswegen –, war es beißend kalt. Ich traute mich nicht, die Lampe einzuschalten, aus Angst, jemand könnte mich sehen, deshalb stolperte ich die ganze Zeit. Mehrere Male tappte ich in halb gefrorenen Matsch und spürte, wie die Flüssigkeit sich durch das Oberleder meiner Schuhe hindurcharbeitete.

Während ich mich in der Dunkelheit vortastete, hatte ich das Bild von Griseldis Jacobsen vor mir, wie sie herausfordernd auf dem Sofa dahingegossen lag, und ich bereute es fast, ihrem Angebot nicht Folge geleistet zu haben. Ich meine, wenn meine Liebste herumrennt und sich amüsiert, warum sollte ich nicht das Gleiche tun? Aber Griseldis Jacobsen war kaum die Richtige. Es wäre so, als wollte ich mit einer Kobraschlange ins Bett gehen. Der Gedanke verursachte mir eine Gänsehaut.

Dieses Durcheinander von Gedanken und Spukbildern war ein Beweis dafür, dass ich schon zu lange allein war. Und daran musste sich etwas ändern, aber nicht gerade jetzt.

Vor mir erschien Hanus í Rongs Haus als Silhouette gegen den Himmel. Es stand auf einer Anhöhe nahe am Wasserfall und dominierte seine Umgebung. Sowohl was die Größe als auch die Form betraf, wirkte es wie ein exotischer Vogel. Im Volksmund hieß es nur das ›Schloss‹, und auch wenn es eher einem Gutshof ähnelte, war der Spitzname nicht ganz unpassend.

Es hatte zwei Stockwerke und bestand aus mehreren zusammenhängenden Gebäuden. Es gab unzählige kleine Giebel und Erker und die Schornsteine ähnelten denen auf englischen Häusern. Das ganze Haus war rosa gestrichen – höschenrosa, wenn man böse sein wollte – und das Dach war mit grünen, glasierten Ziegeln gedeckt. Es war so groß, dass ein arabischer Scheich problemlos mit seinem Harem und seinen Bediensteten dort residieren konnte, ohne alle Zimmer benutzen zu müssen.

Offenbar war niemand zu Hause. Es war vollkommen still und das einzige Licht kam von den Sternen, die sich in den Fenstern spiegelten. Ich hatte mir vorher keine Gedanken gemacht, wie ich hineinkommen sollte, und würde improvisieren müssen.

Weiter unten am Abhang gab es einen alten, wackligen Zaun, der so niedrig war, dass ich problemlos hinüberklettern konnte. Als ich mich umschaute, sah ich rundherum erleuchtete Fenster. Nur hier war alles dunkel.

Aus der Nähe konnte man sehen, dass das Schloss aus vier Gebäuden bestand, die im rechten Winkel aufeinanderstießen und durch überdachte Gänge miteinander verbunden waren. Ich ging langsam um die Gebäude herum, vielleicht gab es ja irgendwo eine offene Tür. Aber der einzige Eingang war ein großes Eisentor, das verschlossen war. Durch das schmiedeeiserne Gitter erspähte ich im Mittelhof einen Springbrunnen.

Jetzt musste ich es mit den Fenstern versuchen. Die im Erdgeschoss und im ersten Stock waren alle geschlossen, und auch wenn ich keinerlei Anzeichen für ein Alarmsystem entdeckte, wollte ich doch keine Scheibe einschlagen, um mir Zugang zu verschaffen. Hanus í Rong war jetzt schon misstrauisch genug und erfuhr besser nichts von einem nächtlichen Besucher.

Während ich über alternative Möglichkeiten nachsann, machte ich eine weitere Runde um das Schloss herum. Als ich an eine Ecke kam, blieb mein Fuß in irgendetwas hängen und ich stolperte mit einem scheppernden Geräusch nach vorn. Als ich nachschaute, in was ich da getreten war, entdeckte ich, dass es sich um eine Aluminiumleiter handelte. Es war ungefähr zweihundert Meter bis zum nächsten Nachbarn, vielleicht hatte ja niemand den Lärm gehört? Ich lauschte. Nichts geschah.

Mithilfe der Leiter würde ich aufs Dach kommen und vielleicht gab es ja dort ein Schlafzimmerfenster, das auf Kipp stand. Das war von hier unten aus nicht festzustellen, aber zumindest konnte ich hochklettern und es untersuchen.

Die Leiter reichte bis fast unter die Dachrinne, und als ich auf einer der obersten Sprossen stand, lag vor mir ein breiter Giebel mit drei Doppelfenstern. Alle waren geschlossen. Statt wieder hinunterzusteigen und die Leiter weiterzuschieben, kletterte ich aufs Dach. Es war nicht besonders steil, dafür waren die glasierten Ziegel so glatt wie bemooste Strandfelsen, sodass ich mehrere Male fast abrutschte. Ich ging lieber in der Regenrinne und auf diese Weise bewegte ich mich von einem Giebel zum nächsten.

Der Blick über Tórshavn war herrlich, und wenn die Kälte nicht gewesen wäre und ich mich hier nicht ohne Einladung rumgetrieben hätte, hätte diese ungewöhnliche Nachtwanderung ein Erlebnis sein können.

Die Dachrinne war breit und stabil und es war leicht, in ihr zu laufen, sodass ich nach kurzer Zeit jeden einzelnen Erker und jedes Fenster untersucht hatte. Alle Luken waren verriegelt.

Sollte ich umkehren oder sollte ich ein Fenster einschlagen? Nichts von beidem erschien besonders verlockend.

Es gab noch eine andere Möglichkeit. Die Fenster zum

Innenhof, auf die achtete man nicht so sehr, das war ja fast schon drinnen.

Ich zog mich an einem der breiten Erker hoch, und von dort aus konnte ich mich so weit strecken, dass ich den Dachgiebel erreichte. Direkt unter mir gab es noch einen kleinen Erker, auf den ich mich hinuntergleiten ließ. Ich schaute über den Rand und das Glück war mir hold: Das Fenster stand ungefähr zehn Zentimeter offen.

22

Wenig später stand ich in einem Badezimmer. Seine Größe passte zu der des Schlosses und die eingelassene Badewanne konnte für Schwimmwettkämpfe benutzt werden. Boden und Wände waren aus Marmor und in der Decke war ein großer Spiegel eingelassen, sodass man sich betrachten konnte, während man das Leben in der Wanne genoss. An einer Wand gab es einen langen Tisch mit mehreren Waschbecken. Dazwischen standen Massen kunterbunter Flaschen, Flakons, Tiegel und Tuben.

Der Sternenhimmel gab nicht genügend Licht, um das andere Ende des Badezimmers zu sehen, also konnte ich jetzt meine Taschenlampe zum Einsatz bringen. Ihr Lichtstrahl zeigte zwei Türen: Eine führte in eine prunkvolle Sauna, die andere offensichtlich auf einen Flur.

Ich löschte das Licht und öffnete vorsichtig die Tür. Kein Laut. Alles war still. Ich machte die Lampe wieder an und sah einen langen, mit Teppich ausgelegten Flur mit Türen auf beiden Seiten.

Ich schlich den Flur entlang, der Teppich dämpfte meine Schritte. Ich wollte Hanus í Rongs Schlafzimmer finden und nachsehen, ob er darin etwas versteckte. Ich ging nicht davon aus, etwas Besonderes in irgendeinem Schreibtisch oder an anderer Stelle des Hauses zu finden. Aber die Leute versteckten häufig Dinge, die sie eigentlich gar nicht zu Hause aufbewahren wollten, im Schlafzimmer. Es war, als würde die vertraute Umgebung sie nachlässig machen, sodass sie diese Dinge mehr oder weniger offensichtlich dort herumliegen ließen.

Ich hoffte, der Zufall würde mir zu Hilfe kommen und mich etwas finden lassen, was ein neues Licht auf die Redlichkeit des Predigers werfen würde.

Ich konnte nicht sicher sein, dass das Schlafzimmer in diesem Teil des Hauses lag, ging aber davon aus, dass es eines der großen Erkerzimmer sein musste.

Die erste Tür führte in eine Sporthalle mit Sprossenwänden. Auf dem Boden lagen Matten, Hanteln und andere Geräte. Ich sah auch eine Rudermaschine. Hier hielt Hanus í Rong sich also in Form.

Die zweite führte ins Schlafzimmer des Reeders. Davon ging ich jedenfalls aus, denn die Bibelzitate an den Wänden waren von der gleichen Sorte wie diejenigen, die in *Salomos Tempel* hingen.

An einer Wand stand ein großes Doppelbett mit einer Bettdecke aus dunkelrotem Samt. Auf beiden Seiten gab es Nachttische und am Fußende einen kleinen, weißen Fernseher. An der gegenüberliegenden Wand war eine Tür, eingerahmt von Kleiderschränken. An den Fenstern stand ein Schreibtisch. Der Boden war mit einem hellen Wollteppich bedeckt.

Ich legte die Taschenlampe auf den Tisch und untersuchte die Schubladen, fand aber nichts außer Briefpapier, Umschlägen, Büroklammern, Kugelschreibern und so weiter. In einem der Nachttische entdeckte ich neben einer Bibel eine Packung Kondome.

War das vielleicht ein kleiner Riss in der Fassade? Oder war es nur ein Zeichen dafür, dass der Reeder auch nur ein Mensch war? Das Haltbarkeitsdatum würde erst in mehreren Jahren ablaufen, die Packung musste also verhältnismäßig neu sein. Es blieb die Frage, welches von Gottes Kindern sich hier mit dem Prediger verlustierte. Die Schublade des anderen Nachttisches war leer.

Ich leuchtete in die Schränke, in denen Anzüge und Hemden in Reih und Glied hingen und Stapel von Unterwäsche auf den Regalen lagen. Auf dem Schrankboden standen Schuhe. Ich untersuchte die Jackentaschen. Nichts. Oben gab es noch ein Regal mit Hüten, Mützen und Schals. Die Schränke verrieten nur, dass ihr Besitzer recht wohlhabend sein musste. Sonst nichts.

Und jetzt?

Sollte ich den Rest des Hauses untersuchen? Oder nicht? Das Haus war riesengroß, weshalb ich es vorzog, zu bleiben, wo ich war, und zu sehen, ob sich nicht doch noch andere persönliche Gegenstände außer den Kondomen finden ließen.

Ich leuchtete im ganzen Schlafzimmer herum, achtete dabei aber darauf, die Fenster auszusparen. Es wäre keine gute Idee, mich hier von der Polizei erwischen zu lassen. Das alte Lied: *Liebe Mama, ich war es nicht,* würde kaum akzeptiert werden. Und ins Gefängnis kommen aus Neugier? Ich schob den Gedanken von mir, und während ich das tat, fiel mir etwas anderes ein. Etwas, was zusammen mit anderem Krempel aus Büchern und Filmen bis zu diesem Moment Winterschlaf gehalten hatte.

Ich zog die Schreibtischschubladen noch einmal heraus und leuchtete unter die Böden. Nichts. Aber die Nachttischschublade, deren Inhalt die geistigen und körperlichen Bedürfnisse des Reeders befriedigte, brachte Erfolg. Ein Stück zusammengefaltetes Papier war an der Unterseite des Bodens festgeklebt. Ich löste das Papier und entfaltete es: *BdM, Lugano 0-4-7-9-0-9-23-25.*

Lugano ist eine Stadt in der Schweiz und die Zahlen sahen aus wie eine Kontonummer. Vielleicht zog ich ja voreilige Schlüsse, aber die Möglichkeit bestand. Aber was bedeutete *BdM?* Das konnte alles Mögliche sein, vielleicht war es ja der Name der Bank. Vorausgesetzt, dass Lugano in diesem Fall wirklich die Schweizer Stadt war und die Zahlen eine Kontonummer.

Der Zettel konnte von Nutzen sein und mein erster Gedanke war, ihn abzuschreiben, aber dann kam ich zu dem Schluss, dass Hanus í Rong ihn sicher nicht so bald vermissen würde. Außerdem wäre es ganz witzig, ihn mitzunehmen, wenn er wirklich die einzige Quelle für wichtige Informationen war. Ich steckte den Zettel in die Tasche.

Es war schon nach halb zwölf und ich musste zusehen, dass ich fertig wurde und verschwand, bevor jemand kam. Es war ja nun kein Problem, herauszufinden, was der Herr des Hauses in diesem Augenblick tat.

Ich schaltete den kleinen Fernsehapparat an und drückte den Ton weg.

Und da stand er mit erhobenen Armen und blitzenden Augen. Ohne Ton wirkten die Gebärden des Predigers übertrieben wie die eines Fanatikers. Ich ließ leise den Ton kommen und hörte nunmehr eine sonderbare Behauptung nach der anderen: »Es steht geschrieben, dass Dreiundvierzigtausend ins Himmelreich kommen. Das entspricht der Bevölkerung der Färöer, wenn man die Ausländer nicht mitrechnet. Die Färinger, die im Ausland sind, zählen auch nicht mit, denn sie haben ihr Recht verwirkt. Wir sind Gottes auserwähltes Volk, und wie der Prophet Jesaja so treffend sagt: ›Alles Fleisch ist Gras …‹ Und jeder, der die Worte verspottet und mit den Gottlosen singt: ›Alles Fleisch ist wie Heu, das schreiben wohl die Propheten‹, der wird verloren sein am Tag des Jüngsten Gerichts.«

Das war eine erbarmungslose Rede und der Prediger zitterte vor Erregung am ganzen Körper.

»Salomon hat das gesagt, also gibt es daran keinen Zweifel: ›Hochmut kommt vor dem Fall, Übermut vor dem Stolpern‹, und der Prediger gibt ihm recht mit den Worten: ›Ein lebender Hund ist gefährlicher als ein toter Löwe‹.«

Es freute mich, dass der Prediger Hanus í Rong nicht weit vom Stamm gefallen war.

Zuerst dachte ich, das Geräusch käme vom Fernseher.

Dann wurde mir klar, dass ich nicht allein im Haus war.

23

Schnell schaltete ich Fernseher und Taschenlampe aus.

Richtig, jetzt hörte ich es wieder. Es schien aus dem Erdgeschoss zu kommen.

Die Tür zum Flur stand offen. Hatten der Fernseher oder das Licht mich verraten? Aber vielleicht hatte ich ja auch Glück.

Ich schlich zur Tür und schaute hinaus. Nur Dunkelheit.

Mein erster Impuls war, ins Badezimmer zu stürmen und auf demselben Weg zu verschwinden, auf dem ich gekommen war. Aber dann wurde mir bewusst, dass unten kein Licht eingeschaltet worden war. Wer immer da herumgeisterte, auch er konnte nicht vom Hausherren eingeladen worden sein. Vielleicht war dies eine Möglichkeit, etwas mehr darüber herauszubekommen, was hier eigentlich vor sich ging.

Ich schlich den Flur entlang nach links in die Richtung, aus der ich das Geräusch zu hören glaubte.

Da es hier kein Fenster gab und ich die Taschenlampe nicht benutzen wollte, setzte ich vorsichtig einen Fuß vor den anderen, die Arme zur Seite ausgestreckt, damit ich nicht gegen die Wände rannte. Als ich ein paar Schritte weitergekommen war, schien die Dunkelheit sich aufzulösen und ich stand auf einem Treppenabsatz mit Blick über eine Halle, deren Größe einem Gutshof entsprach. Es sah aus, als bestünde eines der Häuser nur aus dieser großen Halle, die nach oben bis zu den freiliegenden Dachbalken offen war. An zwei Wänden lief eine Galerie entlang und am anderen Ende konnte ich ahnen, dass der Flur dort weiterging, nur in eine andere Richtung.

Die Sterne leuchteten durch die Fenster im Erdgeschoss herein und spiegelten sich auf den glatten Marmorfliesen. Zwischen zwei Fenstern stand ein Sekretär, der Rest der Steinlandschaft war öde und leer wie das Land in der Schöpfungsgeschichte.

Nichts war zu sehen und nichts zu hören.

Ich schlich weiter die geschwungene Treppe hinunter. Als ich meinen Fuß auf den Marmorboden stellte, hörte ich etwas, konnte aber nicht genau sagen, woher das Geräusch kam. Die Türen auf beiden Seiten standen weit offen, aber die dunklen Türöffnungen waren nicht gerade einladend. Ich ging nach rechts und versuchte, so leise wie möglich aufzutreten. Aber Marmor ist unberechenbar. Wenn die Schuhsohlen hart sind, verursachen sie einen Hall, und Gummisohlen quietschen bei jedem Schritt, den man macht.

Quietschend wie ein Igel bewegte ich mich quer durch die Halle und flehte im Stillen, es möge mich niemand entdecken. Ich blieb einen Augenblick an einer Tür stehen und lauschte. Es war vollkommen still im Haus, und als die Ölheizung ansprang, hätte ich fast einen Herzinfarkt bekommen. Das Adrenalin sauste in meinem Körper herum und versetzte ihn in Alarmzustand. Kurz darauf, als ich wieder einigermaßen zu mir gekommen war, hatte ich mich fast davon überzeugt, dass auch die anderen Geräusche, die ich gehört hatte, von der Ölheizung stammten.

Hinter der Tür befand sich ein Zimmer mit mehreren Sofas und Sesseln und Gemälden an der Wand. Wer die Künstler waren, konnte ich im Dunkel nicht sehen, und das war vielleicht auch besser so. Die Vorliebe für eingerahmte Bibelsprüche versprach nichts Gutes.

Genau in dem Moment hörte ich wieder etwas. Und das war jedenfalls nicht die Ölheizung.

Die Tür zu dem Zimmer, aus dem das Geräusch kam, war angelehnt. Langsam wurde ich nervös, außerdem befürchtete ich, dass meine Neugier mich in die Irre geschickt hatte. Das Beste wäre, ich würde umkehren. Sagten meine Nerven. Aber ich gab der Tür einen vorsichtigen Stoß und sie glitt lautlos auf. Und der neugierige Journalist betritt die Höhle des Löwen.

Ich war darauf vorbereitet, dass etwas geschehen würde, aber alles war Friede, Freude, Eierkuchen wie im Gewissen eines Bankiers.

Inzwischen hatten meine Augen sich an die Dunkelheit gewöhnt, sodass ich ganz gut sehen konnte. Das musste das Wohnzimmer sein. Die Möbel waren elegant, sie ähnelten Louis-seize und dem Empirestil, aber ob sie wirklich echt waren, das war eine andere Frage. Mehrere Vitrinen standen an den Wänden und auf dem Boden lagen Teppiche verschiedener Farben und Muster. Sicher persische. Keine großen, schweren Couchtische, sondern kleine Rauch- und Kaffeetischchen standen neben Sofas und Sesseln. An der einen Längswand, den Fenstern gegenüber, gab es eine offene Feuerstelle, die einen Meter weit in den Raum ragte. Sie war über mannshoch und mindestens ebenso breit.

Einen Augenblick lang blieb ich intensiv lauschend stehen, aber es war nichts mehr zu hören. Ich versuchte, auf die Uhr zu sehen, aber die Uhren von heute leuchten nicht mehr im Dunkeln. Wenn man sich in einem fremden Haus herumtreibt, kann man leicht das Zeitgefühl verlieren, und außerdem war Hanus í Rong jeden Augenblick zu erwarten. Ich sollte schnellstmöglich verschwinden.

Dann sah ich, dass ein Gemälde neben dem Kamin im rechten Winkel von der Wand abstand. Mein Herz begann zu rasen.

Ich trat näher und erkannte eine Safetür. Sie war geschlossen.

Ich ging zu dem Safe und drehte am Codeschloss. Nichts.

Hatte ich gehört, wie jemand versuchte, den Safe zu öffnen? Oder hatte der Reeder selbst vergessen, das Gemälde wieder an die Wand zu drücken?

In dem Augenblick hörte ich aus dem Inneren des Kamins ein Kratzen, und etwas Schwarzes kam herausgestürmt. Bevor ich reagieren konnte, bekam ich einen harten Schlag aufs Zwerchfell. Der Schmerz raubte mir den Atem und ich fiel.

Weit entfernt, außerhalb meiner Interessensphäre, ertönte eine Stimme, sie sagte: »Jetzt habe ich dich erwischt, du Teufel. Mir entkommst du nicht. Hier hast du keine Behörden, die dir den Rücken frei halten.«

Ich kannte die Stimme nicht, wollte sie auch gar nicht kennen. Ich hatte genug damit zu tun, mir den Bauch zu halten.

»Du wird keine Schicksale mehr zerstören, du göttliches Arschloch. Dafür werde ich sorgen!«

Die Stimme des Unbekannten hob und senkte sich über mehrere Oktaven, er war nicht mehr Herr seiner selbst.

Aber ich war nicht die Person, hinter der er her war. Das musste ich ihm sagen.

»Ich heiße Hannis Martinsson und ich bin Journalist«, stöhnte ich. Endlich konnte ich auch meinen Blick vom Boden heben, doch im gleichen Moment brannte sich ein helles Licht in mein Gehirn. Schnell schaute ich wieder nach unten.

»Wer bist du?« Die Stimme bebte. »Du bist nicht Hanus í Rong ...« Jetzt klang die Stimme wütend. »Ich sollte ...« Der Ton wurde drohend und etwas sauste an meinem Kopf vorbei und schlug auf den Boden.

»Du hast alles kaputtgemacht. Du hättest verdient, dass ...« Einer der kleinen Tische ging zu Bruch.

Der dunkle Schatten rannte im Zimmer herum, wild mit seiner Waffe um sich schlagend. Schließlich leuchtete er mich wieder an.

»Für den heiligen Teufel sollte dieser Tag der letzte sein. Du bist schuld, dass ...!«, waren seine letzten Worte, bevor er im Zimmer nebenan verschwand. Kurz darauf hörte ich die Haustür zuschlagen.

Ich kam langsam wieder auf den Damm und versuchte aufzustehen. Das Zimmer war völlig verwüstet. Ein Berserker war zu Besuch gewesen.

Ich schwankte aus dem Haus, ließ Leiter Leiter sein. Das war jetzt nicht mehr so wichtig.

24

Es war fast elf Uhr, als ich aufwachte. Die Stelle, wo der Schlag mich getroffen hatte, war noch etwas empfindlich, aber ansonsten ging es mir blendend. Kein Kater und zehn Stunden Schlaf. So sollte es jeden Tag sein. Ich reckte mich behaglich unter der Bettdecke. Nicht weil es so viel gab, über das ich mich freuen konnte, aber ein Freitag ohne Kater ist nicht zu verachten. So ist man besser fürs Wochenende gerüstet. Doch ich gelobte mir selbst, dass ich dieses Mal nicht in die Stadt gehen würde.

Ich stand auf, setzte in der Küche Wasser für den Kaffee auf und aß einen Becher Joghurt.

Das Küchenfenster ging zum Garten auf der Rückseite der Reihenhäuser hinaus. Die Aussicht war nicht gerade umwerfend: ein paar große Häuserblocks in verschiedenen Farben und weiter hinten eine Reihe älterer, geteerter Häuser mit Steinsockel. Der Nieselregen machte den Eindruck nicht gerade besser. Und das heute, wo ich problemlos die Sonne ertragen hätte, ganz ohne dunkle Brillengläser. Das Wetter ist doch nie, wie es sein soll.

Aber ich wollte mir den Tag nicht von ein bisschen Nieselregen verderben lassen. Plötzlich fiel mir der Zettel ein, den ich vom Schubladenboden entfernt hatte. Verflucht, ich hätte ihn doch abschreiben sollen. Wenn er überhaupt eine Bedeutung hatte, würde Hanus í Rong auf jeden Fall nach ihm suchen, nachdem bei ihm eingebrochen und sein Wohnzimmer verwüstet worden war. Ja und? Er wusste doch nicht, dass ich da gewesen war. Und selbst wenn er sich ausrechnen konnte, dass ich herumschnüffelte, hatte er keinen Grund, mich wegen des Vandalismus zu verdächtigen. Hingegen konnte der verschwundene Zettel ihn unter Umständen Böses ahnen und viel Staub aufwirbeln lassen. Bei näherer Überlegung kam ich zu dem Ergebnis, dass es doch nicht so dumm gewesen war, ihn zu stehlen.

Während ich meinen Kaffee trank, überlegte ich, was eigentlich auf Ternuryggur geschehen war. Der Mann, der mich niedergeschlagen hatte, war gekommen, um Hanus í Rong umzubringen. Warum?

Es konnte viele Gründe geben.

Ich spielte eine Weile mit den verschiedenen Möglichkeiten. Geld stand oft an erster Stelle. Natürlich. Frauen? Nein.

Der Reederprediger war kein Mann, der Leben und Geschäft für eine Frau aufs Spiel setzte. Religiöse Gründe? Eher auch nicht. Er mochte gläubig sein, aber sein Glauben war so geartet, dass er zu einem Instrument wurde, zu einem Werkzeug, mit dem er sich Macht verschaffte. Und damit war ich bei der Reederei und dem Geld. Also kein *cherchez la femme*, kassiere lieber das Geld, folge dem Strom und du kommst ans Ziel. Spielte die *Quelle* eine Rolle? Oder das bankrotte Unternehmen Gaia International? Ich tappte im Dunkeln.

Also beschloss ich, zum *Blaðið* zu gehen und von dort einen Bankmenschen anzurufen, den ich kannte.

25

Beim *Blaðið* waren alle schwer beschäftigt damit, die Samstagsausgabe fertig zu kriegen. Von einem Büro ins andere wurde gerufen, Telefone klingelten und es wurde geflucht und geschimpft, wenn etwas nicht gut oder schnell genug ging. Niemand beachtete mich. Ich lief wie ein Geist den Flur entlang, während Fragen, Antworten und Flüche durch die Luft sausten. Ich schloss die Tür zu meinem Zimmer, um Ruhe zu haben. Aber der obere Teil der Wand zum Flur hin war aus Glas, sodass man zu den anderen hineinsehen konnte. Was bewirkte, dass man, auch wenn nichts mehr zu hören war, das Meiste doch mitbekam. Das Gefühl, sich in einem Aquarium zu befinden, war ziemlich ausgeprägt.

Ich rief einen Bankmenschen an, der mir schon einmal geholfen hatte, und fragte ihn, ob er mir etwas über Hanus í Rong erzählen könnte und darüber, wie dieser seine Schiffe finanziere. Ich beruhigte meinen Kontaktmann, indem ich ihm erklärte, dass diese Informationen nur für den privaten Gebrauch bestimmt waren, nichts davon sollte in die Zeitung. Ich war mir im Klaren darüber, welche panische Angst die Meisten in der Geldwelt haben, dass die Leute etwas über sie erfahren könnten und sich vielleicht Gedanken machten, was sie eigentlich so trieben. Er versprach, sich wieder zu melden.

Eine halbe Stunde später rief er zurück und erzählte mir, was er gefunden hatte.

In den Siebzigern war Hanus í Rong in Neubauten mit öffentlichem Zuschuss verwickelt, aber die Schiffe – zwei moderne Trawler – waren Konkurs gegangen. Hanus í Rong hatte keine Öre eingebüßt, doch einige Männer, die so blauäugig gewesen waren, Haus und Hof als Sicherheit zu verpfänden, hatten alles verloren. Außerdem erlitten Banken und die öffentliche Hand hohe Verluste. Seitdem war der Reeder in der färöischen Finanzwelt schlecht angesehen. NorthMeds Schiffe waren alle von ausländischen Banken finanziert worden, an erster Stelle von der italienischen Banco Ambrosiano, die jedoch ebenfalls vor einigen Jahren Konkurs gemacht hatte. Mein Verbindungsmann wusste nicht genau, wer das Ganze übernommen hatte. Er wusste auch nicht, woher das Geld für Ichthys stammte.

Ich fragte ihn, was er über Gaia International wusste. Tja, er hatte gehört, dass Hanus í Rong dahinter stand, aber offiziell war das nie bestätigt worden. Doch es würde ihn nicht wundern, wenn es den Tatsachen entsprach.

Zum Schluss erwähnte ich den Zettel mit den Zahlen. Er konnte nicht mit Sicherheit sagen, ob es sich bei den Zahlen um eine Kontonummer handelte. Er war nie in der Schweiz gewesen, woher sollte er das also wissen? Ich versprach ihm als Dank einen Kuss, was ihn den Hörer aufknallen ließ.

Der Nieselregen hatte aufgehört, es schien aufzuklaren. Warum also nicht einen kleinen Ausflug machen?

Als ich am Skálafjørður entlangfuhr, schien die Sonne. Nicht gerade gleißend – sie hatte sich schließlich gestern reichlich verausgabt –, aber es gelang ihr, sich durch die Wolkenbänke hindurchzudrängen und den verfrorenen Menschenkindern ein wenig Wärme zu spenden.

Die Namen der Schiffe der NorthMed-Flotte waren anders als die üblichen. *Salem, Hosianna, Kyrie Eleison, Halleluja, Genesis, Golgatha* – aber die Fischfabrik setzte das Tüpfelchen aufs i: Bevor ich losgefahren war, hatte ich in der Redaktion in einem Lexikon geblättert und herausgefunden, dass Fisch auf Griechisch ›ichthýs‹ heißt. In den urchristlichen Kirchen war der Fisch ein christliches Symbol, und wenn man *Jesus Christus, Gottes Sohn, der Befreier* auf Griechisch schreibt, also *I(esous) CH(ristos) Th(eou) (h)Y(ios) S(oter)*, ergeben die Anfangsbuchstaben *ICHTHYS.*

Was für ein Name für eine Fischfabrik! Aber was soll's, immerhin arbeiten sie dort wirklich mit Fisch.

Als ich mich Gøtueiði näherte, nahm ich den Fuß vom Gas, achtete aber darauf, nicht zu langsam zu werden. Auf Eystruroy erwecken alle, die weniger als hundert Stundenkilometer fahren, Misstrauen.

Ich betrachtete das Hafengelände mit dem großen gelben Gebäude. Am Kai waren weder Schiffe noch Menschen zu sehen. Das Ganze wirkte wie ausgestorben.

Ich parkte gegenüber der Einfahrt zur Fischfabrik und überquerte die Straße. Auf die südliche Wand der Fabrik hatte man in meterhohen roten Buchstaben den griechischen Namen gemalt. Das große Schiebetor, fünf Meter vom Kairand entfernt, war geschlossen. Die Tür daneben war auch zu. Andere Eingänge konnte ich nicht entdecken.

Ich zündete mir eine Zigarette an und ging auf dem kleinen Hafengelände ein wenig umher. Oben auf der Straße brausten die Autos in beide Richtungen dahin, aber im Ort bewegte sich nichts. Es waren wohl alle zur Arbeit.

Man konnte sehen, dass das Gebäude neu war. Die gelben Plastikplatten, die man von außen auf die Betonelemente geklebt hatte, waren noch nicht verblichen und der Beton am Boden war noch nicht grün geworden. Wie um alles in der Welt hatte Hanus í Rong nur die Erlaubnis bekommen, in diesen Zeiten eine neue Fischverarbeitungsfabrik zu bauen? Als ob es davon nicht schon genug gäbe. Vielleicht hatte er ja gute Verbindungen zur Regierung.

Ich trat die Zigarette aus und ging wieder zum Auto hoch. In dem Moment kam ein Seifenkistenwagen in voller Fahrt den Hang hinunter auf den Kai. Die Gummistiefel des Jungen quietschten, als er direkt vor meinen Füßen bremste. Ein lächelndes, sommersprossiges Gesicht sah zu mir hoch. Er war nicht älter als acht, neun Jahre, rothaarig, trug einen dunkelroten Anorak und eine blaue Jeans. Das Gefährt bestand nur aus ein paar Brettern auf vier Kinderwagenrädern und der Fahrer lenkte es mit einer Tonne, die auf einem Querbrett befestigt war. Aber das Aussehen seines Vehikels störte den jungen Mann von Eysturoy nicht im Geringsten.

»Na, was sagst du?« Er klopfte auf das Brett, auf dem er saß. »200 Pferde Turbo, 8 Zylinder und 16 Ventile. Von 0 auf 100 in fünf Sekunden.«

»Du solltest besser aufpassen, wenn du über die Straße fährst. Eines schönen Tages wirst du sonst noch überfahren.«

»Nein.« Er lachte den dummen Fremden aus und zeigte zum Hügel hinauf: »Von da oben kann ich in beide Richtungen gucken und brauche nur zu warten, bis ich kein Auto mehr sehe. Wie heißt du?«

Wie die meisten Kinder wechselte er ganz plötzlich von einem Thema zum anderen.

»Ich heiße Hannis Martinsson und ich bin aus Tórshavn.«

»Oje, da möchte ich nicht wohnen.« Er war aus seinem Wagen ausgestiegen und hatte sich neben mich gestellt.

»Warum? Was ist denn so schlimm an Tórshavn?«

Ich fragte mehr aus Spaß, denn ich kannte seine Meinung aus meiner eigenen Kindheit auf dem Lande.

»Tórshavn, das sind nicht die Färöer, die richtigen Färöer, das ist hier auf dem Land.«

Er versuchte, die Hände in die Taschen zu stecken, aber die Jeans war so eng, dass er nicht einmal die Fingerspitzen hineinbekam. »Und die Tórshavner, das sind auch keine richtigen Färinger«, fügte er hinzu und spuckte weit aus.

Ich lächelte innerlich und fragte, wer ihm das denn erzählt hätte.

»Das sagt Opa.« Und nun wurde der kleine Kerl ganz eifrig: »Weißt du was? Er ist im Krieg zur See gefahren und er hat mal in Amerika gewohnt.« Er strahlte vor Stolz.

»Na so was«, sagte ich. »Das muss doch toll sein, so einen Opa zu haben. Arbeitet er hier in der Fischfabrik?«

»Nee, er ist zu alt, um bei Istis zu arbeiten, er ist im Pflegeheim in Runavík.«

»Nennt ihr die Fischfabrik *Istis*?«

»Ja, so heißt sie.« Er zeigte auf die Buchstaben an der Wand. »Kannst du nicht lesen?«

»Doch, ich denke schon, aber ich lese daraus *Iktis.*«

»Ja, du bist ja auch aus Tórshavn«, kam es mit unbarmherziger Kinderlogik.

Ich war kurz davor, innerlich zu kochen, weil ich von einem Kind schachmatt gesetzt worden war, fragte aber lieber: »Wie kommt es, dass hier heute niemand arbeitet?«

»Die *Hosianna* war letzte Woche hier, und Montag müssen sie wieder zur Arbeit, denn dann kommt die *Salem.* Die arbeiten nur jede zweite Woche«, fügte er hinzu.

Wir standen eine Weile wortlos da.

»Manchmal ist es richtig witzig zuzugucken, wie sie die Schiffe beladen.« Der kleine Rennfahrer hatte keine Lust, mich gehen zu lassen. »Manchmal darf ich bei Jógvan auf dem Gabelstapler sitzen und einmal durfte ich ihn sogar lenken. Glaubst du mir etwa nicht?«

Das kleine sommersprossige Gesicht sah mich fragend und gleichzeitig herausfordernd an.

»Doch, natürlich glaube ich dir. Pass nur auf, dass du nicht über die Kante fährst.«

»Es war nicht meine Schuld, dass die Palette ins Wasser geplumpst ist, das war Jógvan, der sie verloren hat, und der Reeder hat gesagt, es wäre besser gewesen, wenn es Jógvan gewesen wäre, der im Fjord gelandet ist. Du kannst dir nicht vorstellen, wie wütend er war.«

Jetzt war mein Interesse geweckt.

»Erzähl mehr von der Palette, die ins Wasser fiel. Du kriegst 'nen Fünfer dafür.«

»Zuerst das Geld«, er streckte eine schmutzige Hand vor.

Rotzbengel, murmelte ich vor mich hin, während ich nach einem Fünfer suchte. Jedenfalls war er nicht dumm, der kleine Rennfahrer.

»Jógvan und Óli Hans haben die Gabelstapler gefahren, weißt du. Aber als Jógvan die Rampe hoch an Bord der *Hosianna* fahren sollte, kam Óli Hans mit seinem Gabelstapler herunter und Jógvan hat so schnell abgedreht, dass die Palette zwischen Schiff und Bollwerk gerutscht ist. 'ne ganze Palette mit Dorschfilets. Aber dann kam der Kranwagen und sie haben ein Tau um die Palette gewickelt und der Fisch und alles ist in den Brennofen in Lorvík gekommen.«

»Warum?«, fragte ich.

»Was, warum?«

»Warum musste der Fisch in den Brennofen?«

»Bist du blöd?« Er sah mich an, als wäre ich wirklich blöd. »Die können doch keinen Fisch verkaufen, der im Wasser gelegen hat, nicht nach Amerika.« Letzteres fügte er voller

Ehrfurcht hinzu, er war sicher von seinem Großvater beeinflusst.

»Nein, natürlich nicht«, nickte ich. »Aber du hast gesagt, der Reeder sei wütend geworden. Welcher Reeder?«

»Der, der immer im Fernsehen ist. Gestern Abend auch.«

»Warum war er denn so wütend? Weil Jógvan die Palette verloren hat?«

»Ich weiß nicht genau. Ich glaube, weil er sie in den Brennofen bringen musste. Und dann hat er noch gesagt, dass es besser gewesen wäre, wenn Jógvan ertrunken und verbrannt wäre, lieber Jógvan als die Palette. Ist das nicht merkwürdig?«

Dem konnte ich nur zustimmen. Warum sich über eine Palette so aufregen?

»Und was passierte dann?«

»Nichts. Er ist zurück nach Tórshavn gefahren. Willst du jetzt auch wieder nach Tórshavn?«

»Ja, das will ich.«

»Was für ein Auto hast du?«

»Einen Volvo 340.«

»Kann ich den mal sehen?«

Wir gingen gemeinsam den Hügel hinauf, während der kleine rothaarige Schlaumeier mir die Vorteile *großer* Volvos erklärte.

26

Der *Eyskarið* öffnete um fünf, und die Fünf-Uhr-Stunde hatte gerade begonnen, als ich hereinkam. Die Räume waren nicht besonders groß, aber das störte an einem Freitagnachmittag nicht, wenn nur die Laune gut war.

Eine Fliege summt in Ydun heut,
was meine Trinkerseele freut,
in froher Ruh im Rausch erneut
bin ich auch heut.

Genauso ging es mir. Oder genauer gesagt: sollte es mir gehen. Ich war ja noch nicht in Fahrt gekommen. Ich zwängte mich zur Bar durch, bestellte ein Bier und ein Päckchen Underberg. Mit meiner Beute in den Händen ging ich zu den Fenstern und schaute auf den in der Sonne glitzernden Fjord. Der *Eyskarið* sah vielleicht aus wie eine Kaschemme, aber dann war es eine Kaschemme mit dem schönsten Ausblick nördlich der Alpen. Ich genoss nicht nur mein Bier und den Underberg, ich genoss auch all diese Schönheit.

Mir fiel all das ein, was ich mir am Morgen selbst versprochen hatte, aber Schwamm drüber; jeder braucht mal eine Pause. Besonders, wenn man als Einsiedler lebt.

Der Gespräche um mich herum waren so laut, dass sie eine Möwenkolonie in die Flucht hätten schlagen können, aber mir gefiel es. Mit dem Bier Nummer zwei in der Hand zwängte ich mich auf eine Bank und ließ die Diskussionen über mich hin- und herwogen.

Das Publikum war wie immer eine bunte Mischung aus Handwerkern und Lehrern, Arbeitern und Büroleuten, und oft konnte man auch den einen oder anderen Schriftsteller antreffen. An so einem Nachmittag kamen nicht viele weibliche Gäste, aber sie waren immerhin zahlreicher, als das früher der Fall gewesen war.

Hier wie überall war die Nationalmannschaft ein Gesprächsthema und man stritt sich darüber, ob es nun vernünftig war, an internationalen Wettkämpfen teilzunehmen, oder nicht. Es kam vor, dass der eine oder andere etwas lauter wurde, aber jedes Mal nahm ein Scherz dem aufkommenden Streit den Stachel. Einer meiner Onkel mütterlicherseits pflegte zu sagen, dass ein lebhaftes Geschlechtsleben der beste Schutz gegen die Versuchungen des Sports sei. Ich nahm an der Diskussion nicht teil. Aber beim Gedanken an das jämmerliche Geschlechtsleben, das ich in den letzten Wochen gehabt hatte, gehörte ich eigentlich in die Nationalmannschaft.

Ein dunkelhaariger, schnurrbärtiger Mann von Suðuroy erzählte witzige Geschichten, die vor allem auf Kosten der Leute von den nördlichen Inseln gingen. Er behauptete, dass so wie Gott die Menschen nach seinem Bild geschaffen hatte, so hätten die Einwohner von Klaksvík die Fischklöße fabriziert. Das Lachen dröhnte durchs Lokal. Ein Lehrer aus Klaksvík lachte am lautesten.

Ich ging zur Bar und kaufte zwei Bier und noch ein Päckchen Underberg. Es gab keinen Grund, Zeit zu verlieren.

Spät am Abend lag ich zu Hause in meinem Bett und versuchte nachzudenken. Ich hatte mehr als eine Stunde geschlafen und fühlte mich ziemlich nüchtern, auch wenn mir der Kopf noch etwas schwer war.

Und jetzt?

Es war schwierig, einen Entschluss zu treffen, wie ich weitermachen sollte. Vielleicht sollte ich die ganze Sache einfach hinschmeißen und mich wieder auf den Journalismus konzentrieren? Meine Erträge der vergangenen Woche waren nicht der Rede wert, und wenn ich nichts für die Zeitung zustande brachte, riskierte ich, dort rausgeschmissen zu werden. Karl und Piddi verboten mir, mehr über die Morde zu schreiben als die anderen Journalisten, also nützte das auch nichts.

Ich sollte wegfahren. Das war eine gute Idee. Warum

nicht abhauen? Warum nicht nach Rom? Über Kopenhagen. Ja, warum eigentlich nicht?

Ich hatte mehrmals eine Zeit lang in Rom gewohnt und vielleicht konnte mir dort jemand helfen, Hanus í Rongs Bankverbindungen zu untersuchen. Ich holte den Zettel mit der Kontonummer heraus: *BdM, Lugano 0-4-7-9-0-9-23-25.*

Ich würde versuchen, gleich am nächsten Tag einen Flug nach Kopenhagen und von dort aus weiter nach Rom zu bekommen.

27

Rom zitterte in der Vormittagssonne. Die Hitze verwischte alle Konturen und die ockerfarbenen und sienaroten Häuser ergaben zusammen mit den glänzenden Marmorgebäuden ein verzauberndes Ganzes. Mitten durch die Stadt glitt der Tiber wie eine glitzernde Schlange. Von oben betrachtet ähnelten die Straßen schmalen Klüften und in ungefähr zwei Stunden würde ich auf ihnen entlanggehen – wie so oft zuvor. Und wie so oft freute ich mich darauf.

Die Stewardess bat die Passagiere, sich bereit zu machen, denn in wenigen Minuten würde das Flugzeug auf dem Flughafen Ciampino landen. Sie machte uns darauf aufmerksam, dass das Fotografieren verboten war, weil der Flughafen Militärgelände war.

Ich dachte an meine erste Reise nach Rom vor zwanzig Jahren, als die Roten Brigaden wüteten und die Stadt vor Soldaten und Polizei nur so wimmelte. Auf dem Flughafen hatte es nicht einmal einen Meter Abstand zu den Soldaten mit ihren Maschinenpistolen gegeben. Und die Maschinenpistolen hingen nicht über der Schulter, nein, sie waren entsichert und wurden in den Händen gehalten. Man fühlte sich bedroht und sah zu, so schnell wie möglich wegzukommen. In den folgenden Jahren sah man immer weniger Militär und für die Fußballweltmeisterschaft war der Flughafen erneuert und erweitert worden. Aber das Fotografierverbot galt immer noch.

Ich war am Samstag in Kopenhagen angekommen und hatte ein Taxi zum Øresundkolleg genommen. Aber Duruta war nicht zu Hause, und ein Mann, den ich auf dem Flur traf, erklärte mir, dass er sie schon seit mehreren Tagen nicht gesehen hatte. Also wieder mit dem Taxi zur Polizeischule, die neben der Universität auf Amager lag. Es war schon später Nachmittag und deshalb kaum jemand zu finden, der mir etwas sagen konnte. Schließlich erwischte ich einen älteren Mann, der irgendetwas mit dem Unterricht zu tun hatte, doch er war alles andere als mitteilsam. Zumindest erfuhr ich, dass Duruta nicht in Kopenhagen war. Mehr wollte er nicht rausrücken.

Bis vor Kurzem hatte ich eine Wohnung in Kopenhagen gehabt, aber die hatte ich jemand anderem überlassen, weshalb ich ins Hotel gehen musste. Wie so viele Färinger schrieb ich mich im Missionshotel Hebron in der Helgolandsgade ein. Von dort ging ich zum Reisebüro Spies, um mich nach einem Flug nach Rom zu erkundigen. Es gingen natürlich regelmäßig Flüge von Kastrup zum Leonardo-da-Vinci-Flughafen vor den Toren Roms, aber da ich das Ticket selbst bezahlen musste, hatte ich mich für Spies entschieden. Sie hatten einen Flug am Montagmorgen. Dazu buchte ich eine Woche im Hotel Ponte Sisto, die gerade jemand storniert hatte.

Der Samstagabend und der Sonntag verliefen friedlich und ruhig. Ich sah mir mehrere Filme im Kino an und fuhr mehr als einmal zum Øresundkolleg, um zu hören, ob Duruta vielleicht heimgekommen wäre. Das war sie nicht. Trotzdem machte ich einen großen Bogen um *Skarv* und *Laurits Betjent.* Zum einen, weil ich Angst hatte, dann gleich zu übertreiben, zum anderen aber auch, weil ich im Grunde meines Herzens gar keine Lust hatte. Die ganze Zeit gingen mir die Ereignisse der letzten Tage im Kopf herum und ich wartete darauf, dass der Abstand ein helleres Licht auf die Morde werfen würde. Aber dem war nicht so.

Eine Sache war mir seit der vorletzten Nacht oben auf Ternuryggur allerdings doch klar geworden: So sehr es mir auch gefallen würde, Hanus í Rong als das große Ungeheuer aus der Apokalypse zu sehen, so unwahrscheinlich war es, dass er für all die Morde verantwortlich war oder auch nur ein Interesse an ihnen gehabt hatte.

Und so saß ich nun hier und wartete darauf, dass die Maschine landete.

Mein Zimmer lag im vierten Stock, und als ich das Fenster öffnete und die Luken aufstieß, konnte ich auf einen hübschen geometrischen Garten hinuntersehen mit Pinien und niedrigen Palmen, die aussahen wie Ananasfrüchte. Es gab außerdem Orangenbäume und Unmengen von Blumenkübeln und Amphoren. Das war doch etwas anderes, als in der Kälte herumzulaufen.

Ich setzte mich auf die Fensterbank und zündete mir eine Zigarette an. Die Mittagsruhe senkte sich über die Stadt und das Leben würde erst gegen drei, vier Uhr zurückkehren. Ich beschloss, den Rest des Tages durch die Straßen zu schlendern und erst am nächsten Morgen die Redaktion des *Il Messagero* aufzusuchen.

28

Der Vormittagsmarkt auf dem Campo di Fiori war in vollem Gange und ich schlängelte mich zwischen Verkaufstischen mit diversen Fischsorten hindurch, die nie einen färöischen Mittagstisch erreicht hätten. Hier gab es Unmengen von Krebsen und Muscheln und anderen Schalentieren.

Die Schlachter hieben mit Äxten Fleisch in Stücke und an Stativen hingen gerupfte Hühner und Enten. Hinter Glas versuchten gräuliche Kalbsmägen appetitlich auszusehen. Was ihnen nicht so recht gelangt.

Die Stände mit Obst und Gemüse dominierten jedoch; ein Zeichen dafür, dass das Vegetarische in der italienischen Küche eine größere Rolle spielte als Fleisch und Fisch. Auch das sah verlockend aus: glänzende Apfelsinen, feuerrote Tomaten, grasgrüne Paprikaschoten und Birnen, blass wie gebleichtes Heu. Kleine, exotische Ananaspyramiden, Kisten mit unscheinbaren Kiwifrüchten – ihr Inneres sagte etwas ganz anders – und dunkelviolette Auberginen.

Am unteren Ende des Marktes stand ein Springbrunnen in der Form eines riesigen Blumenkorbes. Hier hatten die Blumenhändler ihre Stände mit üppigen Pflanzen in allen möglichen Farben.

Der Campo di Fiori war ein Gemisch aus Farben, Gerüchen und faszinierender Zungenfertigkeit. Und dann die Gebärden und Handbewegungen, die nötig waren, zu unterstreichen, hervorzuheben oder auch nur einem Satz die richtige Form zu geben. Es wird erzählt, dass während des Krieges ein Italiener, dem die Hände auf den Rücken gebunden waren, stundenlang von der Gestapo gefoltert wurde, er aber nicht ein Wort sagte. Später wurde er für seine

Standhaftigkeit gelobt. Er selbst aber erklärte, er hätte gar nicht die Möglichkeit gehabt, etwas zu sagen, da doch seine Hände gefesselt gewesen waren.

Die schönen alten Häuser um den Campo di Fiori herum stammten zumeist aus dem Ende des siebzehnten Jahrhunderts. Und an jeder Ecke: *Bar, Trattoria, Ristorante.* Die Restaurants hatten noch nicht geöffnet, aber die Cafés waren drinnen wie draußen gut besetzt. Ich hatte nach dem Aufstehen einen *caffé latte* getrunken, jetzt hatte ich Lust auf einen Cappuccino. Als der Kellner mir den Kaffee brachte, bestellte ich noch einen Grappa. Dieser Schnaps, hergestellt aus dem Trester von Trauben, ist so stark, dass im Vergleich dazu ein Roter Aalborg wie Selterwasser wirkt. Mir wurde heiß bis in die Zehenspitzen.

Während ich meinen Kaffee trank, blickte ich hinüber zu Giordano Bruno, der auf seinem Sockel stand, erhaben über dem Wirrwarr des Marktes. Jetzt wärmte die Sonne richtig, aber es war eine andere Hitze als die, der der Mann auf dem Sockel im Jahr 1600 ausgesetzt worden war. Der Mönch, Philosoph und Mathematiker Giordano Bruno wurde von der Inquisition als Ketzer verurteilt und auf dem Scheiterhaufen verbrannt. Und das geschah genau an der Stelle, wo heute die Statue steht.

Als ich den von Menschen wimmelnden Markt verließ, lief ich durch Gassen, die nicht viel breiter waren als die Straßen im ältesten Teil von Tórshavn, bis ich schließlich auf die breite, stark befahrene Vittorio Emanuele trat. Ich überquerte sie und stand kurz darauf auf dem vielleicht berühmtesten Platz Roms: der Piazza Navona. Sie ist mit drei großartigen Fontänen geschmückt, von denen die mittlere, die Bernini-Fontäne mit dem antiken ägyptischen Obelisken, am eindrucksvollsten ist.

Ich setzte meinen Weg fort durch krumme, enge Gassen

mit vielen kleinen, teuren Boutiquen. Hier gab es nichts mehr, was auch nur im Entferntesten an Tórshavn und das dortige Leben erinnerte. Ebenso gut hätte ich auf einem anderen Planeten gelandet sein können. Ich war wirklich fern der Heimat, was man auch an meiner Kleidung sehen konnte. Normalerweise trage ich keinen Schlips, aber hier ging es nicht ohne Tweedjacke, grüne Seidenkrawatte und Lederschuhe. Um wie ein Einheimischer auszusehen, hatte ich mir noch ein gelbes Halstuch umgebunden. Ich fühlte mich wie ein echter Römer.

Als ich die Hauptstraße Via del Corso überquert hatte, bog ich in die Via del Tritone ein, in der das Haus der *Il Messagero* liegt.

Guido Battista telefonierte, als ich die Tür zu seinem Eckbüro öffnete. Er lächelte und winkte mich mit der freien Hand hinein, während er gleichzeitig mit ausgesuchter Höflichkeit und freundlicher Stimme »Ja« und »Nein« in den Hörer sagte.

»Si, principessa. No, principessa. Sie haben vollkommen recht, principessa. Si, principessa ...«

Ich hatte den Eindruck, dass das Gespräch ziemlich eintönig und inhaltslos verlief, also ging ich lieber zu dem Bogenfenster und schaute auf die Straße. Der Verkehr war dicht, die Fußgänger schlängelten sich zwischen Bussen und Autos hindurch, dafür sah man keinen einzigen Radfahrer. In meinen Augen war der Verkehr chaotisch und ich wartete darauf, dass er stocken würde. Es gab einfach keine Ordnung! Aber er lief weiter und er lief offensichtlich ausgezeichnet, und jedes Mal wenn ich dachte, dass jetzt ein Unfall geschehen würde, wich ein Auto im letzten Moment aus oder bremste. Bei uns zu Hause wäre ein derartiger Mangel an Respekt vor Regeln und Gesetzen Totschlag gewesen.

Aber die Italiener verstanden es, sich durchzuschlängeln. Vielleicht dachten sie ja auch, dass Gesetze dazu da wären, zu zeigen, wie gut man auch ohne sie auskommen könnte. In allen Lebenslagen.

Ich hörte, dass Guido dabei war, sein Gespräch zu beenden, also drehte ich mich um. Der Journalist war aufgestanden und verbeugte sich jetzt, den Hörer in der Hand.

»Das wird sich nicht wiederholen, ich verspreche es Ihnen, principessa.«

»Arrivederci.«

Er legte den Hörer auf und seufzte.

»Das war Principessa di Fortenay, die sich darüber beklagt, dass wir den Namen ihres Hundes in einem Artikel falsch geschrieben haben. Sie verlangt morgen auf der Titelseite eine Korrektur, sonst ... Ich habe ihr recht gegeben und in allen Punkten zugestimmt. Sie ist eine unserer besten Quellen für alles, was im Vatikan vor sich geht. Ihr Bruder ist Kardinal und sie ist mit allen möglichen Leuten verwandt. Wir können es uns einfach nicht leisten, sie zu verärgern. Morgen wird also eine Entschuldigung in fetten Lettern auf der Titelseite stehen. Und ein Foto von dem Hund. Mit dem richtigen Namen.«

Guido Battista lachte leise: »Es ist ein Hundeleben, Journalist zu sein.«

Er schien jedoch ziemlich zufrieden zu sein und sah gut betucht aus in seinem maßgeschneiderten Anzug, den Schuhen von Gucci und ohne ein einziges graues Haar in seiner rabenschwarzen Mähne, obwohl er einige Jährchen älter war als ich.

»Aber was treibst du hier in Rom, Giovanni?«

In Italien benutze ich immer die italienische Variante meines Namens. Das ist einfacher und ich muss nicht jedes Mal die merkwürdige färöische Form erklären.

Ich gab ihm ein Resümee der jüngsten Ereignisse, erzählte ihm von Hanus í Rong und NorthMed und dass ich versuchte herauszufinden, wer die Schiffe der Reederei finanziert hatte.

Guido legte seine Fingerspitzen aneinander und sah mich sinnend an.

»Und ich dachte immer, die Färöer seien ein friedlicher Ort, fern von Krieg und allem Bösen dieser Welt, aber nach dem, was du da erzählst, ist Neapel dagegen ja das reinste Bilderbuchdorf. So werdet ihr es nie schaffen, Touristen anzulocken.«

»Da bin ich mir nicht so sicher. Schließlich wird Italien seit mehreren Menschenaltern von der Mafia regiert und an Touristen leidet ihr nun trotzdem keinen Mangel.«

»Italien ist nicht wie andere Länder. Die Mafia gehört dazu. Das ist nicht wie bei euch.«

»Quatsch. Du weißt ganz genau, dass es die Touristen nicht interessiert, wie viele Verbrechen begangen werden, solange sie selbst nicht betroffen sind. Genau das haben die Fundamentalisten in Ägypten und Algerien begriffen, weshalb sie jetzt dazu übergegangen sind, auch Touristen anzugreifen.«

»Bist du nach Rom gekommen, um über Tourismus und Fundamentalisten zu diskutieren?« Guido sah mich ironisch an.

»Du hast damit angefangen.«

Wir schwiegen eine Weile, dann brachen wir beide in Gelächter aus. Guido versuchte, uns wieder zum Thema zurückzubringen:

»Erzähl mir nicht, dass es um Informationen über Schiffsfinanzierungen geht, die du dir nicht in deinem vorbildlichen, nordischen, sozialdemokratischen Paradies beschaffen kannst.« Er holte tief Luft. »Und dass du zur römischen

Bürokratie kommst, um sie zu kriegen! Das haut doch nicht hin.«

»Erstens sind die Färöer kein sozialdemokratisches Paradies und zweitens könnte es doch sein, dass diese alten Verbindungen zur Banco Ambrosiano uns auf die richtige Spur bringen.«

»Bis jetzt hast du die Banco Ambrosiano noch gar nicht erwähnt. Aber sag mal selbst: nach Italien zu kommen, um Informationen über Bankgeschäfte zu erhalten. Dann kannst du es ja gleich in der Schweiz versuchen.« Jetzt lachte er schallend. »Du bist lustig. Ein Sozialdemokrat aus Skandinavien kommt nach Rom, um sich Hilfe bei italienischen Beamten zu holen. Pass nur auf, dass das niemand erfährt!«

»Ich bin kein Sozialdemokrat und die Färöer sind kein Teil von Skandinavien.« Langsam wurde ich wütend.

»Schon gut. Ist ja auch egal.« Er wischte sich die Tränen aus den Augen. »Hast du auch vor, die Mafia wegen der färöischen Gesetzlosigkeit zu konsultieren? Und den Papst wegen des Rechts auf Abtreibung?« Guido erstickte fast vor Lachen.

Mir reichte es, ich ging zur Tür, aber er rief mich zurück: »Ich höre ja schon auf. Nun komm und setz dich.« Er zeigte auf einen Stuhl neben dem Schreibtisch.

Ich blieb stehen, aber er zog mich am Arm zu dem Stuhl und drückte mich hinunter. Danach ging er zu einem kleinen Kühlschrank und holte zwei Bier heraus. Er öffnete sie und gab mir eins.

»Prost!«

Ich war immer noch sauer, tat es ihm aber gleich: »Prost!«

Eine Weile tranken wir schweigend, aber dann sagte der italienische Journalist: »Es ist schon einige Jahre her, dass die Banco Ambrosiano Konkurs ging, man die Leiche des Direktors unter der Blackriars Bridge in London gefunden hat und der sizilianische Geldmann Michele Sindona im Gefängnis vergiftet wurde. Der Vatikan hatte auch seine Finger im Spiel und das Interesse der Presse war gewaltig.«

»Ich habe von den Skandalen gehört«, unterbrach ich ihn. »Glaubst du, wir könnten etwas über den färöischen Reeder in den Unterlagen zur Banco Ambrosiano finden?«

»Bist du dir klar darüber, wie umfangreich die sind? Außerdem waren die Verbindungen zum Vatikan sehr eng und da gelten unsere Gesetze nicht. Der Vatikanstaat ist selbstständig, und ich kann dir versichern, dass die dir nicht einmal erzählen, wie spät es ist, wenn sie nicht unbedingt müssen. Es sei denn, sie bekommen etwas dafür«, fügte er hinzu.

»Und da ist gar nichts zu machen?« Ich war enttäuscht. Ich wusste nicht, was ich erwartet hatte, aber irgendetwas hatte ich mir versprochen.

»Ich weiß nicht. Das Interesse für den Vatikan ist heute nicht mehr so groß. Das war zwar ein Riesenskandal damals, aber seitdem gab es zahlreiche andere. Im Augenblick steht vor allem die Mafia im Mittelpunkt des Interesses.«

»Aber war die Mafia nicht auch in die Banco Ambrosiano verwickelt?«

»Doch, aber was die Mafia zurzeit mehr interessiert, sind Kontakte zur Politik und Großindustrie. Und nicht zu vergessen: zum Nachrichtendienst. Eine Geschichte, die zehn Jahre alt ist, ist in einer so turbulenten Gesellschaft wie der unseren schon eine reichlich alte Angelegenheit.«

»Und was ist mit Gladio und P2? Gibt's da was?«

Ich klammerte mich an meinen letzten Strohhalm.

29

»Jetzt gehst du aber wirklich zu weit. Gladio und P2! Warum nicht gleich *il papa,* der Papst?« Jetzt lachte Guido wieder.

»Ja, warum eigentlich nicht?«

»Warum nicht? Weißt du, was du da sagst? Denkst du etwa, der Papst interessiert sich dafür, was ihr da oben bei den Eisbären treibt? Und warum sollte er sich in kriminelle Machenschaften auf den Färöern einmischen?«

»Vielleicht ja nicht der Papst selbst, aber irgendjemand, der ihm nahesteht. Soweit ich mich an den Bankskandal erinnere, waren das keine kleinen Fische.«

»Hör auf, lass es gut sein.« Guido hob abwehrend die Hände. »Bevor du dich in einem Kosmos von Verbrechen und Verschwörungen verirrst, lass uns lieber herausfinden, worüber wir eigentlich reden.«

Er lehnte sich auf seinem Stuhl zurück und legte die Füße auf die Kante des Schreibtischs, sodass seine Seidensocken zum Vorschein kamen.

»Bei euch da oben sind mehrere Morde begangen worden. Du glaubst, dass ein Reeder …«

»Hanus í Rong.«

»Also Hanus í Rong – komische Namen habt ihr – in diese Verbrechen verwickelt ist. Seine Schiffe wurden ursprünglich von der Banco Ambrosiano finanziert, aber du weißt nicht, wer die Finanzierung danach übernommen hat. Und jetzt bist du nach Rom gekommen, um das herauszufinden.«

Guido lächelte mich freundlich an. »Du musst doch auch hören, dass das ein Schuss ins Blaue ist. Und zwar reichlich.«

»Schon«, gab ich zu. »Aber ich dachte, es wäre wenigstens

einen Versuch wert. Außerdem musste ich einfach mal für ein paar Tage raus.«

»*Das* kann ich nun wieder gut verstehen. Aber warum hast du Gladio und P2 erwähnt?«

»Weil ich mich erinnere, dass P2 in den Skandal verwickelt war. Und Gladio auch.«

»Lass uns mal alles, was in den letzten Jahren in Italien passiert ist, in Betracht ziehen. Wenn es in dieser Sache zwischen den Färöern und Italien eine Verbindung gibt, verschwinden die Spuren leicht in dem ganzen Durcheinander, wenn wir nicht aufpassen.

Die *Operazione Gladio* können wir gleich abhaken. Ein Geisterheer, das der CIA während des Kalten Krieges in ganz Europa aufstellen wollte. Die Aufgabe von Gladio war es, dafür zu sorgen, dass die Kommunisten nirgends an die Macht kommen sollten. In Italien, wo die kommunistische Partei immer schon stark war, hatte Gladio große Macht, beherrschte den Nachrichtendienst und schließlich sogar die Regierung. Das heißt, dass ein geheimer CIA-Verband und damit der CIA jahrelang die entscheidende Macht im Land darstellte. Das ist zwar unheimlich, dürfte aber mit deinen Morden nichts zu tun haben.

Dann ist da die Geheimloge P2. Hier gibt es vielleicht eine Möglichkeit. Neben der italienischen Elite hatte sie eine Menge ausländischer Mitglieder und die Mitgliederliste ist wenigstens teilweise bekannt. Wir können ja nachsehen, ob dein Reeder dabei ist. Wenn ja, dann muss er für irgendjemanden eine große Bedeutung gehabt haben, denn sonst hätte man ihn gar nicht aufgenommen.«

Das Telefon klingelte und Guido nahm ab. Das Gespräch war kurz, dann stand er auf.

»Jetzt ist Redaktionskonferenz, aber du könntest dich in der Zwischenzeit an meinen Computer setzen und das Material über P2 durchgehen. Nach der Besprechung gehen wir zusammen essen, was meinst du?«

»Ja, warum nicht?« Deshalb war ich ja nach Rom gekommen und vielleicht entdeckte ich etwas. »Und was ist mit der Mitgliederliste?«

»Die ist da auch irgendwo, aber ich fürchte, das Material ist nicht sortiert, du wirst also suchen müssen. Übrigens, in der obersten Schublade liegt ein Handbuch und im Kühlschrank ist Bier. Viel Glück!«

Guido Battista ging und ich setzte mich auf seinen Stuhl. Der PC war eingeschaltet, aber ich musste im Handbuch nachsehen, bevor ich das Zeitungsarchiv fand.

Dann versuchte ich, die Mitgliederliste von P2 zu finden, merkte aber schnell, dass das Archiv völlig ungeordnet war. Ich musste das Ganze von Anfang bis zum Ende durchgehen. Und hoffen, dass ich dabei auf etwas Interessantes stoßen würde.

Ich hatte das erste Bier ausgetrunken und ging zum Kühlschrank, um Nachschub zu holen. Der Kühlschrank war nicht groß, dafür aber gut ausgestattet. Außer Bier gab es mehrere Flaschen Wein. Auch Rotwein. Nur wir Bewohner des Nordens glauben, Rotwein sollte man angewärmt trinken. Auch Champagner fehlte nicht. *Mumm Cordon Rouge 1983.* Vielleicht für weibliche Abendgäste? Ich nahm mir eine Dose Heineken und ging zurück zum Computer.

Die Freimaurerloge P2 oder *Propaganda Due* ist unlösbar mit ihrem Gründer und Großmeister Licio Gelli verknüpft, bekannt als *Il Burattinaio* – das ist die Person, die im Marionettentheater die Fäden zieht – und die Marionetten waren zahlreich. Nicht nur in Italien, sondern in der ganzen Welt. Gelli erlangte eine Macht wie nur wenige Menschen.

In den Dreißigern war Licio Gelli Mitglied von Mussolinis Schwarzhemden gewesen und hatte im Spanischen Bürgerkrieg für Franco gekämpft. Später wurde er Oberleutnant in einer italienischen SS-Abteilung, aber als er erkannte, wohin die Sache lief, begann er, mit denselben kommunistischen Partisanen zusammenzuarbeiten, die er zuvor zu eliminieren versucht hatte. Das rettete ihn vor der gerichtlichen Verfolgung nach dem Krieg. Sobald man mit den Prozessen gegen Kriegsverbrecher fertig war, begann er, Nazis in Südamerika zu helfen. Dafür verlangte er vierzig Prozent dessen, was sie besaßen. Es heißt, dass Klaus Barbie, der berüchtigte Schlächter von Lyon, einer derjenigen war, denen Gelli eine helfende Hand reichte.

Licio Gelli war nicht gerade berufen, Mitglied in Jesu himmlischen Engelsscharen zu werden.

Ich nahm einen Schluck von dem Heineken-Bier.

Aber Gelli wollte Macht, und ihm war klar, dass die Freimaurerloge ihm nützlich sein konnte. Unter Mussolini waren Logen verboten, aber die neue italienische Demokratie lockerte die Gesetze unter der Bedingung, dass die Regierung Kopien der Mitgliederlisten bekam. Geheimlogen waren weiterhin verboten. Der Faschist Gelli war zunächst Mitglied einer der legalen gewöhnlichen Loge, bevor er dort seine eigene – geheime – Unterabteilung *Raggruppamento Gelli – P2* gründete. Zu Anfang fand er seine Mitglieder unter den Militärpensionären und durch sie kam er in Kontakt mit der Heeresleitung. Männer in hohen, einflussreichen Stellungen traten der Gruppe bei: der Oberkommandierende des Heeres, General Giovanni Torrisi, die Leiter des Nachrichtendienstes, General Giuseppe Santovito und General Guilio Grassini, der Leiter der Devisenpolizei, Orazio Giannini, sowie Minister und Politiker aus allen Parteien (wobei Kommunisten nicht Mitglieder werden durften), unzählige Generäle und Admirale, Redakteure (darunter ein Redakteur der bekannten Zeitung *Corriere Della Sera*),

Fernsehdirektoren, Industrie- und Bankleute, darunter Roberto Calvi und Michele Sindona. Die Mitgliederliste war so geheim, dass Gelli der Einzige war, der sie kannte.

Ziel der P2 war es, dafür zu sorgen, dass in Italien weiterhin der rechte Flügel regierte und die Kommunisten nie an die Macht kamen. Es wurden Unterabteilungen in verschiedenen Ländern eingerichtet: Argentinien, Bolivien, Frankreich, Nicaragua, Paraguay, Portugal, Schweiz, USA, Venezuela. P2 arbeitete mit der Mafia in Italien und den USA zusammen, mit Neofaschisten in der ganzen Welt und nicht zuletzt mit dem CIA.

Die Mitgliederzahl wuchs schnell. Als 1981 Gellis Unterlagen beschlagnahmt wurden, fand man unter anderem eine Liste mit 962 Namen. Und das war, laut dem militärischen Nachrichtendienst SISMI, nur ein Teil der Mitglieder.

Ich zündete mir eine Zigarette an.

Das hieß, dass, falls dieses Archiv überhaupt eine Namensliste enthielte, diese nicht vollständig wäre. Das verringerte die Wahrscheinlichkeit, Hanus í Rong auf der Liste zu finden. Andererseits dürften in erster Linie die wichtigsten Namen fehlen und der färöische Reeder gehörte gewiss nicht zu den Größten der Welt. Vielleicht stand er also doch auf der Liste. Wenn ich sie denn jemals finden würde. Und wenn Hanus í Rong jemals Mitglied von P2 gewesen war. Die Chance, auf eine Goldgrube von Informationen zu stoßen, war nicht besonders groß.

Der Vatikan und die katholische Kirche wurden häufig erwähnt, Bischöfe und Kardinäle schienen ebenfalls zu der Loge gehört zu haben. Dabei hatte bereits 1738 Papst Clemens XII. den Katholiken verboten, Freimaurer zu werden. Wer gegen das Gebot verstieß, dem drohte die Exkommunikation.

Ich stand auf und trat ans Fenster. Die Sonne schien und

ich konnte durch den Dunst, der fast immer über Rom liegt, den Umriss der Kuppel des Petersdoms erkennen. Das gefiel mir. Der Papst belegt die Freimaurer mit einem Bann, während zur gleichen Zeit die höchsten Ordensträger des Vatikans Mitglied in den verschiedenen Logen sind. Ob der polnische Papst auch Logenbruder war? Warum eigentlich nicht? Ehemaliger Schauspieler. Ehemaliger Kardinal Wojtyla. Jetziger Papst Johannes Paul II., eine der besten Stützen, die die rechten Kräfte je hatten. Kardinal Wojtyla war auch eng mit dem Opus Dei verknüpft. Die reaktionäre Organisation war in den Zwanzigerjahren von einem Spanier mit ellenlangem Namen gegründet worden und hatte Franco unterstützt. Nun hieß es, dass der Papst, trotz vieler Proteste, den Gründer des Opus Dei heiligsprechen wollte.

Das Bier forderte sein Tribut, ich ging auf die Toilette, die zum Büro gehörte.

Die Italiener gehören zu den besten Designern der Welt. Und das gilt von den Schuhen über Schreibmaschinen bis hin zu den Autos. Dennoch gibt es, vor allem unter den italienischen Intellektuellen, eine Schwäche für alles Englische. Das war deutlich in Guido Battistas Toilette zu erkennen. Zwar gab es in dem fensterlosen Raum keine geblümten Gardinen, dafür war die Tapete voll mit Rosen in allen denkbaren Farben und die gleiche Blume fand sich auf dem Toilettendeckel wieder, dem Waschbecken und dem Bidet. Der Rahmen des Spiegels sah einem üppigen Rebstock mit blauen Trauben täuschend ähnlich. Im ersten Moment dachte ich, ich hätte mich geirrt und befände mich in einem Treibhaus im siebten Stock mitten im Zentrum von Rom. Aber auf einem kleinen Regal standen Deodorant und Rasierwasser, beide von einer teuren Edelmarke. Auch eine Haarbürste mit silbernem Griff fehlte nicht. Und eine Tube schwarzer Farbe für das Haar. Doch, das war Guidos Toilette.

30

Nach und nach vermischte sich das Material über P2 immer mehr mit dem Skandal um die Banco Ambrosiano, Michele Sindona und Roberto Calvi. Es blieb mir nichts anderes übrig, als mich durch die Unmengen von Unterlagen zu lesen.

Michele Sindona war Geschäftsmann mit Leib und Seele und wurde im Laufe der Zeit genauso rücksichtslos wie die färöischen Geschäftsleute in den Achtzigerjahren. Er war Jurist und während des Krieges war er Schwarzmarkthändler in Palermo auf Sizilien gewesen. Nach dem Krieg wurde er Berater amerikanischer Geldleute, die keine Steuern auf ihre italienischen Investitionen bezahlen wollten. Außerdem hatte er gute Beziehungen zur Mafia, nicht nur in Italien, sondern auch zur Familie Gambino in New York. Sindona kaufte Banken und andere Unternehmen in Italien, der Schweiz, den USA und vielen anderen Ländern und er überführte das Geld von einer Bank auf die andere. Mit der vatikanischen Bank, *IOR – Instituto per le Opere de Religione,* hatte er eng zusammengearbeitet und gemeinsam besaßen sie diverse Unternehmen. Es konnte nicht alles als lieb und nett bezeichnet werden.

Beispielsweise hatten die amerikanischen Behörden einen Versuch vereitelt, falsche Obligationen in Höhe von fast einer Milliarde Dollar herauszubringen, die, wie es hieß, die Vatikanbank bei der Mafia in New York bestellt hatte.

Sindona war in einen Skandal nach dem anderen verwickelt, aber hier überschlug ich einiges, denn sonst würde ich nicht vor Mitternacht fertig sein.

Die Seifenblase platzte 1974. *Il Crack Sindona* nannten

die Italiener den Konkurs. Es war geplant, Sindona hinter Schloss und Riegel zu bringen, aber durch seine Logenbrüder von P2 bekam er Wind davon und floh in die Schweiz. Es wurde behauptet, dass *Il Crack Sindona* Italien 275 Milliarden Lire gekostet hat und die USA, wo eine Bank zusammengebrochen war, zwei Milliarden Dollar.

Die amerikanischen Behörden bekamen Sindona zu fassen und klagten ihn des Betrugs und des Raubes an, doch dann wurde er gegen eine Kaution von drei Millionen Dollar wieder freigelassen. Er sollte sich zwar jeden Tag bei den Behörden melden, aber das passte ihm gar nicht, also kidnappte er sich selbst und erledigte diverse Geschäfte in Italien. In den USA glaubt man ihm die Sache mit der Entführung nicht, und als er 1980 dorthin zurückkehrte, wurde er zu fünfundzwanzig Jahren Gefängnis und einer Geldstrafe verurteilt.

Als Sindona 1984 erfuhr, dass er der italienischen Justiz ausgeliefert werden sollte, sagte er: »Wenn ich überhaupt so weit komme und nicht schon vorher aus dem Weg geräumt werde – ich habe schon etwas von einer vergifteten Tasse Kaffee läuten hören –, dann werde ich die Gerichtsverhandlung zu einem richtigen Zirkus machen. Ich werde alles erzählen.« In Italien erhielt Sindona im Gefängnis Besuch von Vertretern von P2 und er erzählte nichts. 1986 wurde seine Strafe in lebenslängliche Haft umgewandelt, weil er den Befehl zu einem Mord gegeben hatte. Da wurde ihm klar, dass er im Gefängnis sterben würde, und er entschloss sich auszupacken.

Die Behörden fürchteten, dass er umgebracht werden würde, deshalb wurde er Tag und Nacht mit der Kamera überwacht. Drei Gefängniswärter waren ständig in der Nähe und seine Mahlzeiten wurden in versiegelten Behältern ins Gefängnis gebracht. Als er am Morgen des 20. März 1986 seinen Kaffee trank, rief er plötzlich: »Die haben mich umgebracht!« Zwei Tage später starb er.

Ich nahm mir noch ein Heineken und kam zu dem Schluss, dass die P2-Loge offenbar ganz nach eigenem Gutdünken handeln konnte.

Licio Gelli leitete die P2, aber ein bedeutender Teil des Geldes wurde von Roberto Calvi eingebracht, der es wiederum von der Banco Ambrosiano hatte.

Roberto Calvi bekam kurz nach dem Krieg eine Stelle bei der Banco Ambrosiano in Mailand, auch bekannt als die ›Priesterbank‹. Um dort ein Konto einrichten zu können, musste man nachweisen, dass man katholisch war.

Wie um alles in der Welt hatte Hanus í Rong dann dort seine Finanzierung bekommen? Soviel ich wusste, war seine Sekte nicht katholisch.

1971 wurde Calvi geschäftsführender Direktor der Bank und jetzt zeigte er ernsthaft seine einzigartigen Fähigkeiten als Betrüger. Bereits 1963 hatte er ein Unternehmen in Luxemburg gegründet, das er Banco Abrosiano Holdings SA nannte. Mehr als zweihundertfünfzig Banken wurden überredet, diesem Unternehmen, das nicht mehr als eine hohle Fassade war, bis zu fünfzig Millionen Dollar zu leihen.

Der Banco Abrosiano gehörte auch die Banco del Gottardo in Lugano in der Schweiz. Mir fiel der Zettel ein, den ich bei Hanus í Rong gefunden hatte. Auf ihm stand auch Lugano, aber *BdM* konnte kaum Banco del Gottardo bedeuten. Das B stand sicher für *Banco* und das d für *del* oder *di.* Was das M bedeutete, musste ich noch herausfinden.

Die Banco del Gottardo wurde zu dem Kanal, durch den das Mafiageld auf dem Weg zu der großen Schweizer Geldwaschanlage fließen konnte. Es war vielleicht nicht so überraschend, dass Calvi mit der Mafia zusammenarbeitete, aber außerdem arbeiteten die Banco Ambrosiano in Milano und die Vatikanbank so eng zusammen, dass man fast von einer Fusion sprechen konnte. Jahrelang war es für Calvi gar nicht notwendig, sich an die Gesetze des Landes zu halten, weil der Vatikan hinter ihm stand.

1974 kam es zu dem katastrophalen Kursverfall an der Mailänder Börse und die Banco Ambrosiano geriet in Schwierigkeiten. Doch im letzten Augenblick kaufte ein Unternehmen mit Namen Suprafin SA Aktien, sodass der Kurs sich stabilisierte. Es schien, als gehörte Suprafin der Vatikanbank, aber in Wirklichkeit war es Calvi, der dahinter stand. Calvi kaufte also seine eigenen Aktien und das war ungesetzlich – in allerhöchstem Maße.

Bis 1978 lief es ruhig so weiter. Diesmal sind es Freunde, die Calvi ein Bein stellen. Sindona ist in den USA, er braucht Geld, aber Calvi will nichts herausrücken. Gelli flüstert deshalb Sindona die Idee ein, Calvi zu erpressen. Im November 1978 wimmelt es in Mailand von Flugblättern, auf denen Calvi des Betrugs, des Devisenschmuggels, der Geldfälscherei, unerlaubten Devisenexports und Steuerbetrugs beschuldigt wird. Nummern von geheimen Konten in der Schweiz werden veröffentlicht und die Verbindung zur Mafia wird aufgedeckt. Calvi überführt umgehend eine halbe Million Dollar auf Sindonas Konto bei der Banco del Gottardo in Lugano.

Soweit wären die Gangster wahrscheinlich zurechtgekommen. Aber der Mann, der hinter den Flugblättern stand, schrieb auf eigene Initiative einen Brief an die Banca d'Italia, in dem er eine Überprüfung der Banco Ambrosiano forderte. Die Nationalbank kam seiner Forderung nach und jetzt brannte es an allen Ecken und Enden.

Es war eine Menge darüber geschrieben worden, wie die ›Freunde‹ versucht hatten, sich gegenüber der Nationalbank und den Behörden zu rechtfertigen. Wie Beamte plötzlich starben oder versetzt wurden. Calvi versuchte, von verschiedenen Ländern aus die Fäden zu ziehen. Zuerst war er in Nassau auf den Bahamas, danach in Nicaragua, in Peru und 1980 schließlich in Buenos Aires. Während des Falklandkriegs wurde die Niederlassung in der argentinischen Hauptstadt genutzt, um die Exocet-Raketen zu finanzieren, mit denen die Argentinier britische Schiffe versenkten.

1981 wurde Roberto Calvi festgenommen und in Italien ins Gefängnis gebracht, aber damit war er noch nicht am Ende. Der Vorsitzende der sozialistischen Partei, der spätere Ministerpräsident Bettino Craxi, und der Vorsitzende der Christdemokraten, Flaminio Piccoli, hielten im Parlament beide glühende Verteidigungsreden auf Calvi. Doch er wurde trotzdem verurteilt: Er erhielt vier Jahre Gefängnis und eine hohe Geldstrafe, wurde dann aber gegen Kaution freigelassen. Er blieb weiterhin Direktor der Banco Abrosiano.

Doch im Juni 1982 war das Spiel endgültig aus und er floh aus Italien. Am 18. Juni wurde er erhängt unter der Blackfriars Bridge in London gefunden – mit einem halben Backstein in der Tasche. Blackfriars, *fratelli neri,* ist der italienische Spitzname für die Freimaurer. Außerdem besagt der Logeneid, dass jeder, der die Gemeinschaft verrät, gehenkt werden soll, wenn die Flut kommt. Die britische Polizei behauptete zwar steif und fest, dass Calvi Selbstmord begangen habe, aber die Italiener hegten keinen Zweifel daran, dass die P2 hinter dem ›Selbstmord‹ steckte. Fast zeitgleich fiel Calvis Sekretärin, Graziella Corrocher, aus dem vierten Stock der Zentrale in Mailand, ihr folgte etwas später ein Bankier aus derselben Abteilung. Gleichzeitig wurde bekannt, dass die Banco Ambrosiano 1,3 Milliarden Dollar Schulden hatte.

Jetzt geriet auch *Il Burattinaio,* Licio Gelli, in Schwierigkeiten. Zwar befand er sich in sicherer Entfernung, in Argentinien, wo er eine neue Staatsbürgerschaft angenommen hatte, aber es gab Probleme mit seinem geheimen Konto in der Schweiz. Im September 1982 flog er nach Genf und wurde am Flughafen festgenommen. Er war genau in die Falle getappt, die ihm die italienischen und Schweizer Behörden gemeinsam gestellt hatten. Sein neuer Wohnsitz befand sich in dem modernsten und sichersten Gefängnis der Schweiz, im Champ Dollon. Doch ein Jahr später, am 10. August 1983, verschwand Gelli und tauchte in Uruguay wieder auf. Den Schweizer Behörden gelang es nie zu erklären, wie ein so wichtiger Häftling einfach aus dem Gefängnis spazieren konnte. Am 21. September 1987 meldete sich Licio Gelli aus Gründen, die niemand kannte, bei der Genfer Polizei und wurde am 22. Dezember zu zwei Monaten Gefängnis verurteilt, weil er einen schweizerischen Beamten bestochen hatte. Am 18. Februar 1988 wurde er den italienischen Behörden übergeben. Aber auch hier saß er nicht länger als zwei Monate, danach konnte er in seine Nobelvilla in Arezzo in der Toskana ziehen. Der Richter behauptete, Gellis Gesundheit sei nicht die beste. Für alle anderen sah er blendend und frisch aus.

Die Journalisten waren überzeugt, dass Gelli im Zusammenhang mit den Untersuchungen des Bombenattentats auf dem Bahnhof in Bologna am 2. August 1980 freigelassen wurde. Bei dem Anschlag waren 85 Menschen getötet und 182 Personen verwundet worden. Zuerst dachte man, die *Brigata Rossa,* die Roten Brigaden, stünden dahinter. Aber schnell wurde klar, dass es die extremen Rechten waren, die die Bomben gelegt hatten, um die Bevölkerung in Panik zu versetzen und nach einem starken Führer rufen zu lassen. Drahtzieher waren Mitglieder der P2 und in letzter Instanz Licio Gelli. Einer seiner Helfer war der Chef des Nachrichtendienstes SISMI, General Pietro Musomeci.

Am 11. Juni 1988 wurde das Urteil im Bologna-Fall gesprochen, jedoch ohne dass das Gericht mit Sicherheit sagen konnte, wer denn nun wirklich hinter dem Bombenattentat stand. Die meisten Angeklagten wurden freigesprochen. Unter ihnen auch Gelli, der zunächst zwar zu sieben Jahren Gefängnis verurteilt wurde, dank des juristischen Tauziehens in Italien wie auch zwischen Italien und der Schweiz seiner Bestrafung aber letztlich entging.

Hier endete die Geschichte des Licio Gelli. Die Geschichten von Michele Sindona und Roberto Calvi hatten ja bereits ihr Ende – ihr definitives Ende – ein paar Jahre früher gefunden.

Ich sah auf die Uhr. Es war schon nach zwölf. Ich hatte also mehr als zwei Stunden hier gesessen, ohne irgendetwas herauszukriegen, was die Geschehnisse auf den Färöern erhellen konnte. Und ich hatte auch die Mitgliederliste von P2 nicht gefunden.

Nach einem zweiten Besuch in Guidos Rosengarten trat ich ans Fenster und betrachtete den Mittagsverkehr. Trotz des Chaos kamen Autos und Fußgänger irgendwie voran. Mittendrin wanderten zwei schwarz gekleidete Priester. Die Kinder in Rom nennen sie *bagarozzi* – Kakerlaken.

Die Sonne schien und ich hätte mich am liebsten mit einer Pizza und einem Bier auf eine Bank im Borghese-Park gesetzt. Stattdessen holte ich ein Mineralwasser aus dem Kühlschrank und ging zurück zum Computer.

31

Man konnte nicht gerade behaupten, dass die P2-Loge und ihre Mitglieder sich mit Kleinigkeiten abgaben, schon gar nicht im Hinblick auf ihre kriminellen Machenschaften, aber ich wusste immer noch nicht, ob Hanus í Rong irgendeine Verbindung zu ihnen hatte.

Die Banco Ambrosiano hatte seine Schiffe finanziert, bis sie 1982 Konkurs machte. Wer die Finanzierung danach übernommen hatte, war unklar. Aber mit Sicherheit konnte ich sagen, dass es unter färöischen Reedern nicht gerade üblich war, sich Geld bei der Banco Ambrosiano zu besorgen.

Der Bankdirektor und seine Freunde waren auch nicht von der harmlosen Sorte. Also war es nicht undenkbar, dass Hanus í Rong sozusagen *guilty by association* war. Wenn seine Kumpel sich so verhielten, was tat er dann selbst?

Doch bevor ich nicht ein sicheres Indiz für eine Verbindung zwischen dem färöischen Reeder und den italienischen Goldvögeln gefunden hatte, war das alles nichts als reine Spekulation.

Obwohl ich sicher nicht der Einzige war, der sich mit Spekulationen beschäftigte.

Ich hatte im Computer ›Gelli‹ als Suchbegriff eingegeben und stieß auf einen Artikel über Johannes Paul I., der 1978 starb, nachdem er dreiunddreißig Tage lang Papst gewesen war. Sindona und Calvi wurden auch erwähnt. Der Verfasser beschuldigte die P2, den Papst ermordet zu haben.

So viel zu Guidos Unterstellung, ich würde starke Hypothesen wagen! Und seine eigene Zeitung?

Ich kannte die Gerüchte, nach denen Papst Johannes Paul I. ermordet worden war, hatte das bisher aber eher als Spekulationen abgetan.

Der Artikel behauptete, dass Johannes Paul I. – die Italiener nannten ihn *Papa Luciani* – gleich nach seiner Ernennung zum Papst begonnen hatte, im Vatikan aufzuräumen. Er wollte, dass den Kirchengesetzen Folge geleistet wurde, und schloss alle Kirchenmänner aus, die Mitglied der P2 waren – und von denen wimmelte es im Vatikan. Danach wollte er sich die Vatikanbank vornehmen und deren Verbindungen zur Banco Ambrosiano. Das bereitete vielen Menschen innerhalb und außerhalb der Vatikanmauern schlaflose Nächte. Um die Gesundheit des Papstes stand es bestens, dennoch starb er in der Nacht vom 28. zum 29. September 1978. Der Arzt bescheinigte Herzversagen, verweigerte jedoch eine Obduktion.

Der Verfasser war überzeugt, dass die Todesursache eine ganz andere war, und zählte eine Reihe von Ungereimtheiten auf: Wer fand die Leiche? (Der Vatikan nannte mehrere Personen.) Wann fand man die Leiche? (Der Vatikan nannte mehrere Zeitpunkte.) Wann war der Papst gestorben? (Der Vatikan sagte einmal spätabends und dann wieder frühmorgens.) Woran starb er? (Warum wünschte der Vatikan keine Obduktion?) Warum verschwanden Medikamente, die Brille, die Hausschuhe und das Testament? Wurde der Leichenbestatter schon geholt, bevor der Papst starb?

Der Vatikan hüllte sich in Schweigen. Damit hielt man sich an die alte scholastische Maxime: *Quod gratis asseritur, gratis negatur:* Was ohne Beweis behauptet wird, kann auch ohne Beweis zurückgenommen werden.

Der lange Artikel endete mit einer Rückschau auf Morde an früheren Päpsten. Johannes VIII war der erste Papst, der ermordet worden war. Er wurde 882 zu Tode geprügelt. Ungefähr zehn Jahre später wurde Papst Fromosus vergiftet und sein Nachfolger sorgte dafür, dass die Leiche im Tiber verschwand. Diese Tötungsmethode fand offensichtlich viel Gefallen, denn Johannes X., Benedikt VI. und Johannes XIV. starben ebenfalls an Gift. Im elften Jahrhundert waren Sylvester II., Clemens II. und Damasus II. an der Reihe.

Es war offenbar gefährlich, Oberhaupt der christlichen Welt zu sein. Längst nicht alle lebten nach dem schönen Wort: Liebe deinen Nächsten wie dich selbst. Von Benedikt

XI. heißt es, dass er Feigen dargeboten bekam, die mit zerstoßenem Glas gewürzt waren, und 1471 starb Paul II., nachdem er Melonen gegessen hatte. Dem Borgia-Papst Alexander VI. wurde 1503 Arsen verabreicht, und seine Leiche war so aufgedunsen, dass man auf den Sarg springen musste, um ihn schließen zu können.

Aber nicht nur in alten Zeiten brachte man Päpste um. Pius XI. starb 1939 ganz überraschend und viele glaubten, dass Mussolini dafür gesorgt hatte, dass er eine Spritze bekam. Pius XI. wollte sich gegen die Faschisten einsetzen, aber er hatte das Pech, dass sein Leibarzt, Dr. Francesco Petacci, der Vater von Mussolinis Geliebten war.

Mitten in meiner spannenden Lektüre kam Guido von der Redaktionskonferenz zurück. Er war gut gelaunt.

»Komm, lass uns etwas essen gehen.«

»Ja, aber ich habe noch nichts Richtiges gefunden. Und schon gar nicht die P2-Mitgliederliste.«

»Lass mich mal ran. Sonst kommen wir hier gar nicht mehr weg. Du bist im Archiv, da kannst du lange suchen.« Er drückte schnell ein paar Tasten. »Hier ist sie, fast tausend Namen stehen drauf. *Geschwindigkeit ist keine Hexerei,* wie ihr Nordeuropäer zu sagen pflegt.«

Guido stand auf und ich setzte mich wieder, um die Liste durchzugehen.

Die meisten Namen waren italienisch, aber es gab auch einzelne englische und spanische Namen. Und auch wenn mir die meisten nichts sagten, war ich mir sicher, dass diese Männer – denn es waren nur Männer – zu den Großen dieser Welt gehörten. Hinter jedem Namen stand eine Berufsbezeichnung und es wimmelte nur so von *generale, ammiralio, direttore amministrativo, parlamentare, deputato, senatore.* Aber kein Hanus í Rong. Ich fing noch einmal von vorn an. Nein, er stand nicht drauf.

Obwohl ich die ganze Zeit gewusst hatte, dass ich im Dunkeln tappte, war meine Enttäuschung groß. Vielleicht um so größer, weil ich so wenig hatte, worauf ich meine Vermutung gründen konnte.

Plötzlich hatte ich eine Idee.

»Was heißt Reeder auf Italienisch?«

»Armatore«, antwortete Guido.

Der Computer fand vier *armatori.* Einer von ihnen hieß Gianni di Poppa. Ich bekam eine Gänsehaut. Das musste er sein.

Ein italienischer Ausdruck lautet: *avere il vento in poppa,* was so viel heißt wie: den Wind im Rücken haben. Poppa bedeutet Achtersteven, genau wie Rong, warum also nicht Hanus ì Rong = Gianni di Poppa? Der italienische Name hatte fast die gleiche Bedeutung wie der färöische. Das konnte kein Zufall sein.

»Gianni di Poppa ist Hanus í Rong«, sagte ich stolz und zeigte Guido den Namen.

»Das ist gut möglich, aber ich glaube nicht, dass ich den Namen schon mal gehört habe.«

Guido beugte sich über mich und ließ den PC nach Gianni di Poppa suchen.

Wir warteten eine Weile, dann kam die Antwort: Es gab ihn nirgends sonst. Er war also nie in der italienischen Presse erwähnt worden.

Aber er stand auf der P2-Mitgliederliste.

»Jetzt komm, lass uns essen gehen.« Guido Battista schob mich aus der Tür.

32

Auf dem Weg zu einem Restaurant, das in der Nähe der Spanischen Treppe lag, fragten wir uns, wie ein färöischer Reeder wohl in die Geheimloge P2 kommen konnte. Keiner von uns hatte eine vernünftige Antwort.

Ich fasste zusammen, was ich gelesen hatte, und fragte zum Schluss, ob es sein könnte, dass P2 hinter dem Tod des Papstes stand.

Guido lachte kurz. »Nein, der Papst starb ganz von allein. Aber der Vatikan liebt Geheimniskrämerei und Unklarheiten. Sein Motto könnte sein: *equivocita,* alles soll möglichst doppeldeutig sein. Die Folge ist, dass niemand ihnen so recht glaubt. Geh mal in den Petersdom und sieh dir die Papstsarkophage an. Du wirst feststellen, dass das Interesse an dem Grab von Johannes Paul I. größer ist als an allen anderen zusammen. Und weißt du, warum? Weil die Leute überzeugt sind, dass er ermordet wurde.«

Wir blieben vor einem Ledergeschäft stehen. Die Taschen im Fenster waren unglaublich schön. Leider waren die Preise für meine Verhältnisse entsprechend. Guido murmelte irgendetwas von einer neuen Mappe, aber an der Tür stand *Chiuso.* Wie die Färinger machen auch die Italiener Mittagspause, nur sehr viel länger.

Wir gingen weiter.

»In Wahrheit war Papa Luciani ernsthaft krank und konnte jeden Augenblick umfallen. Keiner im Vatikan nahm das zur Kenntnis, denn sie hatten alle mit ihren eigenen Sachen genug zu tun. Der Papst starb an Verwahrlosung. Mitten auf dem Ehrenplatz der größten christlichen Kirche. Wirklich vorbildlich.«

»Und was ist mit den sich widersprechenden Zeitpunkten? Und mit der Brille und den Hausschuhen?«

»Das übliche Vatikan-Durcheinander. Der eine sagt das, der andere jenes. Das bedeutet gar nichts. Wahrscheinlich trägt seine Schwester die Brille, und es ist möglich, dass sie, oder jemand anders in der Familie, auch die Hausschuhe trägt.«

Guido amüsierte sich: »Es ist nicht jedem beschieden, die Brille eines toten Papstes zu tragen.«

»Und was ist an der Aussage dran, dass man nach Leuten geschickt hat, die sich um die Leiche kümmern sollten, bevor er starb?«

»Alles Quatsch. In Wirklichkeit gibt es niemanden, der sich genau daran erinnern kann, wann der Anruf erfolgte, und dann kommt schnell das Gerücht auf, dass es schon passierte, als der Papst noch lebte.«

Wir waren nun auf der Piazza di Spagna mit der schönen, würdevollen Spanischen Treppe angekommen. Im Sommer war sie normalerweise voll mit jungen Menschen aus der ganzen Welt. Aber jetzt, mitten im Oktober, konnte man einigermaßen ungehindert hoch- und runtersteigen. Wir gingen links an ihr vorbei in die Via Carozze und betraten ein langes, ziemlich schmales und gut besuchtes Restaurant.

Zum Glück hatte Guido einen Tisch bestellt und ein lächelnder Kellner führte uns zu einem Fenstertisch mit Blick auf einen kleinen Garten, in dem antike Marmorfragmenten standen.

Kurz darauf standen eine Flasche Weißwein und ein Platte *antipasti misti* auf dem Tisch. Während wir Wein, Wurst und Oliven genossen, bestellte Guido *fettucine al burro*, Nudeln mit Butter und Käse. Ich übersprang die Pasta, schloss mich aber dem *diletto de manzo ai ferri con patate fritte*, gegrilltes Rinderfilet mit Röstkartoffeln, an.

Eine Stunde später saßen wir zufrieden bei Kaffee und Amaro. Ich zeigte Guido den Zettel, den ich in Hanus ì Rongs Nachttischschublade gefunden hatte.

»BdM, Lugano 0-4-7-9-23-25«, las er laut. »Was bedeutet das?«

»Das sollst du mir sagen«, antwortete ich lachend. In diesem Augenblick war ich in Einklang mit der ganzen Welt. »Versuch doch mal zu raten.«

Guido sah den Zettel nachdenklich an. »Lugano und die Zahlenreihe könnten auf eine Kontonummer hindeuten«, sagte er.

»Das habe ich mir auch gedacht. Ich habe den Zettel in Gianni di Poppas Haus gefunden. Er hatte ihn versteckt. Aber ich weiß nicht, was BdM bedeutet.«

»Lass mich mal überlegen«, sagte Guido. »Als die Banco Ambrosiano verschwand, tauchte sofort eine neue Bank in Lugano auf. Wie hieß die noch? Die Namen hingen irgendwie zusammen.«

Er nippte an seinem Amaro.

»Du weißt es, oder?«

Er sah mich ironisch an. »Dass Ambrosius Mailands Schutzheiliger ist. Deshalb der Name. Genau, jetzt fällt es mir ein. Zur Römerzeit hieß Mailand *Mediolanum* und die neue Bank heißt Banco di Mediolanum per la Svizzera in Lugano.«

»Fantastisch! Du hast deine Zeit doch nicht nur in Restaurants vergeudet. Obwohl ... es ist nicht die schlechteste Art und Weise, sich die Zeit zu vertreiben«, fügte ich hinzu, während ich mich in dem gemütlichen Restaurant umsah, das voll mit zufriedenen Gästen war.

»Was willst du mit der Kontonummer machen?« Jetzt war der italienische Journalist neugierig geworden.

»Ich weiß es noch nicht. Ich glaube, ich werde nach Lugano fahren und dann weitersehen.«

»Schweizerische Banken lassen keinen Fremden auch nur in die Nähe ihrer Konten.«

»Wer sagt denn, dass ich ein Fremder bin?«

33

Lugano liegt zwar in der Schweiz, ist aber durch und durch italienisch. Die Währung ist schweizerisch, doch alles andere: Sprache, Kultur, Temperament und selbst das Klima sind mediterran. Die Stadt liegt am Lugano-See, umgeben von waldbedeckten Bergen. An der schönen Promenade entlang wachsen Palmen, Zypressen und Kastanien. Doch dachte ich nicht in erster Linie an die Schönheit, als ich unter den Bäumen entlangging. Ich überlegte, wie die Banco di Mediolanum per la Svizzera mich wohl empfangen würde.

Am Abend zuvor hatte ich den Eilzug bis Mailand genommen. Von dort aus war es nur noch eine Stunde bis Lugano und gegen Mitternacht lag ich in einem Hotelbett.

Ich hatte vor, mich als Hanus í Rong auszugeben und auf diese Weise Zugang zu dem Konto zu bekommen. Aber die möglichen Hindernisse lagen auf der Hand. Wenn sie nun den färöischen Reeder kannten? Guido hielt das nicht für wahrscheinlich. Er hatte mir erzählt, dass es ziemlich einfach war, ein Konto in einer der über viertausend Banken in der Schweiz einzurichten. Man musste irgendeine Legitimation vorweisen und eine Adresse angeben. Aber niemand kontrolliert die Papiere und ein Postfach irgendwo auf der Welt reicht vollkommen als Anschrift. Die Möglichkeit, dass Hanus í Rong seinen richtigen Namen angegeben hatte, war nicht besonders groß.

Aber welchen Namen hatte er dann benutzt? Das war unmöglich zu erraten.

Guido meinte, die Nummer reichte völlig aus, es würde gar nicht nach dem Namen gefragt. Mit anderen Worten: Man ging in die Bank, gab irgendeine Kontonummer an, woraufhin man Zugang zum Geld oder Bankfach erhielt.

Wir werden sehen, dachte ich, als ich die Promenade hinauf zur Piazza della Riforma ging.

Die Piazza war voller Tische, aber der große Ansturm blieb noch aus. Ein paar vereinzelte Gäste genossen ihren Kaffee im milden Vormittagswetter. Die Piazza war – wie die meisten italienischen Plätze – harmonisch gestaltet, sodass man Lust bekam, sich niederzulassen und sich dem *dolce far niente* hinzugeben.

Das Eingangsportal der Banco di Mediolanum aus Metall und Glas hatte dagegen nichts Süßes. Der bewaffnete Wachmann nahm mich in Augenschein und öffnete die Tür. Ich hatte kaum den braunen Marmorboden betreten, als ein Mann mit Brille in Goldfassung und dunklem Anzug vor mir stand.

»Konto.«

»Konto?«

»Ja, die Nummer, damit ich Ihnen die richtige Etage sagen kann.«

Ich zeigte ihm den Zettel und er sagte, ich könne den Fahrstuhl zum zweiten Stock nehmen.

Im zweiten Stock stand ein weiterer Mann, um mich in Empfang zu nehmen; er war älter als der vorherige, trug aber ebenfalls einen dunklen Anzug. Er hatte keine Brille, aber vielleicht hatte er diesen Teil seiner Ausstattung nur zu Hause vergessen.

Mit einer Handbewegung bat er mich, ihm zu folgen. Wir gingen über einen mit Teppich ausgelegten Flur mit nummerierten Türen zu beiden Seiten. Vor der Tür mit der Nummer 13 blieb er stehen und schob den Schlüssel in das Sicherheitsschloss. Im Zimmer gab es einen Tisch und zwei Stühle, an der Wand hingen Schwarz-Weiß-Radierungen. Kein Fenster.

»Ihre Nummer.« Er streckte die Hand aus und ich gab ihm den Zettel. Er warf einen Blick darauf und verließ den Raum.

Ich suchte in den Taschen nach meinen Zigaretten, aber bevor ich mir eine anzünden konnte, stellte ich fest, dass es gar keinen Aschenbecher gab. Ich steckte die Zigaretten wieder ein und setzte mich an den Tisch. Es verging eine Weile und ich überlegte schon, ob er wohl die Polizei angerufen hatte oder Schlimmeres. Ich fühlte mich beklommen, der Puls ging schneller als normal. Es war, als wäre ich in einer Prüfung, und dann saß ich auch noch in Raum Nummer 13! Obwohl – die Dreizehn war bei Prüfungen oft meine Glückszahl gewesen.

Der Banker kam mit einer Metallkassette und einem Blatt Papier mit Briefkopf zurück. Er legte den Bogen vor mich, gab mir einen Montblanc-Füller und deutete auf eine Linie mitten auf dem Papier.

»Seien Sie so nett und quittieren Sie hier.« Er stellte die Kassette auf den Tisch und wartete, beide Hände auf ihr ruhend.

Jetzt war alles zu spät! Die Unterschrift! Welche? Die färöische? Die italienische? Oder etwas ganz anderes? Ich schaute auf das Papier: *Account zero-four-seven-nine-zero-nine-twentythree-twentyfive.* Unter der leeren Zeile stand *Initials.* Anfangsbuchstaben.

Ich setzte den Füller an und schrieb *HIR.* Die Leute behalten oft ihre Initialen, wenn sie einen Decknamen wählen. Warum also nicht auch hier? Andererseits begann der italienische Name mit ganz anderen Buchstaben. Ich gab dem Schwarzgekleideten das Blatt.

Er warf einen Blick darauf, zog einen kleinen Schlüssel aus der Tasche und verglich das Papier mit dem Anhänger. Dann steckte er den Schlüssel ins Schloss der Metallkassette und drehte ihn um, ohne jedoch die Kassette zu öffnen.

»Sie können mich rufen, indem Sie auf den Knopf neben der Tür drücken.« Dann war er fort.

Mein Rücken war schweißnass, das Hemd klebte mir am Körper. Ich hatte die Luft angehalten. Das hätte schiefgehen können, aber jetzt war ich allein mit Hanus í Rongs Kassette.

Obenauf lag ein Briefbogen wie der, den ich gerade unterschrieben hatte. Als ich den zur Seite schob, kamen Geldbündel zum Vorschein. Deutsche Mark. Darunter lag ein dunkelroter Pass. Ich schlug ihn auf. Hanus í Rongs sommersprossiges Gesicht sah mich an. Über dem Foto las ich: *di Poppa, Gianni. Nazionalita: Italiano.* Gut, mehr als einen Notausgang zu haben.

Ich schaute das Papier an. Es war ein Kontoauszug. *Deposit: SF 6.000.000.* Ich musste die Nullen nachzählen. Sechs Millionen Schweizer Franken! Ein Schweizer Franken war zwischen vier und fünf Kronen wert, das machten also etwa 27 Millionen Kronen! Hier hatte Hanus í Rong also sein Taschengeld versteckt!

Und jetzt?

Sollte ich versuchen, das Konto leer zu räumen?

Oder würde die Bank dafür eine weitere Legitimation verlangen? Es war ja fast Zufall gewesen, dass ich die richtigen Buchstaben aufgeschrieben hatte, und ich konnte nicht damit rechnen, das nächste Mal wieder so viel Glück zu haben. Und wurde ich auf frischer Tat ertappt, konnte ich mit mehreren Jahren in einem schweizerischen Gefängnis rechnen.

Ich überschlug die DM-Scheine: 250.000! Fast eine Million Kronen! Große und kleine Scheine lagen durcheinander und die Bündel brauchten ihren Platz, aber ich hatte Jacke und Mantel an, auf deren Taschen ich das Geld gut verteilen konnte. Das Kontoguthaben konnte bis zum nächsten Mal warten. Wenn es ein nächstes Mal gab.

Ich läutete nach dem brillenlosen Bankmenschen. Er verschloss die Kassette und brachte mich zum Fahrstuhl. Einen Augenblick später stand ich wieder auf der Piazza della Riforma.

Ich hastete über den Platz und lief auf die Promenade. So einfach war es also, eine Million zu stehlen! Ich hatte keine Sekunde lang Zweifel daran, dass Hanus í Rong sein Geld auf ungesetzliche Art und Weise erworben hatte, deshalb hatte ich überhaupt kein schlechtes Gewissen. Eher im Gegenteil. Aber es gefiel mir nicht, mit so viel Geld in den Taschen auf der Straße herumzulaufen. Taschendiebe gab es hier, wie überall sonst, genügend, also musste ich mir etwas einfallen lassen.

Als Erstes ging ich in ein Café und bestelle mir einen doppelten Fernet Branca und ein Bier. Danach setzte ich mich in eine dunkle Ecke und dachte nach.

Ich hatte fast eine Million in den Taschen. Ich hatte herausgefunden, dass Hanus í Rong eine ansehnliche Summe bei der Banco di Mediolanum deponiert hatte. Und *last, but not least:* Ich wusste, dass er Mitglied der verbotenen Geheimloge P2 war oder gewesen war.

Guido Battista hatte mir geraten, auf die Färöer zurückzufahren um herauszufinden, womit der Reeder sich eigentlich beschäftigte. Es hatte keinen Sinn, länger in Italien zu bleiben, dort kam ich nicht weiter. Guido war auch der Meinung, dass allein die Gewissheit – oder die fast sichere Gewissheit –, dass Hanus í Rong Mitglied in der P2 war, ein ausreichender Beweis dafür war, dass irgendetwas nicht stimmte.

Aber an dem Punkt des Gesprächs hatten Guido und ich

bereits drei Flaschen Wein geleert und waren vielleicht etwas zu kategorisch. Einig waren wir uns jedoch darin, dass ich bald nach Hause zurückfliegen sollte.

Es gab keinen Grund, noch einmal nach Rom zu fahren. Pass und Koffer hatte ich nach Lugano mitgenommen. Ich konnte im Hotel Ponte Sisto anrufen und sagen, dass jemand in meiner Familie krank geworden oder gestorben sei und dass ich deshalb vorzeitig heimkehren müsste. Dann konnte ich mit der Crossair nach Zürich und von dort mit der SAS oder SwissAir nach Kopenhagen fliegen. Die Crossair flog auch nach Paris, aber das Geld sollte lieber nicht zu viele Grenzen überqueren. Ich hatte keine Lust, auf einem Flughafen aufdringliche Fragen zu beantworten.

Ich rief den Kellner und bestellte mir noch einen doppelten Fernet Branca. Reisemedizin. Außerdem konnte ich es mir leisten.

34

Der Taxifahrer, der mich vom Flughafenbus zur Fríðrik Petersens gøta fuhr, war geschwätzig und neugierig. Er wollte wissen, wo ich gewesen war und ob das Wetter nicht überall besser wäre als auf den Färöern. Ich erzählte ihm, dass das Wetter in Dänemark nicht viel anders sei als auf den Färöern. Das Wetter daheim war extremer, aber das, was man üblicherweise schlechtes Wetter nennt, hatten sie im flachen Dänemark genauso wie bei uns.

Er schielte zu mir herüber. Er glaubte mir offenbar nicht. Er dachte wohl, ich sei betrunken und würde deshalb Unsinn reden.

Was Ersteres betraf, irrte er sich nicht. Ich hatte den größten Teil der Nacht im *Skarv* und bei *Laurits Betjent* verbracht und im Flugzeug gemeinsam mit einigen alten Bekannten meinen Nachdurst gestillt.

Als ich nach Kopenhagen kam, hatte ich erneut versucht, Duruta zu fassen zu kriegen, aber das Ergebnis war ebenso mager gewesen wie beim letzten Mal. Es gab niemanden, der mir erzählen wollte, wo sie sich aufhielt. Also war ich in die Stadt gegangen, nachdem ich das Geld in einem Schließfach im Hotel deponiert hatte. Ich hatte keine besonderen Pläne, aber im *Skarv* saß eine Delegation, die zum Nutzen für die Färöer und auf deren Rechnung den Tourismus an verschiedenen Stellen Europas studieren sollte. Die Delegation – die ausschließlich aus Männern bestand – war dabei, tief in die Flaschen zu schauen, damit sie für die Fahrt in die große, weite Welt gut gerüstet waren. Ich wollte ihnen gern dabei assistieren, also hatte ich mich ihnen angeschlossen.

Zu Hause stellte ich den Koffer ab, während ich nach dem Schlüssel suchte. Das war nicht ganz einfach zwischen all den Geldbündeln. Es war mir zu riskant gewesen, die Scheine im Koffer zu verstauen, denn was wäre, wenn er verschwände? Und eine separate Geldtasche wäre nicht viel besser gewesen, wenn die Zöllner auf dem Flughafen sie entdeckt hätten. Nein, am besten war es in den Taschen untergebracht.

Endlich fand ich den Schlüssel. Die Post lag in einem Haufen an der Wand im Flur. Das Meiste war Reklame, doch ein Brief von meiner Bank war auch dabei. Ich hatte mein Konto überzogen und die Bank wünschte, dass ich das so schnell wie möglich bereinigte. Persönliche Briefe sind doch was Schönes.

Ich warf den Koffer aufs Bett und wollte gerade meine Taschen leeren, als es mir auffiel: Jemand war in der Wohnung gewesen.

Als ich die Wohnungstür öffnete, hatte ich die Post nicht

weggeschoben. Da war ich mir ganz sicher. Aber die Werbung und die Freudenbotschaft von der Bank lagen an der Wand und nicht in der Mitte des Flurs.

Allein der Gedanke, dass während meiner Abwesenheit jemand hier gewesen sein könnte, machte mich augenblicklich nüchtern. Doch obwohl ich die Wohnung gründlich untersuchte, fand ich kein weiteres Anzeichen für einen Besuch. Aber es gab keinen Zweifel.

Unter diesen Umständen gefiel es mir ganz und gar nicht, allein zu sein, also wählte ich Karl Olsens Privatnummer. Wir kannten uns seit unserer Schulzeit und kamen gut miteinander aus. Karls Frau, Katrin, nahm den Hörer ab.

»Ach, Hannis, du bist das. Schon zurück? Karl hat mir erzählt, dass du nach Rom gefahren bist.«

»Nur auf eine kurze Stippvisite. Ich habe mich dort so nach dem Nebel gesehnt, dass ich schnell wieder zurückmusste.«

Katrin lachte. »Das hätte mir nicht passieren können. Warte, hier kommt Karl.«

»Na, haben die Italiener dich rausgeschmissen?«, polterte er los.

»Nein, ich bin aus freien Stücken zurückgeflogen. Aber wenn die Schweizer gewusst hätten, was ich dort getrieben habe, hätten sie mich in einen Kerker und den Schlüssel ins Meer geworfen.«

»Du warst in der Schweiz? Aber du wolltest doch nach Rom.«

»Da war ich auch.«

»Und was hast du Schreckliches in der Schweiz getan?« Ich konnte an seiner Stimme hören, dass die Neugier Oberhand gewonnen hatte.

»Ich finde nicht, dass ich etwas Schreckliches getan habe. Aber etwas Ungesetzliches.«

»Was sagst du da …?«

Ich unterbrach ihn, bevor er richtig in Fahrt kam: »Was hältst du davon, heute Abend zu mir zu kommen, dann kann ich dir alles erzählen. Ich habe auch eine Flasche Glenfiddich.«

»Mal sehen«, Karl zögerte. »Morgen habe ich frei und … Warte mal, ich muss eben Katrin fragen.«

Er hielt die Hand vor die Muschel, sodass ich nur hörte, wie er nach ihr rief, danach war nur noch ein undeutliches Gemurmel zu vernehmen.

»Ist in Ordnung. Aber erst um neun Uhr. Ich habe der Kleinen versprochen, ihr eine Geschichte vorzulesen, und dann will die Große auch zuhören und das dauert so seine Zeit.«

Wir verabschiedeten uns.

Die Uhr zeigte zwanzig Minuten vor sieben, also hatte ich noch zwei Stunden Zeit für eine kleine Siesta und einen Happen zu essen. Vor allem Ersteres war dringend nötig.

35

Als Karl kam, hatte ich etwas geschlafen, eine ausgiebige Dusche genommen und eine Weile über die Ereignisse der letzten Wochen nachgedacht. Billie Holidays *Lady in Satin* sorgte für musikalische Unterhaltung. *I'm a fool to want you – To want a love, that can't be true …* Das letzte Stück, *The End of a Love Affair*, ging mir nicht aus dem Kopf.

»Nun erzähl!«, rief Karl, als er eintrat. Mit seiner hellgrauen Ledermütze und seiner weißen Daunenjacke sah er aus wie eine Reklame für Autoreifen. »Wieso kommst du so schnell zurück? Alle hier sehnen sich nach Sonne und Wärme, wir hätten ohne zu zögern unsere Großmutter verpfändet, um hier wegzukommen. Aber du bist ja immer schon etwas seltsam gewesen.«

Er zog die Jacke aus und kam ins Wohnzimmer. Als er die Glenfiddich-Flasche auf dem Tisch stehen sah, rieb er sich die Hände.

»Kein Eis, kein Wasser, nur Malt-Whisky. Leute, die dieses Getränk mischen, verdienen es, vom Kap runtergeschubst zu werden.«

Ich schenkte ein und wir nippten wortlos an unseren Gläsern.

»Es tut mir leid, dass ich ein bisschen spät bin«, sagte Karl schließlich. Es war schon fast halb elf. »Aber wenn man erst mal anfängt, den Kindern vorzulesen, dann dauert es eine Weile, bis man das Buch wieder zuklappen darf. Du kannst es gern mal versuchen. Sieh zu, dass du zwei, drei Kinder kriegst, damit du ein richtiger Mensch wirst. Duruta ist bestimmt nicht die schlechteste Mutter. Übrigens, wie geht es Duruta eigentlich?«

»Ich habe nicht mit ihr gesprochen«, sagte ich leise.

»Gestritten? Ich habe gedacht, es wäre etwas Ernstes.«

»Nein, wir haben nicht gestritten. Ich kann sie nicht finden und niemand kann mir sagen, wo sie ist. Alles, was ich erfahren habe, ist, dass sie sich nicht in Kopenhagen aufhält.«

»Ach, dann ist sie sicher irgendwo in einem Trainingslager. Das kommt oft ganz unerwartet. Man geht morgens in die Schule und erfährt dort, dass man nach Lappland oder sonst wohin soll. Als ich dort war, wurde ich in einen Schneesturm in die Telemark geschickt. Da brauchst du dir gar keine Gedanken zu machen. Ich werde Montag in Dänemark anrufen und für dich herausfinden, wo sie ist.«

Irgendetwas in der Art hatte ich mir auch gedacht. Aber man weiß ja nie.

»Dass ausgerechnet du eifersüchtig werden könntest!« Karl amüsierte sich königlich. »Das hätte ich nie gedacht!«

Niemand gibt gerne zu, dass er eifersüchtig ist, also versuchte ich, mich herauszureden, mit dem Resultat, dass Karl mich auslachte.

»Willst du jetzt hören, was ich dir zu erzählen habe?« Langsam war ich genervt.

»Ja, natürlich.« Karl tat, als müsste er sich schrecklich anstrengen, das Lachen zu unterdrücken. Er hielt sich die Hand vor den Mund.

Ich berichtete also von meiner Reise nach Rom und es dauerte nicht lange, bis das Lachen verstummt war. Ich erzählte ihm auch von meinem Besuch in Lugano und von dem Konto mit den sechs Millionen Schweizer Franken. Zum Schluss ging ich ins Schlafzimmer, holte die 250.000 DM und warf die Bündel auf den Couchtisch.

Nach der ganzen Schadenfreude war es mir ein Vergnügen, Karl mit offenem Mund und flackerndem Blick dasitzen zu sehen.

Er trank einen großen Schluck Whisky und untersuchte einige der Geldbündel genauer, um sich dann im Sessel zurückzulehnen.

»Du bist ja nicht ganz gescheit. Diese Nummer hätte dich teuer zu stehen kommen können. Ich kenne mich zwar in den Schweizer Gesetzen nicht aus, aber sie hätten dich wegen Bankraub anklagen können. Und Bankraub in dem Land, in dem die Geldinstitute einen höheren Status genießen als jede Kathedrale, also …! Du wärst nicht vor deiner Pensionierung rausgekommen.«

»Ja, ja«, unterbrach ich ihn. »Ich weiß, dass das gefährlich war. Und vielleicht auch dumm. Aber ich habe es nun mal gemacht, und wir haben immerhin herausgefunden, dass Hanus í Rong Geld in der Schweiz versteckt.«

»Und weiter?« Karl war stur. »Das machen doch viele. Dabei kann es sich um ganz gewöhnliche Steuerhinterziehung handeln. Und die ist fast schon legal.«

Er kostete von dem Whisky und betrachtete dabei den Geldhaufen auf dem Tisch.

»Wie viel hast du geklaut?«

»250.000 DM.« Es machte mir nicht viel aus, von einem Polizeibeamten des Diebstahls bezichtigt zu werden. Und Karl war nun einmal Polizist, das war nicht zu leugnen.

»Fast eine Million in unserer Währung«, murmelte er. »Und was willst du damit machen?«

»Das weiß ich noch nicht. Aber vielleicht kann ich mit einem Teil des Geldes ja Hanus í Rong schnappen. Und mit dem Rest – das wird sich zeigen.«

»Du bist dir doch klar darüber, dass ich nichts von dem Geld wissen darf. Ich habe weder etwas gesehen noch davon gehört. Leg es jetzt lieber weg.«

Ich stopfte die Bündel in eine Plastiktüte und versteckte diese auf dem obersten Regalboden des Kleiderschranks im Schlafzimmer.

Als ich wieder ins Wohnzimmer kam, lächelte Karl: »Andererseits kann ich dir helfen, etwas davon loszuwerden.«

»Meinst du das Geld, von dem du nichts weißt?«

»Genau.«

»Worauf willst du hinaus?« Karls Interesse an *meinem* Geld gefiel mir nicht. Es konnte schon sein, dass ich es nicht für mich behalten wollte. Jedenfalls nicht alles. Aber eine Million in bar, das wärmt in kalten Winternächten.

»Na, ich habe an die Seemannsmission gedacht. Stell dir mal all die Handschuhe und Strümpfe vor, die man für das Geld kaufen könnte. Das Wunschkonzert der Seeleute wird ununterbrochen für dich spielen: *Ich seh' dich vor mir bei Tag und Nacht.*« Letzteres sang er.

Er war also noch nicht fertig mit den Scherzen. Ich versuchte schnell, das Gespräch in eine andere Richtung zu lenken.

»Es muss neben Hanus í Rong noch jemand anderen geben, der an den Morden beteiligt war.«

»Ach?« Karl dehnte das kleine Wort, sodass es ironisch klang. »Ein anderer als Hanus í Rong hat noch bei den Morden mitgeholfen? Na, na.« Seine Stimme war sanft, gleich würde er mir den Gnadenstoß versetzen. Und der ließ nicht lange auf sich warten.

»Wer zum Teufel sagt denn, dass Hanus í Rong überhaupt etwas mit den Morden zu tun hat? Stimmt, du! Aber guck dich doch mal im Spiegel an. Bist du ein zuverlässiger Zeuge? Wer hat denn gerade 'ne Million geklaut, wenn ich fragen darf?«

Karl war aufgestanden und lief hin und her.

»Du quasselst in einem fort davon, dass Hanus í Rong in die Morde verwickelt ist. Aber Beweise? Null! Nun gut, ein moderner Journalist braucht keine Beweise, er schreibt *new journalism*, da sind Vermutungen und Gefühle ausreichend. Aber die Polizei kann sich nicht *vorfühlen*, die braucht Zeugenaussagen. Und nicht die Art von Zeugnissen, wie sie der Reeder ablegt.«

Mir wurde klar, dass die Polizei während meiner Abwesenheit keinen Schritt weitergekommen war, sonst wäre Karl nicht so aufgebracht.

»Ich kann überhaupt nichts erkennen, was darauf hindeuten könnte, dass Hanus í Rong in Tórshavn herumläuft und Leute abschlachtet. Natürlich hatte er seine Finger bei Gaia im Spiel. Aber das macht ihn ja nicht gleich zum Mörder.«

Karl setzte sich und goss sich ein.

»Und das sage ich nicht, um diesen Idioten zu verteidigen. Aber Rätselraten genügt nicht, man muss Beweise haben.

Auch wenn ich diese sektiererische Reedervisage nicht ausstehen kann. Er und seinesgleichen haben der Volksmusik ungemein geschadet. Sie haben in einer Gemeinde nach der anderen die Tanzlokale geschlossen. Wenn es nach ihnen ginge, gäbe es weder Rundgesänge noch Tänze. Mit der Bibel in der Hand haben sie alles getan, um die alte färöische Kultur durch eine amerikanische Businessmentalität zu ersetzen, in der nichts existiert außer einem selbst.«

Jetzt war Zeit für einen Vortrag.

»Diese religiösen Sekten betrachten den Tanz als eine Todsünde und in vielen Gemeinden hat man die Tür zum Tanzsaal vernagelt. Rundgesänge wurden zu sündigen Handlungen erklärt und unzählige Gesangbücher auf Anweisung der Prediger verbrannt. Jetzt tanzt man nur noch um den Weihnachtsbaum, allerdings nicht gemeinsam, denn das gehört zum färöischen Tanz und muss deshalb ausgerottet werden.«

Ich unterbrach den Vortrag. »Willst du hören, warum ich der Meinung bin, dass es mehr als einen Mörder gibt?«

36

Karl schwieg.

Er sah aus, als würde er gern weiterreden, aber er unterdrückte diesen Wunsch.

»Dann schieß mal los.«

»Vor einer Woche habe ich ohne Einladung Hanus í Rongs Haus besucht. Und zwar während er im Fernsehen gepredigt hat. Da habe ich den Zettel gefunden, den ich in Lugano benutzt habe. Ich bin von einem Mann niedergeschlagen worden, der hinter dem Reeder her war. Als er merkte, dass ich nicht Hanus í Rong war, hat er vor lauter

Wut das Wohnzimmer zertrümmert. Übrigens, hat Hanus í Rong den Einbruch bei der Polizei gemeldet?«

»Nein, nicht dass ich wüsste.«

»Da siehst du's! Sein Gewissen ist nicht gerade blütenrein, und das beweist, dass mehr dahinterstecken muss.«

»Kann sein. Hast du den Mann gesehen, der dich angegriffen hat?«, fragte Karl voller Skeptik in der Stimme.

»Nein, das habe ich nicht. Aber er hat damit gedroht, Hanus í Rong umzubringen, weil der schon zu viele Menschenschicksale auf dem Gewissen hat.«

»Ja und? Die meisten großen Geschäftsleute haben Feinde. Darunter sind immer auch welche, die an der Heimatfront zu Handgreiflichkeiten neigen.«

»Und versuchen, sie zu töten?«

»Nein, das kommt selten vor. Aber zwischen der Drohung, jemanden umzubringen, und der Tat selbst besteht ein ziemlich großer Unterschied.«

»Ja, das stimmt. In den meisten Fällen. Aber der Kerl hatte wirklich vor, mich zu erschlagen, weil er annahm, ich wäre Hanus í Rong. Da bin ich mir ganz sicher. Die Frage ist nur, in welchem Zusammenhang Hanus í Rong anderen geschadet hat.«

»Gaia International,« erwiderte Karl. Endlich hatte er den Köder geschluckt.

»Stimmt!«

»Aber da gab es reichlich Leute, die bei diesem Abenteuer Geld verloren haben. Fast jeder zweite Arzt oder Zahnarzt hat damals Anteilsreeder gespielt.«

»Es muss doch irgendwie herauszukriegen sein, wer wie viel verloren hat. Gibt es keine Unterlagen über den Konkurs?«

Die Flasche war mittlerweile nur noch halb voll und wir waren beide leicht angeschlagen. Was mir nur recht war.

»Man hört, dass du lange im Ausland warst.« Karl schenkte sich nach. »Es gibt auf den Färöern kein Recht auf öffentliche Einsicht in derartige Dinge. Ein solches Gesetz ist geplant, aber bis jetzt hängt das jeweils vom guten Willen einzelner Beamter ab. Die Ämter sind nicht verpflichtet, dir irgendetwas zu zeigen.«

»Und was machen wir dann?« Derartige Hindernisse hatte ich einfach nicht erwartet.

»Vergiss nicht, dass die Polizei in die Untersuchungen von Gaia involviert war. Es würde mich nicht wundern, wenn wir irgendwo eine Übersicht darüber haben, wer Geld in Anteile investiert hat. Ich werde morgen mal nachsehen.«

»Ausgezeichnet. Dann werden wir vielleicht einige der niedrig hängenden Nebelbänke lichten können.«

»Niedrig hängende Nebel?« Karl sah mich fragend an.

»Ja, das ist doch ein gutes Bild, oder? Wir haben hier vier Morde und einen Banküberfall. In jedem einzelnen Fall ist die Luft vollständig klar, aber wir kriegen keinen Blick auf den Grund und den Zusammenhang, denn der Nebel verdeckt den Boden und die Wasseroberfläche.«

»Jetzt wirst du auch noch poetisch! Aber ich glaube, dein Durchblick kommt eher aus der Whiskyflasche. Ich kann überhaupt nicht sehen, dass die Tatsache, dass irgendjemand dem Reederprediger eins verpassen möchte, uns eine Antwort auf alle Fragen geben soll. Du hast deine Theorien, aber wie die Sache aussieht, tappen wir vollkommen im Dunkeln.«

Karl grübelte. »Ich überlege gerade ... Unser Wissen über die Morde – abgesehen von den äußeren Umständen – ist reichlich mager. Wir wissen nicht, warum Páll Hansen ermordet wurde. Wir wissen nicht, warum man Christian Joensen einen Dolch in den Hals stieß, und wir wissen nicht, warum Arngrímur Brestisoyggj guillotiniert wurde. Das Einzige, was wir haben, ist das wenige im Zusammenhang mit Paki. Ihm ist zweifellos in seiner Zelle nachgeholfen worden, weil er den Bankraub von Streymur begangen hat. Das ist alles. Wir haben keine Ahnung, wer was und warum gemacht hat. Wir wissen auch nicht, wo das Geld vom Bankraub abgeblieben ist. Also viel Vergnügen mit deinen Anteilsspekulanten.«

Während der Inhalt der Flasche verschwand, drehten und wendeten Karl und ich die Ereignisse der jüngsten Vergangenheit. Aber es dauerte nicht lange, dann redeten wir stattdessen lieber über das Tórshavn der alten Zeiten, als noch die Faroe Boys und Gággan zum Tanz aufspielten. Damals, als die Mädchen nie Nein zu einem Tanz sagten, die Hemden aus Nylon waren und die jungen Männer Schlagseite hatten wegen der schweren Flachmänner. Damals benutzten die Mädchen so viel Haarspray, dass man Nasenbluten kriegte, wenn man ihnen zu nahe kam, und die Jungs Pomade, die für eine Wagenschmierung gereicht hätte. Wir erinnerten uns an die Stimmung unten im Kellerklo, wo die Männer zusammenstanden, um lauwarmen Aquavit und Orangeade zu trinken. Kurz gesagt: Wir sprachen von damals, als wir noch jung und die Zukunft unendlich war.

Die Flasche reichte bis drei Uhr, unsere Erinnerungen hätten sicher noch länger gereicht, aber wir waren beide müde. Erst als Karl gegangen war, fiel mir der Einbruch in meine Wohnung wieder ein. Auch egal. Karl hätte mir doch nicht sagen können, wer es gewesen war.

Ich stellte einen Stuhl vor die Tür und stapelte diverse Töpfe darauf, sodass ich hoffentlich aufwachen würde, falls mir jemand einen Besuch abstatten wollte.

37

Whisky verursacht üble Kopfschmerzen. Zumindest ist das meine Erfahrung. Ein Bad half schon eine ganze Menge und nach einem Spaziergang ins Zentrum fühlte ich mich fast wieder wie ein Mensch. Es war einiges los in der Fußgängerzone, schließlich war Freitag, und ich traf mehrere Bekannte. Kurz vor der Mittagspause war es in der Konditorei noch einigermaßen leer und ich konnte mich an einen Tisch mit Blick auf die Niels Finsensgøta setzen.

Ich schaute hinaus, während ich meinen Kaffee und die Brötchen genoss. Der Ausblick war nicht gerade umwerfend. Auf der anderen Straßenseite die in den Himmel ragende graue Burg Ebenezer und neben ihr das neue Einkaufszentrum. Das Ebenezer der Baptisten gab es bereits seit fünfundzwanzig Jahren, es gehörte also irgendwie dazu. Schlimmer war es mit dem neuen Gebäude. Getönte Glasscheiben und rote Eisenträger in einem geschlechtslosen Sammelsurium, das war nicht gerade ein Schmuckstück für die Straße. Die Stadt hatte viele, viele Jahre lang ein Motto gehabt: *Tórshavn soll strahlen.* Die Gebäude strahlten, aber nicht vor Schönheit.

Ich hatte letzte Nacht keinen Besuch bekommen, die Töpfe standen wieder an Ort und Stelle. Was das Geld betraf, so hatte ich 10.000 DM in der Tasche, die ich wechseln wollte. Der Rest lag zu Hause im Schrank. Ich hatte über Verstecke nachgedacht, ohne dass mir ein sicheres eingefallen war. Also konnte das Geld ebenso gut auf dem Regal liegen bleiben.

Im Augenblick bereitete das Geld mir keine große Freude. Ob ich traurig wäre, wenn es jemand stehlen würde? Nein, nicht besonders. In gewisser Weise hatte sich ein Wunschtraum erfüllt. Ich hatte mir ohne größere Anstrengungen eine Million besorgt und ich konnte sie nach Gutdünken verwenden. Aber wie so oft, wenn Träume in Erfüllung gehen, ist das Glück beschränkt. Ich wusste nicht, warum ich so empfand. Ein schlechtes Gewissen Hanus í Rong gegenüber hatte ich jedenfalls nicht, aber vielleicht lag es daran, dass das Geld gestohlen war. Von mir wie auch von Hanus í Rong.

Quatsch!, sagte ich zu mir selbst, während ich den Rest Kaffee hinunterkippte. Freu dich über dein Glück und vergiss dieses bescheuerte, protestantische schlechte Gewissen, das uns Nordeuropäer wie ein Albtraum verfolgt!

Ich ging hinaus.

Eine halbe Stunde später war ich in der Føroya Banki gewesen, hatte 38.000 Kronen für mein deutsches Geld bekommen und hatte mein Auto geholt. Auf dem Weg nach Argir munterte der Gedanke an das Geld mich dennoch auf. So wie ich meinem Job nachging, lief ich Gefahr, rausgeschmissen zu werden, sobald ich mich dort blicken ließ. Wenn ich tatsächlich vor die Tür gesetzt würde, hätte ich zumindest ein Polster, auf das ich mich fallen lassen konnte.

In der Redaktion waren alle schwer beschäftigt und ich hörte nur ein paar spitze Bemerkungen dahingehend, dass sie sich freuten, dass ich noch am Leben war. Der Redakteur kam in Mantel und mit Fotoapparat den Flur entlanggerannt, und als er an mir vorbeieilte, fragte er mich, ob sie nicht bald einen Artikel bekämen. Das war alles.

Auf meinem Schreibtisch lag eine einzige Nachricht: Karl Olsen hatte angerufen. Sonst nichts. Ich fragte die junge Dame in der Telefonzentrale, ob in der vergangenen Woche sonst niemand nach mir gefragt hatte, aber sie verneinte.

Die Radionachrichten hatten gerade begonnen, also musste ich mit meinem Rückruf bei Karl noch warten. Eine der größten Sünden, die man auf den Färöern begehen kann, ist es, jemanden während der Nachrichten anzurufen. Damit kann man sich Feinde fürs Leben verschaffen. Als die Veranstaltungshinweise zu Ende gingen, rief ich an.

»Wer ist da?« Das war Karls achtjährige Tochter. Wie die meisten Kinder sagte sie nicht ihren Namen, sondern kam gleich zur Sache.

»Hier ist Hannis. Ist dein Vater zu Hause?«

»Da ist Hannis!«, rief sie laut nach hinten. »Er will mit Papa reden.« Dann wandte sie sich wieder mir zu. »Bist du der Mann, der Papa besoffen gemacht hat? Mama hat das gesagt.«

Ich hatte keine Ahnung, was ich darauf antworten sollte, aber zum Glück rettete Karl mich.

»Was erzählst du da?«, hörte ich in der Ferne, und dann bekam ich mit, wie er seiner Tochter den Hörer aus der Hand riss. »Aber Mama hat das doch selbst gesagt«, protestierte sie. »Du musst in die Schule, nun mal los, sonst kommst du zu spät.«

»Was ist los?« Jetzt sprach er mit mir.

»Es hat dich niemand gezwungen, dich mit Frauen zu umgeben. Das ist deine eigene Schuld.«

»Ach, und das musst ausgerechnet du sagen?«, erwiderte er höhnisch. »Wo du vor lauter Liebessehnsucht brünstig wie eine brutbereite Henne herumrennst. Wenn Duruta hier wäre, hättest du sie doch sofort geheiratet. Aber so dumm ist sie nicht.«

»Was weißt denn du davon?« Ehemänner waren nicht auszuhalten. Sie glaubten, sie hätten die Weisheit gepachtet.

»Lass mal gut sein«, lenkte Karl friedfertig ein. »Wie geht es deinem Kopf?«

»Besser als heute Morgen, aber nächstes Mal werde ich

etwas anderes kaufen, jedenfalls keinen Whisky. Wir enden noch wie die Alten. Bei Gin und Aquavit.«

»Was nicht das Schlechteste ist. Und wenn man dabei den Kater vermeidet, ist bereits viel gewonnen.« Karl lachte: »Der Schotte, der den Whisky erfunden hat, war sicher ein Katzenzüchter.«

»Das kann gut sein. Aber hast du irgendwelche Namen für mich herausgefunden? Von mir aus auch die von schottischen Katzenzüchtern.«

»Ich habe vier Namen, die meiner Meinung nach interessant sein könnten. Ob ich dabei die richtige Auswahl getroffen habe, ist eine andere Geschichte, schließlich haben viele Leute bei diesen Anteilskäufen Geld verloren. Einige sogar richtig große Summen, aber von denen sind die meisten weiterhin wohlhabend oder sitzen auf hohen Posten mit guten Zukunftsaussichten. Die vier, die ich handverlesen habe, haben praktisch alles verloren, was sie besaßen, und ich glaube, einer hat sich sogar das Leben genommen. Aber das kannst du ja alles untersuchen.«

Nachdem Karl mir die Namen und Adressen genannt hatte – drei in Tórshavn und einer in Klaksvík –, verabschiedete er sich mit der Aufforderung, mich zu melden, wenn ich etwas herausfände.

Der Mann in Klaksvík war Kapitän bei Gaia gewesen und er hatte alles, was er besaß, in das Schiff investiert, das er fuhr. Die alte Geschichte. Ich rief in Klaksvík an.

Die Frau am anderen Ende der Leitung erzählte mir, dass ihr Mann vor vier Monaten in See gestochen war und sie ihn erst in zwei Monaten zurückerwartete.

Das war also Nummer eins.

Der zweite, ein Büroleiter, antwortete nicht. Ich rief bei der Auskunft an, um herauszufinden, ob er möglicherweise der Tote war. Aber laut der Dame in der Auskunft lebte er.

Ich würde es später noch einmal versuchen.

Nummer drei war Arzt, aber Karl hatte mir nur den Namen nennen können und der stand nicht im Telefonbuch.

Also kam er auch auf die Warteliste.

Beim vierten Versuch hatte ich Glück. Ich erwischte die Witwe. Der Mann war bereits seit einem halben Jahr tot. Er hatte sich erhängt.

Also musste der Büroleiter herhalten. Der Journalist, der für die Wirtschaftsseiten zuständig war, erzählte mir, dass er in einem Großhandel bei Strond arbeitete. Mein erster Gedanke war, ihn dort anzurufen, aber dann entschied ich mich anders. Wenn man sich direkt in die Augen sah, konnte man nicht so leicht ausweichen.

Als ich im Auto saß und in die Stadt fuhr, fiel mir ein, dass ich wieder vergessen hatte, Karl von dem Einbruch zu erzählen.

38

Die Firma residierte in einem älteren Gebäude nahe dem festungsähnlichen Haus von Fiskasøla. Ein Mann in den Zwanzigern lud Kartons in einen Lieferwagen. Offenbar handelten sie mit allem, von Schokolade über Würstchen bis zu Windeln. Von dem Mann erfuhr ich, dass der Büroleiter in seinem Büro im ersten Stock war. Als ich die Treppe hinaufging, hörte ich ihn murmeln: »Büroleiter, ach du meine Güte.«

Ich konnte ihn gut verstehen, schließlich war das Büro höchstens zwei mal zwei Meter groß und eigentlich nicht mehr als eine Ecke, die mit zwei Bretterwänden abgeteilt war. Der Rest des Raumes war voll von übereinandergestapelten Kartons und Kisten, die bis zur Decke reichten.

Durch ein kleines Fenster zum Büro hin sah ich einen haarlosen Kopf.

Ich klopfte an, aber vorsichtig. Ich hatte Angst, die Bretterbude würde über dem Bürochef zusammenbrechen.

»Herein!« Die Stimme klang gellend.

Der ehemalige Anteilsspekulant wirkte schlaff wie ein lahmer Widder. Er trug einen braunen Anzug, der schon bessere Tage gesehen hatte, und der Kragen seines Hemdes war angestoßen. Er hatte einen dünnen Hals mit einem gewaltigen Adamsapfel, der auf einem grünen Krawattenknoten ruhte. Er war hohlwangig und unrasiert, die Augen hinter den dicken Brillengläsern schauten furchtsam. Man bekam den Eindruck eines Menschen, für den es bergab gegangen war.

»Mein Name ist Hannis Martinsson. Ich versuche herauszufinden, wer eigentlich hinter Gaia International steht. Vielleicht können Sie mir dabei helfen?«

Ich zwängte mich hinein und schloss die Tür.

»Am liebsten möchte ich alles, was Gaia betrifft, vergessen. Hätte ich doch nie etwas von diesen Teufeln gehört!« Die Hände, die auf dem unordentlichen Schreibtisch lagen, begannen zu zittern. »Du siehst ja, wie es hier aussieht. Glaubst du, es ist lustig für einen Sechzigjährigen, der einen eigenen Betrieb hatte, für einen Hungerlohn in diesem Schrank zu sitzen? Es ist, als würde man auf den Müllhaufen geworfen.«

Sein Adamsapfel hüpfte auf und ab, während er sprach, und ich konnte kaum meinen Blick von ihm wenden.

»Sie haben gesagt, es wäre vollkommen risikolos, Geld in Gesellschaftsanteile zu investieren. Dass ich Steuern sparen würde und darüber hinaus noch einen guten Gewinn bekäme. Gutgläubig, wie ich war, habe ich einen hohen Kredit aufgenommen, mein Haus als Sicherheit verpfändet und für das Geld Anteile gekauft. Das mit der Steuererleichterung stimmte, aber dann kamen die Rechnungen. Eine nach der anderen. Ich habe versucht, sie zu bezahlen, doch es endete damit, dass mir Haus und Firma weggenommen wurden. Mag sein, dass ich naiv war, aber so etwas müsste verboten sein!« Der letzte Satz kam mit Nachdruck.

Er starrte unglücklich vor sich hin.

»Zum Glück waren die Kinder schon aus dem Haus, sodass sie nicht so darunter leiden mussten. Aber meine Frau – das ist doch kein Leben mehr. Ich glaube, ihr einziger Wunsch ist es, diese Welt zu verlassen. Sie rennt jetzt immer in die Kirche und zu allen möglichen Versammlungen. Und ausgerechnet sie, die immer so lebenslustig war.«

Er hob den Kopf und sah mir in die Augen. Sein Blick war jetzt voller Wut. Hilfloser Wut: »Gaia hat mein Leben und das meiner Frau zerstört und wir können nichts dabei tun.« Er ballte die Fäuste. »Und jetzt heißt es, Hanus í Rong sei der Hintermann gewesen und nicht die anderen Kerle, die das Land schnell verlassen haben. Stimmt das?«

»Ich weiß nicht, ob das stimmt, aber ich habe es auch gehört«, antwortete ich ein wenig zögernd. Ich wollte ihn nicht noch mehr in Rage bringen.

»Wenn das wahr ist, dann ist es eine Sünde den Menschen und unserem Herrgott gegenüber, dass er immer noch auf den Versammlungen predigt. Meine Frau sagt, er sei ein sehr guter Prediger.« Er schüttelte nachdenklich den Kopf.

Der Büroleiter durfte kaum etwas mit den Morden zu tun haben. Wenn doch, wäre er auf jeden Fall ein weitaus besserer Schauspieler, als ich vermutete.

»Aber was wollen Sie denn im Zusammenhang mit Gaia unternehmen?« Er sah mich neugierig an.

»Herauszufinden, was wirklich passiert ist. Ich rede mit den Menschen, die Geld verloren haben, und außerdem habe ich meine Verbindungen zur Polizei.« Letzteres ließ ganz unterschiedliche Interpretationen zu, auf jeden Fall konnte es verhindern, dass zu viele Fragen gestellt wurden.

Der magere Mann lebte auf: »Es wäre gut, wenn die Betrüger ihre Strafe bekämen. Ein wenig Gerechtigkeit würde doch beruhigend auf mich wirken.« Er schüttelte sich.

»Wir tun unser Bestes«, entgegnete ich, und mein Gefühl, die Obrigkeit zu repräsentieren, war so groß, dass ich mich fast verbeugt hätte. Zum Glück fiel mir noch rechtzeitig ein, dass ich kein Polizist war.

Als ich wieder draußen war, blieb ich eine Weile auf der Straße stehen. Ich schaute auf das Meer im Osten, wo die Sonne wie Scheinwerfer des Schöpfers durch die Wolken strahlte. Nicht lange, dann würde sie auch Tórshavn erwärmen. Ich schaute hinunter zu Fiskasøla, aber dort sah es so ausgestorben wie immer aus.

Der Nachmittag war bereits so weit fortgeschritten, dass der *Eyskarið* bald zur gemütlichen Fünf-Uhr-Stunde öffnen würde. Ich blickte zu dem Haus, das ebenso hässlich war wie Fiskasølas Festung, dafür aber im Inneren ganz andere Vergnügungen bot.

Nein, das war nicht wahr. Nicht heute. Ich setzte mich ins Auto und startete.

Der moralische Sieg ließ mich den Rücken strecken und den ganzen Weg hinaus nach Argir war er so gerade, dass man ihn als Lineal hätte benutzen können.

39

Die Samstagszeitung war gedruckt und die meisten Mitarbeiter hatten die Redaktion verlassen. Die Auflage wurde in die Autos getragen. Ich schaute aus dem Fenster. Jetzt wurde es richtig dunkel und die Sonne streifte nur kurz die Stadt, bevor sie hinter Kirkjubøreyn verschwand.

Mir fehlte nur noch der Arzt und ihn konnte ich ebenso gut gleich erledigen. Die Hoffnung, dass dies die richtige Spur sein konnte, war mit der Anzahl der Sackgassen, in die ich geraten war, gesunken. Ich streckte meinem Spiegelbild in der Fensterscheibe die Zunge raus. Ich hatte nichts Besseres verdient.

Wieder setzte ich mich ans Telefon. Ich rief einen Arzt an, den ich aus meiner Studienzeit in Århus kannte. Inzwischen war er Oberarzt im Landeskrankenhaus und er konnte mir sicher helfen.

»Ach du liebe Zeit, bist du das, Hannis? Schließlich hört man nicht jeden Tag deine Stimme. Was hast du auf dem Herzen?« Er sprach immer noch so laut wie früher.

»Ich suche einen Arzt, der nicht im Telefonbuch steht, Rafael Vestergaard. Arbeitet er bei euch draußen?«

»Nein, er hat angefangen zu trinken – nun ja, das tun wir ja alle – und hat irgendwann sein Zulassung als Arzt verloren. Eine traurige Geschichte. Jetzt läuft er als armer Schlucker herum.«

»Du weißt nicht, wo er wohnt?«

»Als ich das letzte Mal von ihm gehört habe, hatte er oben in í Hoydalur ein großes Haus. Ich glaube, das war in der Nicolai Mohrs gøta. Aber das Haus kann er unmöglich noch besitzen. Bestimmt weiß irgendjemand da oben, wohin er gezogen ist. Weißt du was, ich habe zwei Flaschen Genever zu Hause. Komm doch zu mir raus, dann besaufen wir uns ordentlich und reden über die alten Tage in Århus. Was meinst du?«

Meine Moral war immer noch ausgezeichnet, deshalb lehnte ich dankend ab und sagte, dass ich leider schon verabredet wäre.

Es lag Frost in der Luft, als ich zum Auto hinausging, aber die Straßen waren trocken, so schlimm war es also noch nicht. In der Nicolai Mohrs gøta ging ich wie ein Zeuge Jehovas von Tür zu Tür. Erst im dritten Haus hatte man etwas von Rafael Vestergaard gehört. Ich erfuhr, dass seine Frau, eine Dänin, mit den beiden Kindern nach Dänemark gezogen war, und dass er selbst in einem Zimmer draußen auf Hvarvið wohnte. Nein, sie hatten keine Ahnung, was er so trieb.

Wieder runter in die Stadt und dann zur Adresse im Viertel Grønland. Das Haus, ein dreigeschossiges Holzhaus, war um 1970 gebaut worden; wahrscheinlich ein Spekulationsobjekt wie so viele andere Häuser zu dieser Zeit. Dachboden und Keller mit Zimmern und gemeinsamer Küche und Bad und in der Mitteletage eine oder zwei Wohnungen. Hauptsache, die Mieten brachten ein Mehrfaches von dem ein, was das Haus gekostet hatte.

Die Kellertür stand offen und ich ging hinein. Der enge Flur war aus Beton und hatte noch nie Farbe gesehen. Ganz hinten befand sich eine kleine Teeküche mit einem Waschbecken und zwei Kochplatten. Verdammt gemütlich. Drei Türen auf jeder Seite des Flurs und Musik aus mehreren Zimmern.

An den Türen standen keine Namen, also klopfte ich an die ersten links, aus der Roger Whittaker flötete. Eine Musik, die gut zu einer alten Jungfrau passte, und die platzen normalerweise vor Neuigkeiten.

Es war eine reichlich junge alte Jungfrau, die die Tür öffnete. Viel zu jung für mich.

»Ja?« Sie hatte ein Glas Milch in der Hand, und hinter ihr, auf einem braunen Couchtisch, sah ich einen Teller mit einer Brotscheibe. Es war Essenszeit.

Sie hatte ein rosafarbenes Handtuch um sich geschlungen

und das braune Haar war feucht. Die schönste Jugend leuchtete aus den klaren blauen Augen.

»Ich suche Rafael Vestergaard. Er soll hier wohnen.«

Sie fing an zu lachen.

»Entschuldigen Sie. Aber *Rafael?* Ist das nicht ein Engel.«

Sie! Wirkte ich wirklich schon so alt und klapprig?

»Ja, so heißt einer der Erzengel, aber ein ehemaliger Arzt auch.«

Das Handtuch löste sich, aber sie fing es mit ihrer freien Hand auf, bevor es herunterfiel.

»Nein, hier wohnt niemand, der Rafael heißt. Versuchen Sie's mal oben. Es kann gut sein, dass die wissen, wer er ist. Ich hab's eilig, ich will in die Stadt und muss mich noch fertig machen.«

Sie lächelte entschuldigend und schloss die Tür.

Ein Resümee meines Lebens.

Oben war die Küche größer und drei junge Menschen im Abiturientenalter saßen am Esstisch und spielten Schafskopf. Ein Transistorradio lieferte nostalgische Country- und Westernmusik.

Einer von ihnen konnte mir sagen, dass Rafael Vestergaard vor einem halben Jahr ausgezogen war. Wohin, wusste er nicht so recht, meinte aber, ich sollte es einmal neben der Landesbibliothek versuchen.

Jetzt wurde es langsam witzig. Ich trieb mich herum wie ein Landstreicher, um nicht zu sagen: Ich wurde hierhin und dorthin geschickt, ohne von der Stelle zu kommen. Innerlich fluchte ich den ganzen Weg bis zum Parkplatz vor der Landesbibliothek, wo ich den Wagen abstellte.

Es war dunkel und kalt und keine Menschenseele war zu sehen. An einem Freitagabend um diese Zeit hatten die Leute zu Abend gegessen und saßen jetzt entweder vor dem Fernseher oder machten sich bereit, in die Stadt zu gehen.

Schräg gegenüber auf der anderen Straßenseite stand ein großes, weißes Haus, dessen Keller zimmerweise vermietet wurde. Die Räume im Erdgeschoss wurden entweder von der Landesbibliothek oder von der Färöischen Akademie genutzt. Das Gelände war abschüssig und die Kelleretage lag unter dem Straßenniveau.

Ich stieg die Treppen hinunter und griff nach der Türklinke. Es war abgeschlossen. Die Fenster auf beiden Seiten waren dunkel.

Ich schaute mir das Schloss genauer an. Es war ein altes Hängeschloss, und im Licht der Straßenlaterne sah ich, dass die Tür an mehreren Stellen morsch war. Ich holte mein Taschenmesser heraus und schob die Klinge in den Schlitz zwischen Tür und Rahmen. Da war genug Platz. Ich ließ sie nach oben gleiten, bis ich das Schloss spürte, dann hebelte ich die Tür auf.

Der Flur war dunkel und hier war keine Musik zu hören. Ich ging vorsichtig hinein und lauschte an den Türen. Kein Laut. Auch kein Licht, das davon kündete, dass hier jemand wohnte.

Vorsichtig öffnete ich eine Tür. Sie führte ins Badezimmer. Hinter der nächsten befand sich eine kleine Küche. Jetzt fehlten nur noch drei Türen. Die beiden mit den dunklen Fenstern zur Straße und noch eine weitere, die ich jetzt öffnete.

Im gleichen Augenblick kam ein Arm von hinten und umschloss meinen Hals, während sich gleichzeitig etwas Spitzes in die Haut bohrte.

»Wenn du dich auch nur muckst, schneide ich dir die Kehle durch.«

40

Ich stand zur Salzsäule erstarrt da, sicher noch unbeweglicher als Lots Frau seinerzeit. Dafür sausten mir die Gedanken durch den Kopf und sie drehten sich nur um das eine: den Punkt, an dem ich einen immer stärker werdenden Druck von etwas Spitzem fühlte.

»Wer hat dich hergeschickt?«

Die Stimme kam mir bekannt vor.

»Niemand«, sagte ich heiser.

Der Arm presste sich noch fester um meinen Hals, gleich würde das Messer hineinschneiden. Oder hatte es das schon?

»Du lügst. War es Hanus í Rong?«

Ich hatte den Arzt gefunden. Mein Suchen hatte vorläufig ein Ende. Und alles andere vielleicht auch?

»Doctor Vestergaard, I presume?«, murmelte ich.

»Was sagst du da?« Er hob mich fast vom Boden und erwürgte mich dabei fast.

»Ich heiße Hannis Martinson. Wir haben uns letzte Woche oben bei dem Reeder getroffen.«

Der Griff um meinen Hals löste sich so weit, dass ich mich wieder auf dem Boden befand.

»Was willst du hier?« Die Stimme klang nicht viel freundlicher als zuvor. Das Messer wurde weiterhin gegen meinen Hals gedrückt.

»Kannst du nicht das Messer wegnehmen? Es ist schwierig, nachzudenken, wenn der Hals fast durchbohrt wird.«

»Das ist kein Messer. Das ist ein Skalpell und ich weiß, wie man es benutzt.«

Dennoch nahm er Arm und Skalpell ein wenig herunter. Ich rieb mir den Hals und fühlte etwas Feuchtes.

»Du hast mich geschnitten.«

»Hätte viel schlimmer kommen können«, klang es aus einem gewissen Abstand, und im selben Moment ging das Licht an.

Wir befanden uns in einem kleinen Zimmer mit Schlafcouch, Tisch und einem Sessel. Ein Regal mit Büchern stand an der Wand unter dem Fenster. Die Tapete war grün gestreift wie auch das Bettzeug, das in einem unordentlichen Haufen am Fußende lag. Auf dem Teakholztisch hatten Flaschen weiße Ränder hinterlassen und die Tischkante war voller Brandflecken. Aber ich sah keine Flaschen.

»Setz dich auf den Sessel und leg die Hände auf die Knie.« Der Arzt zeigte mit seinem Skalpell dorthin.

Ich tat, was er sagte.

Rafael war ungefähr einen Meter fünfundachtzig groß, hatte dunkles, gewelltes Haar und einen üppigen Bart. Seine Nase war lang und kräftig und seine Augen blickten lebendig. Er trug einen dunklen, naturfarbenen Pullover und eine blaue Arbeitshose.

»Jetzt erzähl mir, was du hier willst.« Er klang wie ein strenger Vater oder ein Lehrer, der das unartige Kind auffordert, endlich die Wahrheit zu sagen. Ich gehorchte ihm wieder.

»Nach dem Vorfall in Hanus í Rongs Haus habe ich mich gefragt, wer dem Reeder wohl nach dem Leben trachten könnte. Ein Freund hat für mich nachgeforscht, wer durch den Konkurs von Gaia International am meisten verloren hat. Und du warst einer von ihnen.«

»Du findest also heraus, dass ich Geld verloren habe, und dann brichst du bei mir ein? Das ist ziemlich weit hergeholt.« Er lächelte und weiße Zähne blitzten auf. So weit heruntergekommen war er also noch nicht.

»Nein, so einfach ist das nicht. In den letzten Wochen

sind vier Morde begangen worden, zwischen denen es offenbar eine Verbindung gibt. Die Person, die mich im Haus des Reeders niedergeschlagen hat, hat mich auf eine Idee gebracht.«

Ich schwieg. Rafael Vestergaard lehnte sich lächelnd an die Tür.

»Und was für eine Idee?«

»Dass es mehr als einen Mörder gibt.«

»Und was hat das mit mir zu tun?« Das Lächeln verschwand nicht, aber ich war mir nicht sicher, wie freundlich es gemeint war.

Wie weit sollte ich mich vorwagen? Ich beschloss, dass es für derartige Überlegungen zu spät war. Die hätte ich anstellen sollen, bevor ich einbrach. Jetzt war es am besten, die Wahrheit zu sagen und zu hoffen, dass er seine Urteilskraft nicht vollkommen verloren hatte.

»Du warst das auf Ternurgyggur. Ich habe deine Stimme wiedererkannt. Du hast wegen Hanus í Rong alles verloren: Arbeit, Haus, Frau, Kinder.«

Jetzt lächelte er nicht mehr, aber ich fuhr fort.

»Der Nachrichtensprecher Páll Hansen hatte für Gaia gearbeitet. Genau wie Arngrímur Brestisoyggj, den man mit durchgeschnittener Kehle aufgefunden hat.« Ich fühlte an meinem Hals. Es blutete nicht mehr. »Hast du die beiden umgebracht?« Ich sah ihm direkt in die Augen.

»Warum sollte ich auf deine Fragen antworten? Ist das alles, was du zu sagen hast?«

»Nein. Dic Polizei hatte Petur Kári Magnussen wegen des Bankraubs bei Streymur festgenommen. Irgendjemand hatte sie angerufen und ihnen den Tipp gegeben. Warst du das auch?«

Rafael Vestergaard hatte sein Lächeln wiedergefunden. Das Skalpell war jetzt verschwunden.

»Und weiter?«

»Denn ich gehe nicht davon aus, dass du Petur Kári und Christian Joensen umgebracht hast.«

Der frühere Arzt schaute ernst drein. »Nein, ich habe mit den Morden nichts zu tun. Ich bin mir sicher, dass es Hanus í Rong oder einer seiner Vasallen war, der die beiden getötet hat.«

»Aber du hast Páll Hansen und Arngrímur Brestisoyggj umgebracht, nicht wahr?«

»Beweise es!« Rafael Vestergaard schien sich ausgezeichnet zu amüsieren.

Was ich hier vorbrachte, waren reine Spekulationen, also kehrte ich lieber zu Petur Kári zurück.

»Woher wusstest du, dass Petur Kári in den Bankraub verwickelt war?«

»Wer behauptet, dass ich das wusste?« Er betrachtete mich ironisch mit hochgezogenen Augenbrauen.

»Du hast es praktisch zugegeben. Nun sag schon!«, versuchte ich, ihn zu überreden.

Er kaute auf seinem Schnurrbart, während er nachdachte. Dann fasste er einen Entschluss.

»Bis vor ein paar Monaten rannte ich wegen diesem verfluchten Reeder selbst wie ein Penner rum. Ich kenne jeden einzelnen Säufer in Tórshavn und die können nichts für sich behalten. Als sie mir von dem Bankraub erzählten, habe ich die Gelegenheit genutzt.«

»Und bist du sicher, dass Hanus í Rong hinter dem Einbruch steckte?«

»Ja. Es war der Türsteher der *Quelle,* der hat sie dazu überredet. Und der tut nichts aus eigener Initiative.«

»Aber es ist doch vollkommener Wahnsinn, ein paar Penner zu einem Bankraub anzustiften.«

»Ich begreife es auch nicht so recht. Ich gehe davon aus,

dass er dringend Bargeld brauchte. Du weißt vielleicht, dass er bei den Banken nicht besonders gut angesehen ist. Penner kann man am leicht überall hinschicken, dafür ist es umso schwieriger, sie hinterher im Griff zu behalten. Aber vielleicht war es die ganze Zeit schon geplant gewesen, Paki verschwinden zu lassen. Ich meine, es würde ihn ja sowieso niemand vermissen.«

»Wofür brauchte Hanus í Rong das Geld?«

»Keine Ahnung. Aber was er sich da geleistet hat, das hat er nicht umsonst gemacht. Ich werde ihn kriegen. So oder so.«

Letzteres sagte er mit einem eiskalten Lächeln und ich schätzte mich glücklich, nicht der Reeder zu sein. Andererseits war ich mir auch nicht sicher, ob es im Augenblick wirklich so nett war, ich zu sein.

Aber ich machte weiter.

»Warum mussten Páll Hansen und Arngrímur Brestisoyggj sterben? Was haben sie dir getan? Du kannst doch nicht jeden umbringen, der für Gaia gearbeitet hat.«

»Davon ist doch gar nicht die Rede!«, kam es schnaubend aus dem dichten Bart. Er machte zwei Schritte auf mich zu. Dann blieb er ungeduldig stehen. »Du bringst mich nicht dazu, irgendwelche Verbrechen zu gestehen, aber die beiden, die hatten es verdient. Ich weiß nicht, wie viele Familien Páll überredet hat, ihr gesamtes Hab und Gut aufs Spiel zu setzen, und Arngrímur hat dafür gesorgt, dass er selbst und Páll dabei nichts riskierten. Um die beiden ist es in keiner Weise schade.«

»Das mag ja sein. Aber was ist mit Christian Joensen? Er hatte dir doch nichts getan.«

»Ich habe Christian Joensen nicht angerührt.« Rafael Vestergaard wurde langsam wütend. »Ich habe dir doch gesagt, dass Hanus í Rong ihn umgebracht hat.«

»Wenn du nicht bei der Polizei angerufen hättest und wenn du Páll Hansen in Ruhe gelassen hättest, dann hätte es keinen Mord gegeben. Du warst es, der alles ins Rollen gebracht hat.«

»Was zum Teufel bildest du dir eigentlich ein? Ein Schurke, der sich in einem Keller versteckt, ist auch nicht besser als alle anderen.«

Es war also der Arzt gewesen, der bei mir zu Besuch gewesen war!

»Du behauptest, ich hätte es sein lassen können!« Nun wurde er wirklich laut. »Die hätten es sein lassen sollen, mir alles abzuluchsen, was ich besaß. Meine Kinder habe ich auch verloren, vielleicht sehe ich sie nie wieder. Und du bist der Meinung, solche Typen sollten verschont werden!« Er schlug mit der Faust gegen die Tür. »Wenn dem so ist, dann sollte ich mich wohl lieber um die kümmern, die diese Gesetze zu verantworten haben, die es zulassen, dass diese Arschlöcher tun und lassen können, was sie wollen. Wenn das Gesetz sie nicht dazu einladen würde, gäbe es solche Spekulanten gar nicht.« Die Tür musste wieder herhalten. »Und dann werden sie vor Gericht noch freigesprochen, obwohl doch alle wissen, dass die Verträge mit den ausländischen Schiffswerften nur Lug und Trug sind.«

»Warum warst du in meiner Wohnung?«

»Warum?« Er sah verwundert aus. »Das kannst du dir ja wohl denken. Freitagnacht bist du mit dem Leben davongekommen, weil du dich zu erkennen gegeben hast, aber natürlich musste ich danach herausfinden, wer du eigentlich bist. Und gibt es etwas, was mehr verrät als eine Wohnung?«

Er schaute sich lächelnd im Zimmer um: »Wenn wir schon dabei sind. Hier gibt es nicht viel, was als Hinweis dienen kann. Und genauso war es bei dir zu Hause. Da war auch nichts, was darauf hindeutete, dass du mit dem Reeder unter einer Decke steckst. Das ist auch der Grund, weshalb ich dich nicht tiefer geschnitten habe vorhin.«

Ich hatte keine Lust, länger sitzen zu bleiben, deshalb legte ich die Hände auf die Armlehnen, um aufzustehen. Sofort war das Skalpell wieder da.

»Wo willst du hin?« Keine Wut, aber auch kein Lächeln.,

»Nach Hause zum Abendbrot. Ich habe seit heute Morgen nichts gegessen.«

»Du denkst also, ich würde dich einfach so gehen lassen, damit du mit den Neuigkeiten zur Polizei rennen kannst?«

»Jedenfalls kannst du mich nicht für alle Ewigkeiten hier eingesperrt halten. Es gibt nur zwei Möglichkeiten. Entweder du bringst mich um oder du lässt mich gehen.«

Ich versuchte, überlegener zu wirken, als ich es in Wirklichkeit war.

»Ja, das ist tatsächlich ein Problem.« Das Skalpell war wieder verschwunden und er starrte grübelnd vor sich hin.

»Kannst du mir versprechen, dass du nicht vor morgen Mittag zur Polizei gehst?«

»Ja ...«, sagte ich zögernd.

»Du bist doch auch hinter Hanus í Rong her und du hast keinen Grund, Mitleid mit ihm zu haben. Dafür werde ich dir versprechen, niemanden zu töten. Was hast du zu verlieren? Es sind nicht einmal vierundzwanzig Stunden, um die ich dich bitte.«

Ich wusste nicht so recht, wie Rafael Vestergaards Kopf funktionierte. Aber solange er nur Hanus í Rong nach dem Leben trachtete, konnte es mir gleich sein. Außerdem würde er ihm kaum so nahe kommen, dass er ihm ernsthaft gefährlich werden konnte.

»In Ordnung«, sagte ich, während ich aufstand.

Diesmal sah ich nichts Blinkendes in seiner Hand. Er öffnete die Tür und ich ging auf den Flur hinaus.

»Hannis«, rief er hinter mir her.

»Ja?«

»Wie hast du herausgekriegt, dass ich in deiner Wohnung war? Ich habe mir die größte Mühe gegeben, nichts zu verändern.«

»Im Eingang war die Post an die Wand geschoben.«

»Habe ich wirklich die Post vergessen? Irgendetwas ist es immer.« Er stand in der Tür zu seinem Zimmer, als ich die Treppen hinaufging.

41

Es war mehrere Grad unter null. Der Himmel war sternenklar und es knirschte unter meinen Füßen. Ich befand mich zum zweiten Mal auf dem Weg zur *Quelle* und auch diesmal traf ich niemanden außer ab und zu ein Auto. Jedenfalls begegnete ich keinem einzigen Fußgänger. Die meisten Färöer hatten inzwischen aufgehört, ihre Füße zu benutzen.

Ich hatte in Hafnia zu Abend gegessen – warum sollte ich mit meinem vielen Geld noch selber kochen? – und dort hatte ich den Entschluss gefasst, dass jetzt die *Quelle* an der Reihe war.

Es war Freitagabend, der Türsteher würde an seinem Platz sein und vielleicht ja auch Griseldis. Außerdem wusste ich nicht, wo ich sonst ansetzen sollte.

Der Gedanke an Griseldis berührte mich stärker, als ich zugeben mochte. In meiner Fantasie verschmolz sie auch noch mit Duruta. Ich schob beide zur Seite.

Der geheimnisvolle Club ähnelte einem Schiff, das hellerleuchtet durch die Nacht stampft, während das Schiffsorchester laut Musik spielt. Aber die *Quelle* war nicht die *Titanic*, und die Musik, die in alle Himmelsrichtungen dröhnte, war weder ein Walzer noch *Näher mein Gott zu dir.* Es waren die Doors: *Hello, I love you, won't you tell me your name? – Hello, I love you, let me jump in your game.*

Zwei Männer und zwei Frauen waren auf dem Weg zur Tür und ich hängte mich an sie. Als ich drinnen war, sah ich den Rücken des Türstehers, er war auf dem Weg in die Bar. Die beiden Paare folgten ihm und ich blieb allein in dem engen Flur.

Ich beschloss, mich umzusehen, bevor ich mich in die Höhle des Löwen wagte. Es war nicht davon auszugehen, dass mein Besuch problemlos verlaufen würde.

Unten gab es nur die Bar und den Flur. Deshalb ging ich die steile Bodentreppe hinauf. Oben gab es vier Kammern und keine lebende Seele. In zwei der Räume lagen Matratzen auf dem Boden, sonst waren sie leer. Die dritte Kammer – das war die, in der Griseldis sich vergnügt hatte – war anders eingerichtet. Hier gab es ein richtiges Bett und an der Wand hing ein großer Spiegel. Die Tür zu dem Raum daneben war abgeschlossen.

Unten waren die Doors zur *Love Street* gekommen. Ich auch.

Das altmodische Schloss ließ sich mit einem gebogenen Nagel öffnen. Nun hatte ich zwar keinen Nagel dabei, aber in einer der anderen Türen steckte ein Schlüssel, der passte.

Genau in dem Moment brach die Musik ab und ich hörte die Treppe knarren. Blitzschnell steckte ich den Schlüssel in die Tasche und verschwand in einem der Matratzenzimmer.

»Was machst du hier?« Der Oberkörper eines Mannes mit rasiertem Schädel erschien auf der Treppe. Der Mann trug ein großes Pflaster auf einer Wange und hatte einen herabhängenden Dschingis-Khan-Bart. Anscheinend gehörten große Schnurrbärte hier zur Einrichtung.

»Ich suche die Toilette.«

»Hier oben gibt's kein WC. Das ist im Keller.« Die Stimme klang in keiner Weise entgegenkommend.

Der Rasierte ging die Treppe wieder hinunter, blieb aber am Fußende stehen. Ich hatte das vage Gefühl, dass er mich nicht so gehen lassen wollte.

Die Tür zum Keller befand sich am hintersten Ende des Lokals. Er öffnete die Tür zur Bar.

Dort war es voll mit Tänzern. Dafür war jetzt die Badewanne leer. Ich zwängte mich durch das Gedränge bis zur Bar und bestellte einen Gin mit Tonic.

Heute Abend trug der Hüne ein hellbraunes Hemd, auf dessen Stoff die Namen von Jazzmusikern gedruckt waren. Die gelben Hosenträger mit den Meerjungfrauen waren die gleichen. Wie auch der rötliche Militärbart.

»Haben die Journalisten heute Abend Ausgang?«, kam es ironisch, während er einen Drink mixte. »Und ich dachte, ihr wäret vollauf damit beschäftigt, Lügengeschichten über anständige Menschen zu schreiben.«

Obwohl ich den Verdacht hatte, dass der Mann in der Bar gar nicht wusste, was ein anständiger Mensch war, ignorierte ich die Bemerkung. Im Augenblick war mir nicht nach Streit.

»Auch wir müssen uns ab und zu amüsieren«, antwortete ich und verließ die Bar.

Sie wussten, wer ich war. Also hatte ich umso mehr Grund, vorsichtig zu sein.

Ich bewegte mich seitwärts an der Wand entlang, bis ich auf ein Sofa stieß, auf dem noch Platz war. Nur ein Mann saß darauf und der schlief. Es war Jákup Petersen. Seine Krankenkassenbrille war ihm auf die Nase gerutscht, sein blondes Haar war fettig und Bartstoppeln bedeckten Wangen und Kinn. Er sah aus, als wäre er seit dem letzten Mal, als wir uns gesehen hatten, nicht mehr im Bad gewesen. Eine halbe Flasche Gin stand zwischen seinem Bein und dem Sofafuß.

Die Doors und der Rhythmus der Tanzenden ließen das Haus vibrieren. Rufen und Johlen durchschnitten den Tabaksrauch. Abendzerstreuung in Tórshavn.

Zwar hatte ich nicht in die verschlossene Kammer gucken können, aber ich ahnte, was da wohl vor sich ging. Ich fühlte nach dem Schlüssel in meiner Tasche. Ich musste wieder auf den Dachboden. Grundvoraussetzung dafür war, dass sie mich für eine Weile vergaßen.

»Hannis, bist du das?« Jákup Petersen schob seine Brille mit dem rechten Zeigefinger auf ihren Platz. »Ich habe gehört, dass du auf Reisen warst.« Seine Stimme klang dumpf und unsicher. Er war sicher nicht nüchtern.

»War ich. Es war eine Blitztour.«

Anscheinend wussten Gott und die Welt, dass ich im Ausland gewesen war.

Jákup war zu blau, um zuzuhören, was andere sagten. Stattdessen griff er zur Flasche und trank. »Willst du auch einen?« Er reichte mir die Flasche.

»Danke, ich habe selbst.« Ich zeigte ihm mein Glas. Ich wollte auf jeden Fall einigermaßen nüchtern bleiben.

Die Flasche wurde wieder zwischen Bein und Sofafuß platziert und Jákup verschwand erneut in sich selbst. Es verging eine halbe Stunde. Das Band mit den Doors drehte sich immer noch, die Leute tanzten weiter und der Barkeeper saß weiterhin am Küchentisch. Den rasierten Kopf konnte ich nicht sehen.

»Noch ’nen Schluck?«, Jákup war wieder aus der Tiefe hervorgetaucht. Ich lehnte dankend ab. Dafür genehmigte Jákup sich einen gewaltigen Zug.

Jetzt sah ich, dass der Glatzkopf und der Dicke drüben an der Bar saßen und die Köpfe zusammensteckten. Ich stieß

Jákup an. »Wer ist der Mann da hinten mit dem dunklen Schnurrbart?«

Jákup richtete sich auf und guckte. »Das ist der *Chinese.* Er arbeitet für Hanus í Rong.«

Es war nicht schwer zu sehen, wieso er diesen Spitznamen bekommen hatte.

Ich stieß Jákup erneut an.

»Mensch, kannst du mich nicht in Ruhe schlafen lassen?« Er schüttelte sich.

»Tust du mir einen Gefallen? Geh zur Bar und kaufe hierfür, was du willst.« Ich gab ihm einen Tausendkronenschein. »Versuche, die beiden fünf Minuten lang zu beschäftigen.«

Jákup nahm den Schein. »Bist du zu Geld gekommen? Kann mir ja auch egal sein. Ich werde versuchen, fünf Minuten lang für tausend Kronen zu bestellen.« Er stand auf, musste aber zunächst einen Moment stehen bleiben, um das Gleichgewicht zu finden. Dann steuerte er die Bar an.

Als er dort angekommen war, schlich ich zur Tür und auf den Flur.

Die Musik war so laut, dass ich es wagte, einfach die Treppe hinaufzulaufen. Es war keine Menschenseele zu sehen. Ich schob den Schlüssel ins Schlüsselloch und öffnete die Tür.

In diesem Zimmer gab es weder Matratzen noch ein Bett. Dafür war es vollgestopft mit Videos. Sowohl Videokameras als auch Videorekorder gab es. Ein Fernseher stand auf einem Beistellwagen. Ein Stativ mit einer Kamera war vor der Scheibe platziert, die auf der anderen Seite der Wand als Spiegel fungierte.

Ich hatte gesehen, was ich sehen wollte. Jetzt musste ich zusehen, wieder hinunterzukommen. Jákups Gelaber konnte niemanden länger als fünf Minuten fesseln.

Eine Kassette guckte halb aus dem Videogerät heraus. Ich konnte mich nicht zurückhalten. Ich stellte den Fernseher und das Videogerät an und schob das Band hinein. Der Film, den ich sah, würde niemals im färöischen Fernsehen gezeigt werden. Und auch nicht von anderen anständigen Fernsehsendern. Es gab zwei Frauen – keine von ihnen war Griseldis – und der Mann war ein früherer färöischer Minister. Es hätte mich nicht gewundert, wenn die Genehmigung der Fischverarbeitungsfabrik auf Skipanes durch so einen Film zustande gekommen wäre.

Unten hatte jemand ein Akkordeon hervorgeholt und jetzt grölten sie aus voller Kehle *Marin Malena.* Ich stellte die Apparate ab und horchte an der Tür, konnte aber wegen des Gesangs nichts hören. Vorsichtig öffnete ich die Tür einen Spalt. Nein, niemand war da. Ich hatte gerade den Schlüssel von außen ins Schlüsselloch geschoben, als ich einen Schatten in der Türöffnung des Nebenraums entdeckte. Der Rest waren nur noch blendende Strahlen in dem unendlichen Gewölbe meines Kopfes.

42

Meine Augenlider schoben sich nach oben und das Erste, was ich sah, war ein blaues Hosenbein. Als Nächstes dann einen dunkelbraunen Pullover. Ich lag auf einer gestreiften Matratze, neben Rafael Vestergaard. Er war tot. Das Skalpell stach direkt unter dem Pulloverrand hervor. Und meine rechte Hand hatte den Griff umklammert.

Ich zog die Hand zu mir und befühlte meinen Kopf. Er tat weh und pochte fürchterlich.

»Du bleibst da liegen! Die sind gleich da, um dich zu holen!«

Der Mann, der Chinese genannt wurde, lehnte sich an die Türöffnung. Er hatte eine Pistole in der Hand.

»Wer kommt?«, stammelte ich.

»Natürlich die Polizei! Schließlich hast du einen Mann umgebracht.« Sein Schnurrbart zitterte vor Lachen. »Solche Menschen können wir doch nicht einfach frei herumlaufen lassen. Ich meine, ordentliche Menschen wie wir müssen uns doch auf die Straße wagen können, ohne Angst zu haben, überfallen zu werden.« Er amüsierte sich prächtig.

Erst jetzt fiel mir auf, wie still es war. Keine Musik, keine Stimmen.

»Wo sind denn die Gäste geblieben?«

»Wir haben sie kurz nach Mitternacht nach Hause geschickt. Du weiß doch, Sonntagsregelung.« Das klang offensichtlich so witzig, dass er vor Lachen fast zusammenbrach.

Wahrscheinlich kannte er die Sonntagsregelung nicht besonders gut. »Wie habt ihr Rafael gefunden?« Ich musste weiterreden.

»Wir haben dich seit gestern, als du aus Italien zurückgekommen bist, beobachtet. Wir haben gesehen, wie dich der Polizist abends besucht hat, und wir waren dir den ganzen Tag auf den Fersen.«

Sie wussten, dass ich in Italien gewesen war. Wussten sie auch etwas von Lugano?

Der Chinese strich sich über die Wange. »Es war gar nicht so einfach mit Rafael. Fast hätte er stattdessen mich fertiggemacht. Aber mein Freund hat sich um ihn gekümmert, und damit war sein Spiel aus.«

Rafael Vestergaards Pläne, Hanus í Rong aus dem Weg zu räumen, waren durch meinen Besuch vereitelt worden. Der Türsteher hatte ihn festgehalten, während der Chinese ihm den Todesstoß verpasst hatte. Und ich sollte jetzt die Rechnung bezahlen.

»Wir müssen uns bei dir bedanken, dass du ihn für uns gefunden hast. Er hat uns schon längere Zeit ziemlichen Ärger gemacht und wir wussten nicht, wo er sich aufhielt.«

Das war, wie Salz in die Wunde streuen.

Der Chinese schob sich eine Zigarette zwischen die Lippen, zündete sie an und blies den Rauch ins Zimmer. Seine rechte Hand mit der Pistole zielte die ganze Zeit auf mich. Wenn ich ihn dazu bringen konnte, wegzugucken, konnte ich ihn erreichen, ohne aufzustehen. Aber ich musste schnell handeln, sonst ...

Unten wurde eine Tür geöffnet und jemand kam auf den Flur. Der Chinese wandte seine Augen von mir ab, der Treppe zu.

Ich zog das Skalpell raus, setzte mich auf und durchschnitt die Achillessehne des Chinesen. Das alles geschah in einer einzigen fließenden Bewegung. Die Klinge glitt durch die Hose, die Sehnen und Muskeln bis auf den Knochen wie eine frisch geschliffene Sense durch saftiges Gras.

Er fiel mit einem Schrei zu Boden und ließ die Pistole fallen. Er lag da und wand sich. Ich ließ das Skalpell los, nahm die Pistole und stand auf. Von unten hörte ich Rufe.

Ich öffnete das Fenster und guckte hinaus. Nach unten waren es wohl drei, vier Meter, aber es war zu dunkel, als dass ich hätte sehen können, was da unten war. Ich hatte die Wahl: entweder vom Türsteher beerdigt zu werden oder ins Dunkle zu springen.

Jetzt war er auf der Treppe. Ich sprang. Ich traf auf Rasen und ließ mich zur Seite fallen. Das hatte ich als Kind gelernt, als wir von der Skansen sprangen. Zum Glück hatte mir weder etwas gebrochen noch etwas verstaucht.

Und jetzt nichts wie weg. Ich lief stadtauswärts. In erster Linie weil das Fenster nach Westen zeigte. Es war sternenklar und der Mond fast voll, und als ich ein Stück von dem erleuchteten Haus entfernt war, konnte ich ein wenig sehen. Dennoch trat ich mehr als einmal in halb gefrorenen Matsch.

Kurz vor der Kreuzung bei der alten Reitbahn kam ich zur Straße. Ich war überzeugt davon, dass sie mich verfolgen würden, welche Richtung sollte ich also einschlagen? Wenn ich in die Stadt ginge, würde ich mich wieder der *Quelle* nähern müssen, und das gefiel mir ganz und gar nicht.

Also lief ich Richtung Velbastaðvegur. Am meisten fürchtete ich mich davor, dass sie ein Auto nehmen würden. Andererseits wussten sie nicht, welche Richtung ich einschlagen würde, also würden sie sicher zuerst das Gebiet in der Nähe des Clubs absuchen.

Und was war mit der Polizei? Ich konnte ja einfach bei einem der Bewohner von Norðasta Horn klopfen und mit ihr Kontakt aufnehmen. Nie im Leben. Früher oder später würden sie mir wohl schon glauben, aber bis dahin wäre es doch für Piddi í Útistova ein gefundenes Fressen, mich hinter Schloss und Riegel zu bringen. Vielleicht für Wochen. Schließlich befanden sich meine Fingerabdrücke auf dem Skalpell.

Ich verlangsamte mein Tempo ein wenig. So gut war ich nun auch nicht im Laufen. Bierclubs sind nicht gerade Sportvereine. Außerdem achtete ich darauf, ganz außen auf dem dunklen Straßenrand, außerhalb der Straßenbeleuchtung, zu gehen.

Auf irgendeine Weise musste Hanus í Rong gestoppt werden. Aber zuallererst musste ich ein Versteck finden, in dem ich in aller Ruhe nachdenken konnte.

Jetzt war ich auf dem Weg nach Norðasta Horn. In mehreren Häusern war noch Licht, aber sicher würde ich unbemerkt in eine Garage oder einen Keller kommen können. Plötzlich fiel mir eine andere Möglichkeit ein, also lief ich lieber gleich weiter.

Kurz darauf bog ich nach rechts auf die Straße nach Havnardalur ab. Dann wieder nach rechts, und fünfhundert Meter weiter stand ich vor dem Stall des Reitvereins. Es waren zehn, zwölf Ställe, aus hellen Betonelementen und gebeiztem Holz gebaut.

Zuerst versuchte ich es an den kleineren Türen, aber die waren alle abgeschlossen. Ich ging auf die andere Seite, wo die Boxen waren. Der obere Teil der ersten Tür, die ich anfasste, ließ sich öffnen. Ich zog den Riegel aus der unteren Halbtür und ging hinein.

Erst jetzt merkte ich, wie sehr ich fror. Das letzte Stück des Wegs war ich gegangen, um mich nicht zu überanstrengen. Ich war eiskalt. Meinen Mantel hatte ich aus guten Gründen nicht mitnehmen können, als ich die *Quelle* verließ.

Ein Pferd schnaubte friedlich. Es erwartete sicher einen Leckerbissen. Aber hier – wie an so vielen anderen Orten – war ich eine Enttäuschung. Das bisschen Mondschein, das durch das Fenster hereindrang, richtete nicht viel aus. Licht anzuschalten, traute ich mich nicht. Als ich eine Weile dort gestanden hatte, konnte ich die Boxen und die Umrisse der Pferde erkennen.

Direkt an der Tür war der Stall unter dem Hahnenbalken bis zur Decke offen und ich konnte durch ein Dachfenster die Sterne sehen. Ein Stück weiter im Haus stand eine Leiter zum Heuboden, der fast bis zur Decke gefüllt war. Ich kletterte hinauf und grub mich in der hintersten Ecke ins Heu. Hier war es angenehm und nach kurzer Zeit hatte ich wieder etwas Wärme in meinem Körper.

Der Geruch nach Pferd und der Duft des Heus ließen mich eindösen. Die Anstrengungen und die Spannung zeigten ebenfalls ihre Wirkung.

Ich versuchte nachzudenken, kam aber nicht weiter, als

mich darüber zu wundern, dass sie mich nicht umgebracht hatten. Stattdessen sollte ich des Mordes an Rafael Vestergaard beschuldigt werden. Warum?

Dann schlief ich ein.

43

Ich wachte davon auf, dass draußen ein Auto hielt. Ich hörte leise Stimmen.

Wollten sie die Pferde füttern? Oder hatten sie etwas Böses im Sinn?

Ich hatte keine Ahnung, wie lange ich geschlafen hatte, und auf die Uhr zu gucken, konnte ich mir gleich schenken. Aber vielleicht, wenn ich näher zur Dachluke kroch?

Ich machte mich bereit, aus meiner Höhle zu kriechen, als unten die Tür geöffnet wurde. Mucksmäuschenstill blieb ich liegen.

Das Licht wurde angemacht, aber glücklicherweise schien nicht viel davon aufs Heu. Ich hörte es rumoren, aber niemand sprach mit den Pferden, also waren das wohl kaum morgenfrische Reiter.

Die Leiter knarrte und der Betreffende, wer immer es sein mochte, stieg nach oben auf den Heuboden. Ich versuchte, vollkommen lautlos zu atmen, aber es kam mir vor, als könnte man meine Atemzüge bis nach Norðasta Horn hören.

Der Mann kam näher und ich hörte, dass er ins Heu stach. Es gab keinen Zweifel, er suchte nach etwas.

Ein Strohhalm kitzelte mich unter der Nase und natürlich musste ich niesen. Ich drückte einen Finger fest gegen den Nasenrücken – es heißt, das soll helfen –, aber je näher das raschelnde Geräusch kam, umso heftiger musste ich niesen.

Ich fühlte mich wie in der Sage von Jákup Dintil, als er sich vor den Schafdieben verbarg und husten musste. Aber Jákup kippte einen heißen Topf über diejenigen, die ihm nach dem Leben trachteten. Ich lag wie ein Halbtoter da und wartete auf meinen Schicksalsschlag.

»Wo bleibst du denn?«, rief eine Stimme von der Tür unten. Mir schien, ich konnte hören, dass es der Türsteher der *Quelle* war.

»Ich war noch nicht bis ganz ans Ende«, antwortete eine Stimme dicht neben mir. Diese Stimme hatte ich noch nie gehört.

»Ach, scheiß drauf. Hier ist er nicht. Wir versuchen es lieber unten in der Stadt.«

»In Ordnung«, sagte die fremde Stimme.

Ich hörte, wie er die Leiter hinunterstieg. Das Licht wurde gelöscht und die Tür geschlossen. Das Auto fuhr an und verschwand.

Es war wieder still. Das einzige Geräusch, das ich hörte, war das Scharren der Pferde.

Der Schweiß tropfte mir von der Stirn auf die Hand, die die Nase umklammerte. Aber jetzt musste ich nicht mehr niesen.

Das war knapp gewesen.

Erst da fiel mir die Pistole des Chinesen ein, die ich mir in den Gürtel geschoben hatte. Wenn sie mich jetzt gefunden und mitgeschleppt hätten – oder mich umgebracht hätten –, und ich hatte eine Pistole im Gürtel! Irgendwo ist ja wohl Schluss mit der Vergesslichkeit.

Ich krabbelte aus der Höhle bis an den Rand des Heubodens. Jetzt konnte ich sehen, dass die Uhr fast halb sechs zeigte. Ich hatte mehr als drei Stunden geschlafen.

Ich stieg die Leiter hinunter, ging zu den Pferden und strich ihnen über die Stirn. Bei Tieren bekam man oft den besten Trost. Sie versuchten jedenfalls nicht, einen mit Absicht umzubringen.

Nicht, wenn es nicht notwendig war, fügte ich hinzu, als mir all die Tiere einfielen, denen ich mich nicht freiwillig nähern würde. Aber jedenfalls fand man ein wenig Seelenfrieden, wenn man im Dunkeln im warmen Stall stand und ein Pferd streichelte.

Jetzt musste ich mir überlegen, was nun passieren sollte. Hier konnte ich nicht bleiben und zu mir nach Hause konnte ich auch nicht gehen, solange diese Gangster hinter mir her waren.

Raus nach Reyn zu Haraldur? Ich holte mein Schlüsselbund heraus. Ja, ich hatte den Schlüssel zu seinem Haus dabei. Also musste ich nur noch ungesehen nach Reyn kommen. Das war schon schwieriger.

Entweder ich ginge runter nach Sandá, dann den Bach entlang bis Sandagerði, von dort konnte ich unterhalb des Krankenhauses am Strand entlanggehen, über die Schiffswerft, weiter nach Vágsbotnur und dann hoch nach Reyn. Das Problem war nur, dass der westliche Teil von Tórshavn sicher im Suchbereich der Reederbande lag.

Oder ich ginge den Weg weiter, der von den Stallungen zur Reitbahn oben beim Hotel *Borg* führte und dann von dort hinunter zum Ring und weiter zu den Niederungen im Osten der Stadt. Auf diese Weise konnte ich mich der Altstadt von der ›falschen‹ Seite her nähern. Dass ich damit gleichzeitig dem Polizeirevier nahekommen würde, damit musste ich mich abfinden.

Ich wählte den oberen Weg und sah zu, dass ich wegkam.

44

In den Mittagsnachrichten konnte man erfahren, dass ein ehemaliger Arzt tot war und dass die Polizei in diesem Zusammenhang gern mit dem Journalisten Hannis Martinsson sprechen wollte.

So ein Mist!

Nicht dass die Polizei mit mir reden wollte, sondern dass das Radio die Mitteilung brachte. Es kam fast nie vor, dass färöische Massenmedien näher darauf eingingen, wer genau ein Verbrechen begangen hatte oder wen die Polizei gern fassen würde. Einen Namen zu nennen, das war so gut wie verboten. Also waren sie reichlich scharf darauf, mich in die Finger zu kriegen. Da war es nur umso wichtiger, nichts von sich hören zu lassen.

Für meinen Weg vom Pferdestall bis nach Reyn brauchte ich fast zwei Stunden. Aber ich machte mich auch jedes Mal unsichtbar, sobald ich jemanden hätte treffen können. Die Polizei hatte ich nicht gesehen, aber es war auch schon ein Menschenalter her, dass sie jemand außerhalb ihrer Autos gesehen hatte. Darüber hinaus hatte ich versucht, mich an die kleinen Pfade und Abkürzungen zu halten, und mehrere Male huschte ich durch Gärten. Glücklicherweise sah ich auch keine Spur von den Männern von der *Quelle*.

Verdreckt, nass und ausgekühlt, wie ich war, legte ich mich sofort in Haraldurs Bett, das, typisch für ihn, nicht einmal gemacht war. Nicht so ein Schnickschnack mit Aufräumen und so, nur weil man für ein paar Monate weg war. Alles sah noch genauso aus wie vor fast vierzehn Tagen, als ich das letzte Mal hier gewesen war. Das zerlegte Gewehr wartete immer noch auf dem Wohnzimmertisch und die

Formulare für die Ahnenforschung, die auf dem Schreibtisch verteilt waren, sehnten sich immer noch danach, mit den Namen berühmter Personen ausgefüllt zu werden.

Die Sonne schien durch das Schlafzimmerfenster herein, als ich aufwachte, und mein erster Gedanke war, sie zuzuziehen, aber dann fiel mir ein, dass jemand das sehen könnte und sich dann vielleicht darüber wunderte. Ich ließ die Gardinen, wie sie waren.

Es gab Fisch und Fleisch in der Kühltruhe, also würde ich keine Not leiden. Aber ehrlich gesagt, in gewisser Weise war ich gefangen. Ich konnte nirgendwo hingehen und ich hatte niemanden, an den ich mich wenden konnte. Vielleicht an Karl, an ihn hatte ich bereits in der Nacht gedacht.

Wenn ich Karl anrief und ihm erzählte, wo ich war, würde er in Gewissenskonflikt zwischen mir und seinem Job kommen. Genau betrachtet konnte ich ihn überhaupt nicht anrufen, denn dann würde er sicher erraten, wo ich war. Und auch wenn er bisher bei gewissen Dingen, die ich angestellt hatte, beide Augen zugedrückt hatte, so doch nur, weil er der Meinung gewesen war, dass es das einzig Vernünftige war. Aber diesmal war ich mir nicht so sicher, ob er so wohlwollend sein würde. Exit Karl.

Wen gab es dann noch, der mir helfen konnte? Haraldur wäre der Beste gewesen, aber der ließ sich irgendwo im Pazifik die Sonne auf den Pelz braten. Natürlich kannte ich noch mehr Leute, aber einen Menschen, zu dem ich uneingeschränktes Vertrauen hatte? Nein.

Aber ich musste jemanden finden, der etwas für mich erledigen konnte. Jemanden, der intelligent war und der sich durchzuschlängeln verstand.

Birgir!

Nein, ich schob den Gedanken beiseite. Ich sah ihn direkt vor mir dort im *Kaffivognur.* Dreckige Jeansklamotten, rot umränderte Augen und schmierige Haarzotteln. Und dann die Schnapsfahne? Nein, das konnte nicht gut gehen. Aber hatte ich andere Möglichkeiten? Außerdem war Birgir einer der schlausten Köpfe, die ich je erlebt hatte. Wenn davon noch was übrig war.

Nach meinen letzten Informationen wohnte er noch bei seinen Eltern. Ich fand sie im Telefonbuch und rief an.

Die Mutter nahm den Hörer ab. Doch, ja, Birgir war in seinem Zimmer im Keller. Mit wem sie denn sprach? Ich sagte, ich wäre Haraldur. Es dauerte einen Augenblick, dann war Birgir am Telefon.

»Was für ein Haraldur?« Seine Stimme klang verhältnismäßig klar. Er musste einigermaßen nüchtern sein.

»Hier ist Hannis. Als wir uns das letzte Mal trafen, da hast du gefragt, ob ich aufmachen würde, wenn du zu Besuch kommst. Jetzt rufe ich dich an, um dich zum Mittag einzuladen.«

Birgir musste lachen: »Das hätte ich nie gedacht, dass du jemanden einladen könntest.« Seine Stimme wurde tief und ernst: »Die Polizei möchte gern mit dem Journalisten Hannis Martinsson in Kontakt kommen.«

»Ja, das ist ein Problem. Aber vielleicht kannst du mir ja helfen? Wenn du nicht lieber der Polizei hilfst?!«

»Oh, Scheiße, nein! Das würde mir nicht im Traum einfallen. Man kann ja nicht mal auf einer Bank vor sich hin dösen, ohne hinter Gittern wieder aufzuwachen. Aber wo bist du?«

»Bei einem Freund.«

Birger lachte wieder. »Nun glaub doch bloß nicht, dass ich zu den Bullen renne. Aber wenn ich zum Essen kommen soll, dann muss ich doch wissen, wohin.«

Ich sagte ihm, wo ich war und was er für mich herauskriegen sollte. Wir verabredeten uns für halb sieben.

Ich überlegte, ob ich Duruta anrufen sollte. Aber zum einen hatte ich es erst am Abend zuvor versucht und außerdem hatte ich ihre Nummer nicht dabei. Ich wollte nicht die Auskunft bemühen, da sowieso keine große Chance bestand, dass sie da war.

Stattdessen setzte ich mich an Haraldurs Schreibtisch und schnüffelte ein wenig in seiner Ahnentafel. Es kann nie schaden, den einen oder anderen Trumpf in der Hinterhand zu haben, wenn man sich in einer Diskussion in die Enge gedrängt fühlt. Und es gibt kaum etwas, das so beeindruckt, als wenn einem ein Schlappschwanz als Vorfahr um die Ohren gehauen wird.

Birgir war nicht so derangiert wie vor einer Woche. Seine Jeanskluft war sauber – sicher hatte Mama sie gewaschen – und er hatte sich rasiert. Aber dennoch war er nicht gerade der Stolz der Gemeinde. Sein dünnes Haar war viel zu lang und brauchte dringend eine Schere, und auf einer Wange hatte er Schrammen. Außerdem war er schrecklich dünn, und die Hand, die er mir gab, zitterte.

»Du hast nicht zufällig so einen Kleinen? Ich brauche ihn wirklich.« Er schüttelte sich.

Ich hatte unter der Küchenspüle eine Flasche Aquavit gefunden und die stand neben getrocknetem Fisch und Dörrwurst auf dem Tisch. Ein halber Kasten Exportbier war aus dem Kleiderschrank dazugekommen. Was das betraf, ging es uns ausgezeichnet.

Ich goss ihm einen großen Schnaps ein. Und noch einen. Er zündete sich eine Zigarette an und inhalierte: »Das hat gut getan. Ich kann dir sagen, diesmal war die Landung reichlich hart. Heute ist der erste Tag, an dem ich nicht schon seit dem frühen Morgen trinke. Ich habe mir gedacht, dass ich erst abends anfange zu trinken und dann nach und nach immer mal einen Abend überspringe.« Ein Lächeln überzog sein Gesicht. Er öffnete ein Bier und setzte an. Wenige Sekunden später war nur noch Schaum in der Flasche. »Jetzt geht es mir noch besser.«

Ich hatte keine Lust, mich in seine Pläne, trocken zu werden, einzumischen, also ließ ich ihn in seinem Glauben, dass er das so schaffen könnte.

»Komm, jetzt wollen wir essen, wir können dabei ja reden. Die Kartoffeln musst du dir dazudenken. Ich habe zwar noch welche gefunden, aber die bestanden nur noch aus Trieben.«

»Das macht nichts. Trockenfisch, Dörrwurst, Bier und Schnaps – kann man sich mehr wünschen? Das muss ich sagen, du hast ein gutes Versteck gefunden.«

»Wenn die Polizei es nicht findet. Karl Olsen weiß, dass ich mit Haraldur befreundet bin, und er weiß auch, dass Haraldur auf großer Fahrt ist.«

»Die suchen dich wie verrückt. Man kann kaum über die Straße kommen vor lauter Bullenwagen, die in Tórshavn herumkurven. In Vágar untersuchen sie die Flugzeuge, bevor sie starten dürfen, und sie gehen bei allen Schiffen an Bord, die auslaufen wollen. Ich weiß nicht, ob sie die Straßen außerhalb abgesperrt haben, aber undenkbar ist das nicht.«

Das hatte ich mir gedacht. Irgendwann würden sie mich finden. »Was ist mit den Leuten von Hanus í Rong?« Ich hatte Birgir gebeten, sich umzuhören, um zu erfahren, was die Polizei vorhatte und was die Helfer des Predigers machten.

»Warte mal.« Birgir schnitt sich ein Stück Wurst ab. »Dein Redakteur und ich, wir sind zusammen aufgewachsen. Deshalb habe ich es mir erlaubt, bei *The Editor* anzurufen.« Er klang ironisch. »Anfangs war er reserviert, um nicht zu sagen vorsichtig. Er hatte bestimmt Angst, ich wollte ihm eine Flasche abluchsen. Als ich ihm erzählte, dass ich nur anrief, weil ich wissen wollte, was du denn gemacht hast, und dass wir alte Schulfreunde wären, da lief sein Mundwerk wie geschmiert. Er hat mir erzählt, dass die Polizei am frühen Nachmittag bei ihm zu Hause war, um ihn über dich auszufragen, aber dass sie vor allem daran interessiert waren, sich in der Dienstagsausgabe Spalten zu reservieren, wenn sie dich bis dahin nicht gefunden hätten. Er wollte nicht so recht damit raus, warum die Polizei sich die Spalten reservieren wollte, aber gleichzeitig war mir klar, dass er denen nie etwas versprochen hätte, ohne zu wissen, wozu sie es benutzen würden. Also erinnerte ich ihn an verschiedene Episoden aus unserer Kindheit, die die Leute aus der Verbandszeitung sicher voller Begeisterung hören würden. Das brachte ihn dazu – natürlich in aller Vertraulichkeit, wie er sagte –, damit herauszurücken, dass die Polizei ein Foto von dir hat, auf dem du das Messer festhältst, das in Rafael Vestergaards Hals steckt. Dieses Foto soll in die Dienstagausgabe, die ja schon am Montagabend draußen ist.« Birgir lächelte zufrieden.

Dann hatten sie also ein Foto gemacht, während ich ohnmächtig dort lag. Warum war ihnen so viel daran gelegen, dass die Polizei mich kriegte?

»Das war kein Messer, das war ein Skalpell, das ich in der Hand hatte, und das steckte nicht im Hals, sondern in der Halsgrube«, korrigierte ich Birgir.

»Das ist doch egal, du hast also den Arzt umgebracht?«

»Nein, ich habe niemanden umgebracht. Jedenfalls nicht diese Woche«, fügte ich hinzu. »Das hat der Reederprediger oder dieser Predigerreeder …«

»Die Reihenfolge der Worte ist ganz gleich«, sagte Birgir lächelnd. Jetzt ging es ihm ausgezeichnet.

»Ja, mag sein, jedenfalls ist er der Hintermann. Und was am schlimmsten ist: Ich weiß nicht, warum. Ich habe keine

Ahnung, was er eigentlich macht. Aber eines weiß ich genau: Es ist etwas Kriminelles.«

Birgir fuhr in seinem Bericht fort: »Was Hanus í Rongs Gangster betrifft, so war es etwas schwierig für mich, etwas zu erfahren. Ich bin bei ihnen nicht so beliebt, dass ich mich dort blicken lassen kann. Die Polizei hat die *Quelle* vorübergehend geschlossen und der Chef wird heute Abend predigen. Weiter bin ich nicht gekommen.«

Ich goss die Schnapsgläser voll und wir stießen an.

»Ich will ja nicht neugierig sein, aber was geht hier eigentlich vor?« Birgir sah mich mit seinen großen blauen Augen an. Mir fiel auf, dass sie nicht mehr wie ausgelutschte Pfefferminzbonbons aussahen. Das Weiße in ihnen war fast weiß. »Du brauchst mir nichts zu sagen, wenn du nicht willst.«

Während wir so vor uns hin soffen, erzählte ich Birgir die ganze Geschichte. Ich ließ fast nichts aus. Nicht einmal das Geld zu Hause in meiner Wohnung. Wenn ich wollte, dass Birgir mir half, dann wäre es dumm, irgendwelche Informationen zurückzuhalten. Ich konnte nur hoffen, dass er in seinem Suff nicht alles ausplaudern würde.

Als ich fertig war, blieben wir eine Weile wortlos sitzen.

»Und was ist mit Rafael Vestergaard?«, fragte er schließlich. »Willst du die Polizei anrufen und ihr erzählen, dass er den Rundfunkmenschen und den Revisor umgebracht hat?«

»Das sollte ich wohl tun. Aber dann können sie sich ausrechnen, dass ich mich in der Nähe eines Telefons befinde. Wenn sie das wissen, können sie sich bis zu diesem Haus hier durchschnüffeln. Das ist es besser, wenn sie glauben, dass ich herumirre, wo kein Mensch ist, oder dass ich mich in einem Vorratsschuppen oder einer Scheune versteckt halte.«

»Was hast du jetzt vor?«

»Erst mal mit dir noch einen zu trinken.«

45

Das Wunschkonzert am Sonntagnachmittag war ein Punkt in der Feiertagslangeweile, der viele Erinnerungen wachrief. Solange ich denken konnte, war der Sonntag mir wie eine Vorwarnung auf die Ewigkeit erschienen: unendlich viel Zeit und nichts, womit man sie füllen könnte. Entweder war alles geschlossen oder es war verboten. Später, als ich alt genug für die Clubs geworden war, ging ich wie viele andere dorthin. Die unterhaltsamsten Stunden der Woche vergingen in schummrigen Lokalen mit Bier und Gammel Dansk auf dem Tisch. Und für die Langeweile und die Unterhaltung: das Wunschkonzert.

Es hatte sich in all den Jahren nicht sonderlich verändert. Es waren immer noch die gleichen Wünsche, die gleichen Stücke. Natürlich gab es Ausnahmen, aber falls Tróndur von den Toten zurückkehren würde, würde selbst er sich zu Hause gefühlt haben, denn alles lief immer noch nach dem gleichen Schema ab.

Ich lag auf dem Sofa und blätterte in einer Ausgabe eines der alten Grundbücher. Haraldurs Regal hatte nicht viel zu bieten außer der Geschichte der färöischen Schifffahrt, einigen Liedsammlungen und den Grundbüchern. Es kam mir vor, als würde es in den Grundbüchern eigentlich um nicht viel anderes gehen als um Hurerei und Diebstahl. Die Interessen der färöischen Bevölkerung sahen damals nicht anders aus als heute. *Magnus Pedersen aus Qualbö, weil er eine Verlobte betrog, soll der zusammen 4 GL büßen. – Annders Manussenn aus Waage hat sein Weib verlassen, soll zusammen 6 GL büßen.* Typisch für die Bewohner von Suðuroy! Ich legte das Buch zur Seite.

Lieber Bruder und Sohn, wir alle daheim wünschen dir gute Fahrt. Unser Plattenwunsch ist: Der kleine Matrose.

Birgir war erst gegen Morgen gegangen. Wir hatten getrunken – nicht unmäßig –, während wir versuchten, die Frage einzukreisen, womit Hanus í Rong sich eigentlich beschäftigte. Warum ein Bankraub notwendig war, wenn er doch Massen von Geld in der Schweiz hatte, und was er mit der Loge P2 zu schaffen hatte? Wir waren so weit gekommen, dass seine Schiffe das Einzige sein konnten, das die Italiener interessierte. Er stand ja auch als Reeder auf der Mitgliederliste. Wir wunderten uns außerdem darüber, wieso sie mich nicht umgebracht hatten. Was für ein netter Gedanke!

Plötzlich fiel mir ein, dass es vielleicht gar nicht unbedingt *Hannis Martinsson* sein sollte, den der Reeder und seine Helfer von der Polizei eingebuchtet sehen wollten. Er war eher durch Zufall in diese Rolle geschlüpft. Es ging im Grunde genommen nur darum, dass die Polizei alle ihre Kräfte dafür einsetzte, eine Person zu finden, während ... Ja, während was?

Es war etwas im Gange.

Ich stand auf und holte aus meiner Jacke die Pistole. Sie sah nagelneu aus. *Walther P88. Made in Germany* stand darauf. Ich nahm das Magazin aus dem Schaft und versicherte mich, dass der Lauf leer war. Dann zielte ich in der Stube herum, spannte den Hahn und schoss auf das Radio, in dem ein neuer Gruß verlesen wurde.

»Für den Maschinisten auf der Genesis, *willkommen daheim. Die unerwartete Freude ist die größte. Gewünscht wird »›Das Meer ist ihr Zuhause‹.«*

Ich schob das Magazin wieder an Ort und Stelle und steckte die Pistole zurück in die Jackentasche. Sie konnte mir noch von Nutzen sein.

Dann setzte ich mich hin und versuchte nachzudenken. Die *Genesis* war eins von Hanus í Rongs Schiffen. Aber der kleine Junge in Skipanes hatte doch gesagt, das Schiff komme nur jeden zweiten Montag. Und das war nicht der richtige Montag. Ob der Junge sich geirrt hatte? Nein, das nahm ich nicht an. Er war viel zu vernünftig und zu interessiert in allem, was am Kai passierte, um sich so sehr zu irren. Die Worte in dem Gruß *Die unerwartete Freude ist die größte* deuteten ja auch darauf hin, dass die Rückkehr des Schiffes nicht auf dem Fahrplan stand.

Vielleicht war das der Grund dafür, dass die Polizei herumrasen und mich suchen sollte – damit Hanus í Rong und die *Genesis* sich still und unbemerkt davonschleichen konnten?

Wenn das stimmte, wollte ich lieber nicht in der Haut des Maschinisten stecken, der seine Frau angerufen hatte, um ihr zu erzählen, dass er nach Hause kam. Worauf sie begeistert mit einem Gruß fürs Wunschkonzert zur Post gerannt war. Wenn Hanus í Rong zugehört hatte, dürfte er sich ordentlich an einer Bibelstelle verschluckt haben.

Im Telefonbuch erfuhr ich, dass es sowohl in Søldafjørður als auch in Skáli ein Hafenamt gab. Aber bei beiden ging niemand ans Telefon. Das hätte ich an einem Sonntag auch nicht erwarten dürfen.

Aber die Zöllner müssten doch trotz allem an Bord. Ich rief das Zollamt in Saltangará an.

»Hallo«, antwortete eine nicht mehr ganz junge Frauenstimme.

»Ist da das Zollamt?«

»Ja, aber hier ist niemand. Ich mache nur sauber.«

»Wissen Sie vielleicht, wann jemand kommt?«

»Ich glaube, Karsten hat gesagt, dass er heute Abend bei einem Schiff in Skipanes an Bord gehen muss. Aber ich weiß nicht, ob er heute noch hierher kommt. Wie gesagt, ich mache hier nur sauber.«

»Haben Sie trotzdem vielen Dank«, sagte ich höflich. »Sie waren mir eine große Hilfe.«

Die *Genesis* lief also heute Abend ein. Blieb nur noch die Frage, wann sie wieder auslief?

Ich rief Birgir an.

»Ja?« Das war die Mutter.

»Kann ich mit Birgir sprechen?« Ich sagte nicht, wer ich war.

»Spreche ich mit Haraldur? War Birgir gestern bei dir?«

Ich beantwortete beide Fragen mit Ja.

»Du darfst ihn nicht zum Trinken verführen, vor allem jetzt nicht, wo er versucht, nüchtern zu bleiben.« Die Stimme klang flehentlich. »Das erste Mal seit langer Zeit trinkt er nicht den ganzen Tag, wenn du also ein bisschen auf ihn aufpassen könntest … Ja, das wollte ich nur sagen«, fügte sie hinzu. »Ich werde ihn jetzt rufen.«

Es musste eine Zeit lang richtig schlimm gewesen sein, wenn die Mutter wildfremde Menschen am Telefon darum bat, auf ihren Sohn aufzupassen.

»Was gibt's heute?« Birgir klang ein wenig heiser, aber seine Laune war prima. »Sicher sitzt du vor der Glotze und guckst dir die Andacht mit Rom Roberts an. Eine Bekehrung könntest du gut gebrauchen.«

»Nein, ich bin so altmodisch, ich höre das Wunschkonzert. Das ist äußerst lehrreich, fast als ginge man zur Hochschule.«

»Das hat noch nie jemand gesagt. Was meinst du damit?« Birgir lachte.

»Dass ich glaube, dass ich jetzt weiß, warum ich der Polizei ausgeliefert werden sollte. Heute Abend läuft die *Genesis* in Skipanes ein und die wollen dabei ihre Ruhe haben, die haben irgendwas vor.«

»Nicht schlecht, was du aus dem Wunschkonzert so erfährst. Aber nun mal im Ernst: Was hast du jetzt vor?«

»Ich weiß noch nicht so recht, aber ich dachte, ich frage dich, ob du mir helfen willst. Was meinst du? Ich bin nicht total abgebrannt, du kriegst auch was dafür.«

»Kennst du nicht das alte Sprichwort, dass bei Geld die Freundschaft aufhört?«, fragte Birgir ironisch.

»Na, so war das nicht gemeint ...«

»Hör bloß auf«, Birgir lachte. »Ich werde dir schon helfen, und wenn du Lust hast, den Bedürftigen was zu geben, bitte schön. Wenn man an Mutters Schürzenzipfel hängt, hat man keine großen Einkünfte. Was soll ich tun?«

»Erst mal sollst du einen Wagen mieten. Wir müssen nach Skipanes.«

46

Die Scheinwerfer des Autos durchschnitten das Dunkel und die Reflektoren am Straßenrand warfen ihr Licht zurück. Die ganze Zeit fuhren uns Wagen entgegen und ich musste ununterbrochen zwischen Fernlicht und Abblendlicht wechseln. Der Wind hatte am Nachmittag auf Süden gedreht und Südwind bedeutete mildes Wetter. Die Meteorologen versprachen für den nächsten Tag Regen und eine frische Brise. Momentan war es fast windstill und bedeckt.

Die Uhr zeigte neun, als wir durch Kollafjørður fuhren. Birgir vergnügte sich mit einem Bier, sagte, das wäre Medizin gegen Hundestaupe. Das Bier war ihm gegönnt. Obwohl er seit Jahren nicht gefahren war – »Ich bin nicht nüchtern genug gewesen« –, war es ihm gelungen, an einer Tankstelle einen Wagen zu mieten und nach Doktaragrund zu fahren. Dort schlich ich mich auf den Rücksitz. Birgir fuhr die Insel hinauf, und falls es eine Polizeistreife an der Schranke gäbe, wollte ich mich auf dem Boden des Autos verstecken. Aber es gab weder Schranke noch Polizei, also stieg ich um auf den Vordersitz und setzte mich hinters Steuer und Birgir setzte sich mit seinem Bier neben mich.

Als wir bei Áir an der alten Walstation vorbeikamen, deutete Birgir auf das große Haus: »Da habe ich mal drei Wochen lang gewohnt. Ich bin wegen Alkohol am Steuer geschnappt worden. Wir waren zu fünft. Nie in meinem Leben habe ich so oft die Angel ausgeworfen und nie habe ich so viel über Schnaps geredet wie in den drei Wochen.« Er öffnete noch ein Bier.

Die folgende halbe Stunde fuhren wir schweigend.

Schon in Skálabotnur sahen wir die Lichter von Ichthys und der *Genesis.* Als wir näherkamen, konnten wir außerdem sehen, dass Leute bei der Arbeit waren, Gabelstapler fuhren hin und her. Etwas Unwirkliches hing über dem Kai von Skipanes, es schien, als wären wir ganz überraschend in eine Zwergenschmiede eingedrungen.

Wir hielten vor einem Haus, das dem Bootshafen gegenüberstand, der sich hinter dem Kai befand. Es schien, als hätten sie es schrecklich eilig auf der Brücke. Es erinnerte mich ein wenig an die Sommerfahrten mit der Fähre *Tjaldur* in den Sechzigern. Das Schiff legte um Mitternacht an und sollte am nächsten Vormittag wieder losfahren. Hier herrschte die gleiche Hektik.

Ich wandte mich Birgir zu. »Kannst du nicht mal zum Kai runtergehen und versuchen herauszufinden, wann die *Genesis* in See sticht und welches Ziel sie hat? Ich kann ja schlecht hingehen, falls jemand von Hanus í Rongs Leuten da ist.«

»Kein Problem.« Birgir trank die letzten Tropfen Bier und ging.

Zwanzig Minuten später kam er zurück.

»Ich sage dir, das ist vielleicht kalt.« Er schüttelte sich.

»Vielleicht solltest du mal was Ordentliches anziehen«, erwiderte ich. Birgir trug nur seine üblichen Jeanssachen. »Nun, was haben sie gesagt?«

»Die *Genesis* fährt kurz nach Mitternacht los. Sie wissen nicht genau, wo sie hinsoll. Jedenfalls nicht die Leute, mit denen ich geredet habe. Sie waren auch reichlich überrascht, dass die *Genesis* überhaupt gekommen ist. Es ist das erste Mal, dass das Schiff hier am Kai von Skipanes anlegt. Einer meinte, dass sie normalerweise zwischen einigen englischen Städten und der amerikanischen Ostküste fährt. Aber sie konnten nichts Genaues sagen, weil die Situation vollkommen ungewöhnlich ist. Sie haben auch noch nie vorher sonntags gearbeitet, aber sie freuten sich dennoch über die vielen Überstunden, denn es ist ja sowohl Nachtarbeit als auch noch Feiertag.«

Die Uhr im Auto zeigte Viertel nach zehn, also hatte ich höchstens zwei Stunden, um eine Lösung zu finden. Ich zweifelte nicht daran, dass Hanus í Rong plante, sich mit der *Genesis* davonzumachen, und dass er nicht im Sinn hatte, zurückzukommen.

Ich erzählte Birgir, was ich dachte, und gemeinsam versuchten wir, einen Plan zu entwerfen, wie wir den Reeder oder das Schiff oder alle beide zurückhalten könnten.

Aber wir waren uns schnell einig darüber, dass es keinen Sinn hatte, die Polizei anzurufen. Wenn Birgir anrief, würden sie ihm kein Wort glauben, und wenn ich anrief, dann wären sie sofort hinter mir her. Irgendwann einmal, in weiter, weiter Zukunft, würde es mir vielleicht gelingen, sie davon zu überzeugen, dass es Hanus í Rong war, den sie einsperren sollten. Aber im Augenblick konnte mir das gleich sein.

Blieben nur zwei Möglichkeiten. Entweder das Schiff auf irgendeine Art und Weise zu sabotieren und die Abfahrt zu verzögern. Wie das vor sich gehen sollte, das fiel uns nicht ein, auch nicht, was wir dann machen sollten. Also verwarfen wir auch diese Möglichkeit. Oder aber mitzufahren.

Birgir behauptete, diese zweite Alternative wäre nichts anderes als ein verdeckter Selbstmord. Dann wäre es doch viel einfacher, über eine Klippe hinauszuspazieren oder so. Außerdem wollte er gern wissen, wie ich es mir vorgestellt hatte, an Bord zu kommen, ohne gesehen zu werden? Aber vielleicht war ich ja so erpicht darauf, ans andere Ufer zu kommen, dass ich mich gar nicht verbergen wollte?

»Nun, nun«, lachte ich. »Nein, ich denke gar nicht daran, Selbstmord zu begehen. Auf der anderen Seite werde ich krepieren, wenn es dem Satan gelingt, mit heiler Haut aus dem Land zu kommen. Erzähle mir lieber, was du gesehen hast.«

»Das Übliche, wenn ein Schiff beladen wird. Gabelstapler sind mit Paletten an Bord gefahren und ein paar Männer waren dabei, Tiefkühlcontainer zu beladen, die unten vor der Fabrik standen. Ich kann mir nicht vorstellen, wie du an Bord kommen willst. Da unten ist es hell wie am Tag.«

»Ein Tiefkühlcontainer, kann man den von innen öffnen?«

»Einige ja. Warum?«

»Du hast gesagt, die Container stehen unten vor der Fabrik. Also muss man sich nur in einen hineinschleichen und wieder aus ihm rausklettern, wenn er an Bord ist.«

»Du bist nicht ganz gescheit. Da drinnen sind mindestens zwanzig Grad minus. Vielleicht sogar dreißig!«

»Ja, aber sie haben sie noch nicht an Bord gebracht, das machen sie vielleicht erst, kurz bevor das Schiff ablegt. Gehen wir mal davon aus, dass ich mich da drinnen eine halbe Stunde aufhalten muss. Das müsste sich doch machen lassen. Ich bin warm angezogen, und wenn ich noch deine Sachen kriege, dann müsste ich die Körperwärme solange halten können.«

»Meine Sachen?« Birgir sah überrascht aus.

»Ja, du kannst doch in einem warmen Auto nach Tórshavn zurückfahren und« – ich gab ihm zehn Tausendkronenscheine – »morgen kaufst du dir etwas Neues. Wenn ich deine Jacke und deine Hose kriege, das wird reichen.«

Birgir sah mich zweifelnd an. Dann traf er einen Entschluss:

»Why not? It's your ass, my friend. Du hast beschlossen, dich von dieser Welt zu verabschieden, und ich bin nicht derjenige, der einem Freund im Weg steht.« Er zog Jacke und Hose aus. »Ich weiß nur nicht, wie viel Freude du an meiner Hose haben wirst. Man kann nicht gerade behaupten, dass wir die gleiche Größe haben.«

Ich nahm die Sachen unter den Arm und stieg aus dem Auto. Birgir rief hinter mir her.

»Ich bleibe hier sitzen, bis die *Genesis* abgelegt hat. Falls du doch noch deine Meinung änderst.« Ich winkte ihm zu. »Heiße Grüße!«, war das Letzte, was ich hörte.

Es war nicht weit bis zum Jachthafen hinunter, und von dort lief ich über den schmalen Strandstreifen zur Fischfab. Nördlich des erleuchteten Gebiets ging ich in die Hocke. Von hier konnte ich beobachten, was dort vor sich ging, ohne das jemand mich sehen konnte.

Das blau-weiße Frachtschiff wirkte an dem kleinen Kai riesig. Es lag nur mittelschiffs mit der offenen Sideport am Pier. Die *Genesis* war etwa hundert Meter lang, und wie bei vielen Roll-on-roll-off-Schiffen war die Brücke auf dem Vordersteven. Mittschiffs gab es einen großen gelben Kran und im Heckteil einen Schornstein und ein kleines Deckhaus. Auf dem Deck standen die Container in zwei Etagen.

Sie waren jedenfalls nicht hier an Bord gekommen und sollten hier auch nicht an Land. Der Kranarm lag sicher befestigt achtern an der Brücke. Es konnte kein Zweifel daran bestehen, dass die *Genesis* nur für eine kurze und nicht geplante Stippvisite die Färöer angelaufen hatte.

Zwei Männer trugen Kartons in einen gelben Container, der auf dem Kai stand. Manchmal, wenn kein Gabelstapler zu sehen war, hörte ich das Summen des Kühlmotors.

Ich versuchte, mich in Geduld zu üben, aber das war nicht einfach. Ich verlagerte mein Gewicht von einem Fuß auf den anderen und wieder zurück, aber die Kälte und die Ungeduld krochen in mir hoch. Ich vertrieb mir die Zeit damit, darüber nachzudenken, was das Logo der Reederei wohl bedeuten mochte. Auf das Bug und auf den Schornstein waren jeweils eine große schwarze Zwölf und ein rötlicher Fisch gemalt, der quer durch die Zahl schwomm. Der Fisch deutete sicherlich auf Ichthys und die religiöse Symbolik hin. Das brachte mich auf die Idee, dass es ja zwölf Apostel gab. Hier hatte man also die Fischfabrik und die Reedereisekte in einem Sack.

Ein Auto bog von der Landstraße ab und fuhr auf den Kai. Ein großer weißer Volvo. Die Türen öffneten sich und heraus stiegen Hanus í Rong, Griseldis Jacobsen und der Türsteher. Der Reeder und Griseldis eilten aufs Schiff, kurz danach folgte ihnen ihr Lakai mit dem Gepäck.

Es war ungefähr halb zwölf und die Abfahrt rückte näher, die Passagiere waren ja angekommen. Der Kühlcontainer stand immer noch auf dem Kai, aber sie beluden ihn nicht mehr. Wenn es denn sein sollte, dann jetzt. Ich schaute mich um, und während der eine Gabelstapler in der Fabrik war und der andere auf dem Schiff, lief ich zum Container. Die Tür ließ sich öffnen und ich vergewisserte mich, dass auch auf der Innenseite ein Griff war. Dann schloss ich die Tür.

Ich hatte mit tiefer Schwärze gerechnet, aber es gab eine Schottlampe, die ein gelbliches Licht von sich gab. Das war gut. Der Container war zur Hälfte mit Pappkartons gefüllt, die mit Metallband verschlossen waren. Das Wappen des Schiffs war aufgedruckt und darunter stand: *Cod from the cleanest waters in the world. God bless America.*

Ausgerechnet!

Die Schachteln waren so gestapelt, dass sie gut die Hälfte des Bodens bedeckten und dann fast bis zur Decke reichten.

Ich schob die beiden äußersten Reihen ein Stück weiter, sodass ich einen kleinen Hohlraum bekam, in dem ich mich verstecken konnte, falls jemand hereinkommen sollte. Meine Hände waren bereits von der Berührung mit den Schachteln gefühllos, und auch wenn die Wärme meinen Körper noch nicht verlassen hatte, wusste ich, dass die Kälte mich jeden Augenblick packen konnte.

Wegen des Summens des Kältemotors konnte ich nichts von außen hören, und deshalb wäre ich fast hingefallen, als der Container sich plötzlich bewegte. Das Licht erlosch, das Summen hörte auf. Dafür hörte ich nun den Gabelstaplermotor und der Boden zitterte unter mir. Sie hatten den Strom unterbrochen, weil der Container an Bord der *Genesis* gebracht werden sollte.

Der Gabelstapler dröhnte und wir waren unterwegs.

47

Der Container schaukelte und es war deutlich zu spüren, dass wir über die Gangway fuhren. An Bord wurde das Dröhnen des Gabelstaplers lauter und mit einem Ruck stand die Welt wieder still. Kurz darauf waren auch das Licht und das Summen wieder da.

Wenn sie nun nur kein Hängeschloss angebracht hatten, ohne dass ich es gehört hatte! Manchmal wurden die Container mit einem Schloss versiegelt, das später aufgebrochen und weggeworfen wurde. Wie viel Kraft war notwendig, so ein Schloss aufzubrechen? Davon hatte ich bisher keine Ahnung. Ich musste warten, bis das Schiff abgelegt hatte und der Laderaum wahrscheinlich menschenleer war.

Birgirs Jacke half ein wenig, aber in seine Hose kam ich nicht hinein. Ich schnitt die Hosenbeine mit dem Taschenmesser bis zu den Knien auf und zog mir die Hose über die Schenkel. Alles konnte ein bisschen helfen, jetzt, da die Kälte wirklich zu merken war. Mein Atem stand mir wie eine weiße Wolke vor dem Mund und ich wagte nicht mehr, irgendwo anzufassen. Dafür stellte ich mich hin und hüpfte auf und ab, versuchte sogar, ein paar Schritte hin- und herzulaufen. Weiß Gott, wohin sie wohl fahren wollten? Wenn das noch lange dauerte, hatte ich gar keine Wahl, dann musste ich versuchen, hier rauszukommen.

Ich fühlte mein Feuerzeug in der Tasche, und einen schwachen Augenblick lang spielte ich mit dem Gedanken, ein Feuer zu machen. Zum Glück fiel mir gleich ein, dass in so einem Container der Sauerstoff begrenzt war. Außerdem konnte der Rauch hinausdringen, und wenn er einen Feueralarm in Gang setzte, war das Spiel verloren.

Endlich spürte ich die Vibrationen der Maschine. Das wurde aber auch Zeit. Jedes Mal, wenn ich einatmete, hatte ich das Gefühl von Messerstichen in der Lunge und der Raureif bedeckte langsam die Härchen auf meinem Handrücken. Jedes einzelne Haar wurde zu einem kleinen Eiszapfen. Wenn ich nicht bald rauskam, würden meine Finger blau werden und die Körpertemperatur würde fallen. Im Augenblick zitterte ich, aber das würde bald aufhören wie auch die Blutzirkulation in Armen und Beinen. Als Nächstes kämen Frostschäden an Fingern und Zehen, danach würde das Herz immer langsamer schlagen.

Ich wollte schon nach der Eisenstange greifen, da fiel mir glücklicherweise ein, dass die Haut daran festfrieren konnte. Stattdessen riss ich mir die Reste von Birgirs Hose von den Beinen und wickelte sie um die Stange. Dann zog ich. Sie ließ sich nicht bewegen. Ich versuchte es noch einmal. Wieder nichts.

Konnte sie von außen abgeschlossen worden sein?

Oder war sie nur versiegelt?

Irgendetwas hinderte die Stange daran, sich zu bewegen, und ich hoffte, dass es eine Versiegelung wäre. Sonst würden sich die Beamten in Amerika sehr über diese neue färöische Exportware wundern.

Ich ergriff die Stange mit beiden Händen und zog mit aller Kraft und meinem ganzen Körpergewicht. Plötzlich fiel die Stange nach unten, die Tür schwang auf und ich fiel hinaus auf den Boden.

Abgesehen von dem regelmäßigen Geräusch der Maschine war es vollkommen still im Laderaum. Ich war von Containern in zwei Etagen umgeben. Nur der, aus dem ich gekommen war, stand allein für sich, etwas abseits in der Nähe der Schotten. Sicher weil er Strom brauchte. Keiner der anderen schien ein Kühlcontainer zu sein.

Es war dunkel, aber nicht stockfinster im Laderaum. Das Notlicht leuchtete hoch oben unter dem Deck.

Der Handgriff war mit einem dünnen Draht versiegelt gewesen, der durch ein Loch in der Stange und eins im Container selbst gezogen worden war. Die beiden Drahtenden waren anschließend in einem kleinen Metallzylinder mit einer Nummer darauf befestigt worden. Jetzt war der Draht aus dem Zylinder gerissen, und ich versuchte, so gut ich konnte, ihn wieder an Ort und Stelle zu bringen.

Wenn die Versiegelung nicht genauer untersucht würde, müsste es so gehen.

Kurz nach dem Ablegen sind die Leute oft ruhelos und laufen redselig auf dem Schiff herum. Deshalb war es sicher das Beste, ein oder zwei Stunden zu warten, bevor ich mich der Brücke näherte. Was ich machen sollte, wenn ich auf der Brücke war, das wusste ich nicht, aber es würde sich schon etwas finden lassen. Vielleicht könnte ich auch ein Besatzungsmitglied dazu bringen, mir zu helfen.

Im Augenblick fehlte mir eine Wohnstätte. Als Erstes fiel mir der Kettenkasten ein, dort hätte ich sicher meine Ruhe. Aber dort wäre es auch kalt und von der Kälte hatte ich im Augenblick genug. Aber dann registrierte ich, dass ich ja von kleinen Häusern umgeben war. Ich musste mir nur eins aussuchen und hineingehen. Es zeigte sich, dass alle Container versiegelt waren und dass ich mir den Weg hinein bahnen musste. Das Taschenmesser nützte bei den Drähten nichts, aber die Pistole machte sich nützlich. Der Pistolenlauf passte in die Drahtschlaufe, und dann musste ich sie nur noch drehen, bis der Draht aus dem Zylinder riss.

Der erste Container, den ich öffnete, war voll mit Whisky. Johnnie Walker Black Label. Wie sehr ich mir auch vorstellen konnte, in dieses Paradies zu kommen, es gab keinen Platz. »Viele haben ein schweres Schicksal«, murmelte ich, während ich einen der Pappkartons öffnete. Die Kälte saß mir immer noch in den Knochen, aber ein großer Schluck Whisky half dagegen. Als ich mir noch einen zweiten genehmigt hatte, hätte ich fast wieder zu den gefrorenen Fischen zurückgehen können.

Fünf Container waren voll mit Whisky, der sechste voll mit Keksen. Cream Crackers und Table Water, aber da war Platz und außerdem waren die Kartons einigermaßen weich.

Ich ließ die Tür einen Spalt offen, während ich etwas baute, das einem Bett ähnelte. Birgirs Jacke rollte ich zu einem Kopfkissen zusammen, und ich hatte mich gerade hingelegt, als das Schiff zu einem schweren Stampfen überging. Es schaukelte nicht richtig, aber man konnte es doch merken. Wir waren aus dem Skálafjørður heraus.

Ich hatte nicht weiter darüber nachgedacht, welchen Gefahren ich an Bord ausgesetzt wäre, was man sicher als gedankenlos bezeichnen konnte. Aber auf irgendeine Art und Weise war mir das schon klar. An Seekrankheit hatte ich keinen Gedanken verschwendet. Und das ausgerechnet ich, der sich wie ein Schwein zu übergeben pflegt! Seit mehr als zwanzig Jahren war ich nie länger als die kurzen Strecken zwischen den Inseln gefahren, und jetzt war ich aus reinem Übermut an Bord eines Schiffes gegangen, das auf dem Weg nach Amerika war. Und die Wetteraussichten hatten alles andere als verlockend geklungen.

Bisher störten mich die Bewegungen des Schiffs noch nicht und ich tröstete mich damit, dass man die Seekrankheit vergisst, solange man etwas zu tun hat. Der Schnaps half auch, aber ich musste aufpassen, einen klaren Kopf zu bewahren. Momentan durfte Johnnie Walker seine Beine ausstrecken.

Wie ich in dem Container hauste, das erinnerte mich an eine Klassenreise nach Dänemark, als ich dreizehn war. Wir waren zu sechst jeweils in einem Container ganz unten im vordersten Frachtraum der Fähre *Tjaldur.* Die Fahrt nach Dänemark lief ausgezeichnet, aber auf der Rückfahrt zu den Färöern gerieten wir in einen Orkan. Alle Türen wurden geschlossen und in jeden Container wurde eine Kiste Äpfel gestellt, damit wir etwas zu essen hatten. Abgesehen von ein paar glücklichen Eseln, die nicht seekrank wurden, gab es niemanden, der an Essen dachte. Als wir noch in dänischem Fahrwasser gewesen waren, hatten wir reichlich Süßigkeiten in uns hineingestopft, und jetzt kam das Ganze wieder hoch. Mit durchgreifender Gründlichkeit. Die Heimreise dauerte drei Tage und wir übergaben uns die ganze Zeit. Meistens kam nur noch gallegrüner Schleim hoch, und das war fast noch schlimmer, als wenn wir wirklich etwas zu opfern gehabt hätten. Wir Ärmsten in den Containern hatten genug damit zu tun, uns festzuhalten, dass wir nicht aus den Kojen geworfen wurden. Die Luft da unten hatte nicht mehr viel mit Luft gemeinsam, und zum Schluss war die Kotze überall. Ein unangenehmes Erlebnis. Und jetzt wollte ich das anscheinend wiederholen.

Ich schob die Erinnerung wieder ins Unterbewusstsein und begann zu planen, wie ich Hanus í Rong an den Kragen gehen konnte.

48

Ich konnte ihn erschießen. Es sollte nicht unmöglich sein, ihm nahe genug zu kommen und meinen neuen Freund, die Walther P8 ein oder zwei Löcher in seinen Kopf fabrizieren zu lassen. Das Einzige, was an diesem Plan nicht stimmte, war die Tatsache, dass ich im selben Augenblick durchlöchert auf dem Boden liegen würde. Außerdem war ich kein Revolverheld, ich konnte gerade mal unterscheiden, ob die Pistole gesichert oder ungesichert war. Ich musste raffinierter vorgehen. Ich musste Beweise gegen den Reeder finden, und dann das Schiff zum Umkehren bewegen. Falls ich keine Beweise fand, konnte ich ebenso gut bis Amerika dabeibleiben.

Die *Genesis* war fast voll beladen gewesen, als sie nach Skipanes kam. Dort hatten die Gabelstapler Paletten an Bord gefahren, wohl in einen Kühlraum. Aber der gelbe Container war der einzige, der an Land beladen worden war. War an ihm etwas Besonderes?

Was hatte der kleine Junge mir noch erzählt? Eine Palette war ins Wasser gefallen und der Reeder hatte vor Wut geschäumt, als er erfuhr, dass sie verbrannt worden war. Normalerweise wurden die Paletten von den Kühlräumen an Land in die Kühlräume an Bord gefahren. Aber dieses Mal wurde ein Container an Land beladen. Sollte das verhindern, dass etwas ins Wasser fiel?

Ich stand auf und ging zu dem Kühlcontainer. Der Boden bebte unter meinen Füßen und ich spürte, wie das Schiff von schweren Wellen gehoben wurde, die dann nach hinten ausrollten. Wir fuhren gegen den Wind und laut Meteorologen sollte er aus Südwesten wehen.

Ich nahm einen der Pappkartons mit zu den Keksen hinüber. Das Metallband löste ich wie vorher die Verplombung. Die Pistole sah nicht mehr so unbenutzt aus. In dem Pappkarton lag ein Block tiefgefrorener Fischfilets. Ich ließ den Block ein paarmal auf den Boden fallen, aber außer dem Lärm passierte nichts. Am besten ließ ich ihn eine Stunde tauen und probierte es dann noch einmal.

Ich nahm ein Paket Kekse und lehnte mich kauend wieder auf meinen Schlafplatz zurück. Zu den Keksen trank ich Whisky.

Die halbe Hundewache war vergangen, als ich den Block mit dem Griff der Pistole in Stücke schlug. Durchsichtige Plastiktüten mit weißem Pulver darin fielen heraus. Mit einem Mal fielen viele Steine an ihren Platz.

The italian connection. Die italienische Verbindung. P2 und die Mafia arbeiten zusammen und ein färöischer Reeder ist Gold wert. Rohopium oder Morphingrundstoffe kommen aus Thailand oder Afghanistan nach Italien. In einem der Labors der Mafia – sie haben mehrere – wird aus dem Rohstoff Heroin. Das alles ist einfach. Die Schwierigkeiten entstehen erst, wenn man die Ware auf den amerikanischen Markt bekommen möchte. Die DEA, die amerikanische Drogenpolizei, ist nicht zu unterschätzen.

Aber dann kommen sie in Verbindung mit einem färöischen Reeder oder einem, der gerne einer wäre. Wer da zu wem Kontakt aufgenommen hat, das ist schwer zu sagen. Banco Ambrosiano finanziert seine Schiffe, die dafür das Heroin auf die Färöer bringen, wo es in seiner eigenen privaten Fischfabrik in die Filetblocks eingefroren wird, die für die USA bestimmt sind. Kein amerikanischer Zöllner wird in färöischen Fischereiwaren nach Drogen suchen. Einfach und raffiniert.

Der Grund, warum Hanus í Rong so wütend geworden war, fand sich auch hier.

Eine ganze Palette Drogen ging erst über Bord und dann im Rauch der Öfen von Lorvík auf. Und es war auch möglich, dass der Bankraub von Streym eine Verbindung zu der Palette hatte. Sicher waren das keine Peanuts, die in den Öfen landeten, und um seinen Kopf aus der Schlinge zu ziehen, hatte der Reeder den riskanten Bankraub arrangiert. Bei der Mafia zählten keine Entschuldigungen. Da zählte nur das Geld.

Es war also ganz klar, warum Petur Kári Magnussen sterben musste, aber warum Christian Joensen ein Messer im Hals hatte, das stand immer noch in den Sternen. Dennoch hatte ich keinen Zweifel daran, dass das auch irgendwie mit allem anderen zusammenhing.

Jetzt musste ich nur noch die *Genesis* dazu bringen, beizudrehen.

Jedes Mal, wenn das Schiff auf die Wellen fiel, dröhnte es etwas im Laderaum, ansonsten war nur der Kühlcontainer zu hören. Das war ein Anfang! Ich ging zu ihm und betrachtete ihn näher. Er bekam seinen Strom von einer großen Anschlussdose am Schott. Ich zog das Kabel heraus, sofort hörte das Geräusch auf. Dann öffnete ich die Tür, damit die warme Luft im Laderaum seine Wirkung tun konnte. Die Tiefkühl- und Kühlräume an Bord hatten sicher eine Art Alarmsystem, das mit der Brücke oder der Maschine in Verbindung stand, falls die Temperatur unter eine gewisse Grenze fiel. Aber dieses System funktionierte nicht bei einem einzelnen Container. Bevor jemand das herausfand, würde die Ware mehr oder weniger aufgetaut und damit verdorben sein. Es war ja möglich, dass die amerikanischen Zöllner den färöischen Fisch nicht auf Drogen untersuchten, aber die Gesundheitsbehörden würden eine Ladung verdorbener Waren auf keinen Fall durchgehen lassen.

Ich ließ also die Containertür weit offen stehen, um dadurch Verwirrung zu schaffen. Hanus í Rong und seine Kumpane würden so erfahren, dass irgendetwas nicht stimmte, aber zunächst würden sie die Mannschaft verdächtigen. Meine einzige Möglichkeit bestand darin, Unsicherheit zu schaffen, die dann ins Chaos führen würde, und in dem Chaos könnte ich auf meine Chance warten. Ich fühlte mich ein wenig wie Eirik Jall:

Der Jarl steht in der Mitte der Halle,
den glänzenden Speer in den Händen:
»König Olav wird sehen,
dass ich Gleiches mit Gleichem vergelte.«

Ich summte den Vers vor mich hin, während ich zur großen Eisentür ging und sie öffnete. Dahinter befanden sich ein kleiner Gang und eine Eisentreppe nach oben. Die Pistole in der rechten Hand, ging ich die Treppe hinauf. Oben stieß ich wieder auf eine Tür, die ich vorsichtig so weit öffnete, dass ich hinaussehen konnte.

Menschenleer.

Ich trat hinaus auf einen Gang, der sowohl querschiffs als auch längs zum Bug hin verlief. Alle Türen waren geschlossen, es war nichts zu hören. Langsam ging ich zur Tür am Steuerbordende des Gangs und öffnete sie.

Der Wind hatte aufgefrischt, vielleicht würde er sich zu einem Sturm entwickeln, aber noch war keine Rede davon. Die Luft war schwer und die Nacht dunkel, das Meer tiefschwarz, obwohl Vollmond herrschte.

Dieser Teil des Decks war überdacht und ich ging an mehreren dunklen Bullaugen vorbei. Auf einem Schiff wie diesem wohnten die Mannschaft und der Koch normalerweise in den Deckskajüten, wo die Messe war. Eine Etage höher waren die Kajüten der Offiziere und einzelne Passagierkabinen und oben bei der Brücke wohnte der Kapitän.

Ich öffnete die Tür zum Backbord. Draußen ging ich in die Knie und krabbelte an der Reling entlang bis zum Vordersteven. Dort setzte ich mich mit dem Rücken zum Steven und dem Gesicht zur Brücke. Ich ging davon aus, dass sie mich im Dunkeln nicht sehen konnten, dagegen hatte ich eine ausgezeichnete Aussicht auf die Scheiben der Brücke und die Bullaugen darunter.

Im Halbdunkel sah ich auf der Brücke eine schemenhafte Gestalt sich hin- und herbewegen. Ich beobachtete die Brücke eine Weile, aber es war die ganze Zeit derselbe Schatten.

Anders war es auf dem mittleren Deck. Dort war alles hell erleuchtet und mehrere Menschen hielten sich in einem größeren Raum auf, sicher der Salon. Einmal sah ich kurz Griseldis, die dicht am Bullauge stand und sich mit einem der Offiziere unterhielt. Ich bekam einen Schreck, als ein grobschlächtiges Gesicht seine Nase an die Scheibe drückte, während die Hände das Licht abschirmten, um besser sehen zu können. Es war der Türsteher aus der *Quelle.* Aber er verschwand schnell wieder. Anscheinend veranstalteten sie eine kleine Party.

Ich kletterte wieder zur Tür und ging zurück auf den überdachten Teil des Decks. Dann bewegte ich mich leise aufs hintere Schiffsteil zu, vorbei an dem großen Kran und an allen Containern zu dem Deckshaus hin, das an den Schornstein angebaut war. Hier waren die Erschütterungen der Maschine deutlich zu spüren. Ich öffnete die Tür und ging hinein. Eine Treppe führte hinunter zur Maschine, der Rest des Raums war mit Gerätschaften und Werkzeug vollgestellt. An der Wand hingen Schraubenschlüssel, Schraubenzieher, Hämmer. In einer Ecke hing ein Taucheranzug und auf dem Boden standen zwei Sauerstoffflaschen und eine Druckluftharpune. Ich nahm die Harpune hoch. Sie sah aus wie eine Pistole, bei deren Lauf in beide Richtungen verlängert worden war. Der Speer selbst stach aus dem Lauf und sah aus wie ein Pfeil mit Widerhaken. Ich stellte das Jagdwerkzeug wieder hin und schlich erneut an Deck.

Das Wetter wurde schlechter und die *Genesis* begann zu stampfen. Noch störte es mich nicht, und wenn ich die Seekrankheit fernhalten konnte, dann war dieses Wetter günstiger für mich als eine ruhige, sternenklare Nacht.

Achtern gab es ein Fallreep zur Brücke hinauf und ich nahm es in einem Sprung. Steuerbords draußen auf dem Brückenarm war niemand, backbords auch nicht. Es war nicht üblich, dass färöische Schiffe Wachen auf den Flügeln hatten, wie man es meines Wissens nach in der schwedischen Handelsflotte machte. Ein Offizier auf der Brücke und ein Matrose auf dem Flügel. Da konnten sie dann stehen und sich jeder für sich langweilen. Die Schweden sind ja nun mal immer etwas korrekter, als es sonst so üblich ist.

Hier müsste die Kajüte des Kapitäns sein. In zwei Bullaugen war Licht und ich drückte mich an die Wand und schaute hinein. Die Kajüte war groß, mit Sofa und Sessel aus Leder und einem braunen Teppich auf dem Boden. Ich konnte die Ecke eines Schreibtischs sehen, aber nicht mehr, da der Schreibtisch an einer Außenwand stand. Der Skipper war sicher unten im Salon bei den Passagieren. Die Frage war, ob ich es wagen sollte, hineinzugehen? Die Tür war nicht geschlossen, also wagte ich mich in den Vorraum. Hier war es ganz still. Die Tür zur Kajüte war angelehnt, ich schob sie langsam auf.

»Ich unterschreibe gar nichts! Zum Teufel mit dem Prediger!«, grölte die wütende Stimme eines Betrunkenen.

49

Die Stimme kam so überraschend, dass ich fast davongerannt wäre.

Dann entdeckte ich ihn, wie er mit dem Kopf auf dem Schreibtisch lag. Sein linker Arm hing über die Schreibtischkante, während seine rechte Hand eine Ginflasche umklammerte. Er trug eine Kapitänsuniform, aber sein unrasiertes, aufgedunsenes Gesicht signalisierte nicht gerade Autorität.

Von der Brückenseite waren Geräusche zu hören, deshalb zog ich die Tür wieder heran. Durch den Spalt sah ich einen Matrosen seinen Kopf vom Kartenhaus hereinstecken. »Na, was ist los? Ist der Gin alle?« Er ging zum Schreibtisch und riss dem Kapitän die Flasche aus der Hand. Der Kapitän versuchte, nach ihr zu greifen, und murmelte irgendetwas, was ich nicht verstehen konnte.

»Nun hör aber auf!«, sagte der Matrose. »Hier ist noch genug für die ganze Nacht. Kannst du dich nicht ruhig verhalten, damit wir unsere Arbeit in Ruhe machen können. Schließlich haben wir vornehme Gäste«, fügte er spöttisch hinzu. Er ging wieder ins Kartenhaus und schloss die Tür hinter sich.

Ich musste schon sagen. Was man so alles erleben muss. Ich hatte noch nie jemanden von der Mannschaft so mit einem Kapitän reden hören. Das würde normalerweise mit einem blauen Augen oder einer Abmusterung beantwortet werden. Wahrscheinlich mit beidem. Aber an Bord der *Genesis* lag der Kapitän sturzbesoffen mit dem Kopf auf dem Tisch, während ein Matrose ihn beschimpfte.

Ich ging in die Kajüte zu dem Schlafenden. Seine Wange lag in einer Speichelpfütze, er schnarchte und prustete. Er hatte blonde Haare und war ungefähr Mitte fünfzig. Nase und Wangen waren rot gefleckt und taten kund, dass es nicht das erste Mal war, dass er sich betrank.

Ich packte den Kapitän bei den Schultern und schüttelte ihn. Er murmelte irgendwas Unverständliches, war aber nicht von der Stelle zu bewegen. Jetzt war ein Gespräch von der Brücke zu hören, mehrere Stimmen, und ich lief schnell wieder aufs Deck und versteckte mich hinter einem der Rettungsboote. Von dort waren es nur ein paar Meter bis zu den Bullaugen.

Leute kamen zu dem Kapitän. Auch eine Frau, Griseldis. Von meinem Standpunkt aus betrachtet, sah sie so gut aus wie immer. Ich erkannte auch Hanus í Rongs graue Locken und dann standen da noch zwei Männer in Uniform, die auf den Kapitän hinuntersahen. Sie lachten und der eine von ihnen forderte den Matrosen auf, dem Kapitän ins Bett zu helfen. Kurz darauf kam der Matrose zurück und alle verschwanden durch die Tür zur Brücke.

Ich fühlte etwas Feuchtes im Rücken. Die Wellen waren so groß geworden, dass die Gischt übers Schiff ging. Ich ging die Treppe hinunter und zum Achterdeck. Im Augenblick erschien es mir zu riskant, den Mannschaftsflur zu betreten und hinunter in den Laderaum zu gehen. Stattdessen wollte ich ins Deckshaus gehen und dann hinunter in einen der hintersten Laderäume. Von dort müsste es doch einfach sein, zurück zu ›meinem‹ Container zu kommen. Ich wollte etwas ausruhen und in ein paar Stunden versuchen, den Kapitän zu sprechen. All meine Hoffnung richtete sich auf ihn.

Die Türschwelle zum Deckshaus war hoch und ich stand mit dem linken Fuß drinnen und mit dem rechten noch in der Luft, als ich eine Ohrfeige bekam, die so kräftig war, dass sie mich in die entgegengesetzte Ecke feuerte. Mein Kopf schlug auf die Sauerstoffflaschen und der Taucheranzug legte sich lautlos über mich.

»Du bist es also, der an Bord herumgeistert!«

Ich erkannte die Stimme wieder. Ein fester Tritt traf mich in den Nieren und ich krümmte mich vor Schmerzen zusammen. Hände tasteten suchend über meinen Körper und in die Taschen. Die Pistole verschwand aus der Jackentasche.

»Hier ist etwas, was dem Chinesen gehört. Da wird er sich aber freuen, wenn er sieht, wie du seine Pistole zugerichtet hast.« Ein Tritt gegen das Schienbein unterstrich meine Missetat.

Ich schob den Taucheranzug von meinem Gesicht und drehte mich um. Der Türsteher steckte in einer großen grauen Jacke, deshalb konnte ich nicht feststellen, ob er immer noch die gelben Hosenträger mit den grünen Meerjungfrauen darauf trug. Die Augen hatten den gleichen freundlichen Ausdruck wie immer. Wie die eines Walschlächters.

»Wie bist du an Bord gekommen?« Er fuchtelte mit der Pistole herum, die in seiner gewaltigen Hand fast verschwand. Er hatte den offenen Kühlcontainer also noch nicht entdeckt.

»Ich habe den Koch besucht. Er ist der Schwager meiner Urgroßmutter, und dann habe ich nicht auf die Zeit geachtet, und ehe ich mich versah, waren wir schon auf dem offenen Meer.«

»Du glaubst wohl, du könntest Witze machen.« Er schob die Lippen vor, sodass sein Schnurrbart die Nase berührte. »Bald sind es die Fische, die sich amüsieren werden.«

»Ich wusste nicht, dass du und die Meerestiere die gleiche Art von Humor haben.« Ich versuchte, die Zeit mit allem Möglichen hinauszuziehen, während ich mich hinsetzte und hinter meinem Rücken die Druckluftharpune in den Händen hielt.

»Ha, ha, ha!«, kam es mit Nachdruck vom Türwächter. »Und wie war das mit deinem Kollegen, der in Skítuvík gefunden wurde? War das witzig?«

Er versuchte, bedrohlich zu klingen, und ich versuchte, die Harpune in die Pistole zu drücken, damit ich sie abfeuern konnte. Das war leichter gesagt als getan, denn der Dickwanst beobachtete mich, und gleichzeitig hatte ich keine Zeit zu verlieren.

»Dann warst du es also, der Christian Joensen das Tauchermesser in den Hals gerammt hat?« Jetzt konnte ich die Spitze gegen den Boden drücken und versuchen zu spannen. Hauptsache, er konnte die Druckluftharpune hinter meinem Rücken nicht sehen.

»Nein, das war der Chef. Er pflegt immer zu sagen: ›Da, wo du nicht selbst bist, da bist du höchstens halb.‹ Aber dieses Mal ist er das Messer losgeworden. Du hättest sehen sollen, wie ihn das geärgert hat.«

Abgesehen von seiner Boshaftigkeit war er auch noch naiv. Zum Glück. Ich fühlte, wie die Harpune mit einem Klicken einrastete. Jetzt musste ich nur noch die rechte Hand um den Schaft und den Zeigefinger auf den Abzug kriegen. Das musste schnell gehen, denn seine Pistole zielte die ganze Zeit auf mich.

»Dann war es vielleicht auch Hanus í Rong, der Petur Kári in der Zelle erhängt hat?« Das Wetter wurde immer schlechter, die *Genesis* schaukelte immer stärker.

»Nein, das habe ich besorgt.« Der umfangreiche Mann mit den blonden Locken sah aus wie ein mürrisches Engelchen. »Und ich bin auch auf die Idee mit den Pornofilmen gekommen.« Er plusterte sich auf, als hätte er der Menschheit einen großen Dienst erwiesen. Solange er so fest auf seinen Beinen stand, konnte ich nichts machen. Aber es würde sicher nicht mehr lange dauern, bis er wissen wollte, was ich wohl in meinen Händen auf dem Rücken hatte.

»Womit fummelst du da herum?« Seine Stimme klang neugierig, doch im gleichen Augenblick fing die *Genesis* einen großen Schwall Wasser und schwankte so plötzlich, dass der große Mann den Halt verlor. Er trippelte ein paar Schritte zur Seite und ruderte mit den Armen, um das Gleichgewicht wiederzufinden.

Ich saß ja, mir ging es ausgezeichnet, und im nächsten Augenblick stach die Harpune im Bauch des Türstehers. Er hatte eine ziemliche Wampe und hinter dem Schuss saß reichlich Kraft, sodass nur noch ungefähr ein Drittel der sechzig Zentimeter langen Harpune dicht neben seinem Nabel herausragte.

Die Pistole fiel zu Boden und ich hechtete hin, um sie aufzuheben und auf den Mann zu zielen, der herumtorkelte, während er mit beiden Händen den Harpunenschaft umklammert hatte. Er sah mich mit erstaunten Augen an, als könnte er nicht glauben, dass ich es über mich gebracht hatte, ihm so etwas anzutun. Dann fiel er, zuerst auf die

Knie, dann auf die Seite. Rötlicher Schaum erschien zwischen seinen Lippen, aus seinen Mundwinkeln sickerte Blut. Dann war es vorbei. Die Harpune, die von unten nach oben abgefeuert worden war, hatte sicher die Lunge getroffen.

Ich sah ihn noch eine Weile an. Wahrscheinlich wog er an die hundertfünfzig Kilo, aber ich musste ihn wegschaffen. Die Unruhe an Bord würde noch anwachsen, wenn der Türsteher einfach verschwunden war. Doch das war nicht so einfach. Zunächst konnte ich ihn zur Tür ziehen, dann aufs Deck, aber als wir an der Reling angekommen waren, war ich vollkommen erschöpft. Ich sah keine Möglichkeit, ihn in irgendeiner Weise darüberzubugsieren. Mehrmals versuchte ich, ihn gegen die Reling aufzurichten, aber ohne Resultat. Sobald ich ihn halbwegs hochbekommen hatte, rutschte er wieder hinunter. Endlich konnte ich ihn auf einen großen Poller hieven. Ich wartete, bis sich das Schiff wieder auf die Seite legte, dann kippte ich den Türsteher über Bord.

50

Noch ehe die Hundewache vorbei war, lag ich wieder auf den Kekskartons. Das Schiff rollte und stampfte so sehr, dass ich mich abstützen musste, um liegen bleiben zu können. Aber es ging.

Ich lag da und überlegte, dass ich nicht in dem Container bleiben konnte. Spätestens am Vormittag würden sie anfangen, nach dem Türsteher zu suchen, und dann würden sowohl der ausgeschaltete Kühlcontainer als auch die aufgebrochenen Plomben entdeckt werden.

Vor Müdigkeit schlief ich ein.

Als ich erwachte, wusste ich zuerst nicht, wo ich war. Tiefschwarze Finsternis und keine Möglichkeit, mich zu orientieren. Aber im nächsten Augenblick fiel mir ein, dass ich mich in einem Container im Laderaum eines Schiffs auf dem offenen Meer auf dem Weg nach Amerika bei stürmischer See befand. Und, als wenn das nicht schon genug wäre, gab es sicher mehrere Personen an Bord, die mir voller Freude das Lebenslicht auspusten würden.

Draußen hörte ich Geräusche und Gemurmel, und mir wurde klar, dass ich von einem Ruf geweckt worden war. Vorsichtig schob ich die Tür ein wenig auf, sodass ich den gelben Kühlcontainer sehen konnte. Ein Mann in blauem Overall guckte sich das an, was einmal Gefriergut gewesen war, und fluchte lautstark: »Alles verdorben. Das kann man nicht mal mehr als Fischmehl benutzen. Scheiße.« Er drehte sich auf den Hacken um und verschwand. Bestimmt ging er auf die Brücke, um zu erzählen, was geschehen war.

Ich muss fort, und zwar sofort.

Ich schob die halb volle Whiskyflasche in die Jackentasche, dann waren wir, die Walther P88 und ich, kampfbereit. Als ich draußen im Laderaum stand, spürte ich, wie unruhig die *Genesis* war, und auf dem Weg durch die anderen Laderäume musste ich mich mehrere Male festhalten, um nicht hinzufallen.

Beim Maschinenraum war niemand zu sehen, also kletterte ich schnell die Treppe zum Deckshaus hinauf. Kurz vor der Tür waren auf dem Boden ein paar rotbraune Flecken zu sehen. Eine vergängliche Erinnerung an den Türsteher. Schnell schaute ich mich zwischen dem Werkzeug um. Vielleicht gab es etwas, was ich brauchen konnte? Ich schob ein Messer und eine Rolle Stahldraht in die Tasche.

Dann stahl ich mich hinaus auf Deck. Keine Menschenseele zu sehen. Die, die nicht mehr in der Koje lagen, waren auf dem Weg in den Laderaum. Außerdem bot das Wetter sich nicht gerade für einen Aufenthalt an Deck an, obwohl der Sturm im Vergleich zur letzten Nacht abgenommen hatte. Die Wellen waren enorm. Sie schienen jetzt erst in Höchstform, und jeden Augenblick brachen sie sich schäumend. Jedes Mal wenn die *Genesis* in ein Wellental glitt, war es, als würden Berge auf sie hereinbrechen, und sie würde ihre Schultern zusammenziehen, den Hintern hochrecken und, sich schüttelnd, den nächsten Bergkamm erreichen.

Am Heck bis zur Brücke hinab bestand die Reling aus einem Gitter, und wenn die Wellen über das Schiff schlugen, hielt ich mich mit beiden Händen fest und bewegte mich nur zwischen den Wellenschlägen vorwärts. Als ich mittschiffs angekommen war, lief ich die paar Schritte zum Kran und kletterte dann die Leiter hoch, um mich ins Führerhäuschen zu werfen.

Der Raum war nicht besonders groß, aber für mich reichte es. Die Aussicht war hervorragend und ich musste nur darauf achten, nicht zu nahe an die Scheiben zu kommen, damit sie mich nicht entdeckten. Den Gedanken, dass ich in der Falle saß, falls sie hier hochkamen, um mich zu suchen, schob ich von mir.

Ich war durchnässt und eiskalt. Die Kabine gab mir Schutz vor dem Wind und der Gischt, Wärme gab es hier jedoch nicht. Dafür musste die Whiskyflasche herhalten. Das Tageslicht gewann immer mehr Gewalt über die Nachtfinsternis und es war nicht auszuschließen, dass die Sonne im Laufe des Tages hinter den dunklen Wolken hervorgucken würde. Aber vorläufig war das Wetter noch abscheulich.

Es verging eine halbe Stunde, ohne dass ich einen Menschen sah. Plötzlich kamen zwei Männer in gelbem Ölzeug in mein Blickfeld. Sie gingen von Container zu Container und untersuchten die Türen. Die Plomben! Sie guckten nach, ob sie noch heil waren. Jetzt kam es darauf an! Nicht lange und einer von ihnen würde hier in der Tür stehen.

Es gab nicht die geringste Möglichkeit, mich in der Führerkabine zu verbergen.

Ich schaute mich um, in der Decke gab es eine Luke. Ich stieg auf den Stuhl des Kranführers, schob die Luke zur Seite und steckte den Kopf durch das Loch. Lauter Drähte und Zahnräder, es sah nicht besonders einladend aus, aber jedenfalls war dort Platz genug für mich, dort konnte ich zusammengekauert liegen. Ich zog mich ganz hoch und schob die Luke hinter mir zu.

Eine Zeit lang hörte ich nichts anderes als das Heulen des Sturms und das Pfeifen der Drähte, aber dann wurde die Tür unten geöffnet.

»Mein Gott, sitzt der hier und genehmigt sich einen nach dem anderen!« Lachen war in der Stimme zu hören. »Jetzt kapiere ich, warum der Kran immer so schaukelt.«

Ich hatte die Flasche vergessen, aber der da unten dachte, dass einer von der Mannschaft sich hierhin verkroch und während der Arbeitszeit soff.

Ich hörte jemanden von außen antworten, dann wurde die Tür wieder geschlossen.

Ich wartete eine Viertelstunde, bevor ich zurück ins Führerhäuschen kletterte. Die Whiskyflasche war weg.

Die nächste Stunde war niemand an Deck zu sehen und ich kam fast um vor Kälte. Das konnte nicht so weitergehen. Noch ein paar Stunden hier oben wären der reine Selbstmord. Ich musste auf die Brücke, um dem Ganzen ein Ende zu bereiten.

In den wenigen Stunden, die ich oben im Führerhäuschen verbracht hatte, war das Meer ruhiger geworden, die Wellen schlugen nicht mehr so oft über Deck. Die *Genesis* stampfte unbeirrt fort, und manchmal neigte sie sich so sehr zur Seite, dass man das Gefühl haben konnte, auf einem verrückten Gaul zu reiten.

Auf der Brücke angekommen, versuchte ich, in die Kapitänskajüte zu gucken, aber es war zu dunkel, als dass ich etwas hätte sehen können. Ich ging hinein.

Das Schnarchen des Kapitäns war bis in den Vorraum zu hören. Er lag in einer Koje ganz hinten in der großen Kabine und hielt eine Ginflasche umklammert. Ich setzte mich auf den Kojenrand und sah ihn an. Das war kein Anblick für Kinder, aber wenn ich ihn in die Senkrechte bekäme, wäre es nicht ausgeschlossen, dass er mir eine helfende Hand reichen könnte. Er hatte offensichtlich nicht besonders viel für den Reeder übrig – wenn das nicht nur das Lallen eines Besoffenen gewesen war.

Es war schon komisch mit meinen Helfern. Sowohl der, der mir nach Skipanes geholfen hatte, als auch der, der hier in der Koje lag, waren schwer vom Schnaps angeschlagen. Vielleicht waren sie mir einfach sympathisch, weil wir auf der gleichen Wellenlänge waren?

Ich stupste ihn mit der Pistole an. Er knurrte und drehte sich dann in der Koje um. Noch einmal pikste ich ihn mit dem Lauf in die Seite, dieses Mal fester.

»Was zum Teufel …« Die Augen öffneten sich und sahen mich verwirrt an. Wo sie nicht blutunterlaufen waren, waren sie graubraun. »Wer bist …?«

Ich hielt den Zeigefinger vor den Mund und zeigte ihm die Pistole. Er öffnete den Mund, schwieg aber.

»Ich bin hinter Hanus í Rong her«, sagte ich. »Er hat viele Leute betrogen und reingelegt, er hat mehrere Menschen umgebracht und dein Schiff hat er mit Drogen vollgestopft.«

»Was sagst du?«, rief er und hob den Kopf vom Kissen. Aber das bekam ihm gar nicht, denn er verzog das Gesicht und legte sich wieder hin. »Wo ist die Flasche?«, fragte er mit zitternder Stimme.

»Du hast sie in der Hand.«

Er drehte den Verschluss ab und trank, dass der Pegel in der Flasche deutlich sank.

»Die zu Blocks gefrorenen Filets im Kühlcontainer, die ihr von Ichthys an Bord genommen habt, sind mit Plastiktüten voller Stoff gefüllt. Ich nehme an, dass es Heroin ist. Entweder die *Hosianna* oder die *Salem* hat das Zeug aus Italien mitgebracht und du sollst es jetzt in die USA schmuggeln. Wohin wollt ihr?«

Der Kapitän sah nun aus, als hätte er endgültig resigniert.

»Zuerst sollen wir nach Charleston Harbour in South Carolina und dann nach Jacksonville in Florida. Mehr weiß ich nicht. Ich weiß nicht einmal, was in den Containern ist, obwohl ich die Papiere unterschrieben habe. Hier ist mein einziger Freund.« Er zeigte mir die Ginflasche. Es war Lamplighter.

»Dieser Freund hat dich bestimmt schon ziemlich oft im Stich gelassen«, sagte ich trocken. »Und wer hat dann das Kommando an Bord?«

»Die Steuerleute. Vor allem der Erste Steuermann. Er und der Prediger sind wie Topf und Deckel. Er schickt den Zweiten Steuermann mit Gin zu mir, weil er will, dass ich dem nicht widerstehen kann.«

Erneut setzte er die Flasche an den Mund. Von seiner Seite war nicht mit viel Hilfe zu rechnen. Aber jedenfalls gehörte er nicht zur gegnerischen Mannschaft.

»Und was ist mit den Maschinisten? Hat der Steuermann die auch in die Tasche gesteckt?«

»Der Zweite Maschinist ist rausgeworfen worden, als wir nach Saltnes kamen. Ich habe keine Ahnung, warum.«

Als Dank fürs Wunschkonzert, dachte ich im Stillen.

»Der Chief, den kann keiner kaufen. Der ist über siebzig und wohnt unten im Maschinenraum. Was woanders auf dem Schiff passiert, das ist ihm vollkommen gleichgültig.«

Die Stimme des Kapitäns wurde langsam immer schwerer. Noch ein paar Tropfen und es war für dieses Mal vorbei. Fast hätte ich ihn gebeten, mit dem Trinken aufzuhören, aber ich wusste, dass das nichts nützte. Vielleicht konnte er mir sagen, wie man das Funkgerät bediente, dann konnte ich um Hilfe rufen. Auch wenn wir uns in internationalem Fahrwasser befanden, müsste es möglich sein, einen Mörder und Drogenschmuggler festzunehmen.

»Was machst du hier?« Die Frage wurde von einem wütenden Mann gestellt, der in der Türöffnung stand.

Diese Frage hatte ich schon mal gehört. Schon öfter. Aber jedes Mal war es gleich schwierig, darauf zu antworten.

»Der Reeder hat mich gebeten, nach dem Kapitän zu sehen«, sagte ich.

Der Mann, nach dem dunkelblauen Pullover zu urteilen, ein Matrose, war einen Kopf größer als ich und fast doppelt so breit. Er trat in die Kajüte und kam zum Bett.

»Was du nicht sagst. Weißt du, was ich denke?« Er war viel, viel zu freundlich, und ich stand auf.

»Nein.«

»Ich glaube, dass du der Mann bist, nach dem sie das ganze Schiff durchsuchen. Der den Container ausgestellt hat, sodass der Fisch verdorben ist.«

»Olivur!« Das war der Kapitän. »Der Mann ist in Ordnung. Der Reeder und die Steuerleute sind die Schurken.« Seine Stimme klang schleppend und nicht gerade überzeugend. Aber der Matrose blieb stehen, ließ mich aus den Augen und sah den Kapitän an. Mehr brauchte ich nicht.

Olivur bekam einen Stoß, dass er über den Kojenrand fiel, und ich rannte davon.

51

Zuerst wollte ich aufs Brückendeck, aber durchs Bullauge entdeckte ich gelbes Ölzeug, also änderte ich die Richtung. Ich lief stattdessen in den Kartenraum und von dort weiter auf die Brücke. Hinter mir hörte ich Rufe und vor mir stand ein Mann in dunkler Uniform. Einer der Steuermänner. Ich schickte ihm meine Faust direkt ins Zwerchfell und er sank mit einem Schmerzensschrei zusammen.

Sonst war niemand auf der Brücke, ich lief zur Treppe und nahm sie mit einem Satz. Unten stand die Tür zum Salon offen. Die Reste des nächtlichen Gelages rollten auf dem Tisch und dem Boden herum, es roch durchdringend nach abgestandenem Zigarettenrauch. Jetzt musste ich mich beeilen. Sie konnten jeden Moment hier sein. Ich griff die Klinke der vordersten Kabine. Die Tür war nicht abgeschlossen, also schlich ich mich hinein.

Ein Koffer lag offen auf der Koje, an der Schranktür hing ein cremefarbenes Kleid. Ich hörte die Dusche und eine Stimme, die sang. Auf dem Flur waren Rufe und schnelle Schritte zu hören. Jetzt erkannte ich die Sängerin auch wieder. Es war Griseldis.

So ist die alte Dimma,
verkauft ihren Körper zu jeder Zeit,
spät ins Bett und früh schon auf,
jahraus, jahrein der gleiche Lauf.

Die Worte kamen aus ganzem Herzen, aber ob ihr auch auffiel, wie gut sie passten? Bestimmt. Sie war verrucht genug, nichts war ihr fremd.

Griseldis blieb mindestens eine Viertelstunde unter der Dusche, dann fummelte sie ebenso lange im Badezimmer herum. Das kam mir gut zupass, weil die ganze Zeit Leute draußen vorbeiliefen. Sie wussten jetzt, dass jemand versuchte, ihnen das Spiel zu verderben. Sie wussten, wer er war, und sie gaben nicht auf.

Die Tür zum Bad wurde geöffnet und Griseldis kam summend heraus. Sie hatte sich ein Handtuch ums Haar gewickelt, ansonsten war sie splitternackt. Ihr Körper war noch erregender, als ich in Erinnerung hatte. Dafür hegte sie jedoch keine derartigen Gefühle, als sie mich entdeckte.

»Was zum Teufel machst du hier?«, fauchte sie.

»Ich habe lange unter meiner unglücklichen Liebe zu dir gelitten. Deshalb habe ich mich als blinder Passagier eingeschlichen.«

»Verpiss dich. Du hast dem Chinesen die Achillessehne durchgeschnitten. Ich werde dafür sorgen, dass du mit Blei an den Füßen über Bord geschmissen wirst.«

Sie zitterte vor Wut und mir schien es am vernünftigsten, ihr die Pistole zu zeigen.

»Ach! Ist das deine Art, sich Frauen zu nähern? Dir werde ich's zeigen.« Sie kam mit erhobenen Händen auf mich zu, bereit, mich mit ihren roten Fingernägeln zu kratzen.

Wo schlägt man eine nackte Frau? Die Wahl ist nicht leicht. Im letzten Moment ließ ich die Pistole ein Stück über ihrem rechten Ellbogen auftreffen. Der Arm fiel sofort herunter, sie umfasste ihn mit der anderen Hand.

»Du Arschloch! Ich werde dich zerquetschen, dass du ...« Griseldis Gesicht war von Schmerz und Wut verzerrt.

»Wenn du nicht die Klappe hältst, schlage ich auch noch auf den anderen Arm.«

Sie ging ein paar Schritte zurück, sah aber keineswegs freundlicher aus.

Ich zog den Eisendraht aus der Tasche und zeigte ihn ihr. »Ich muss dich fesseln. Du kannst selbst entscheiden, ob wir im Guten oder Schlechten miteinander klarkommen.«

Sie sah mich in rasender Wut an. Das Handtuch hatte sich gelöst und hing ihr über die Schulter. Mit einem Mal veränderte sie ihr Verhalten. Sie reckte den Rücken und drückte die Brust heraus, wurde sozusagen offen.

»Aber mein Lieber, das kann doch nicht dein Ernst sein.« Sie lächelte freundlich, ihre Stimme klang einschmeichelnd. Sie stemmte die linke Hand in die Seite – die rechte hing immer noch herunter – und schob die Hüften vor. Sie kam so nahe, dass ich deutlich das Graue in ihren Augen sehen konnte. Die Pistole berührte sie am Bauchnabel. Warum war sie plötzlich so freundlich?

»Du kannst gerne den Revolver zu Hilfe nehmen.« Sie atmete schwer, ihr Blick verschob sich ein wenig zur Seite.

Ich ließ mich im gleichen Augenblick auf die Schwelle fallen, als jemand von hinten kam und Griseldis statt meiner mit voller Wucht traf. Während sie aufheulte, drehte ich mich auf den Knien um und rammte meine rechte Hand mit der Pistole aufwärts. Ich legte meine gesamten Kräfte in die Bewegung und das Ergebnis war ein unterdrückter Schrei, dann fiel ein Mann auf mich. Ich schob ihn zur Seite und erkannte einen der Steuerleute, der da bewusstlos auf dem Boden lag. Eine Eisenstange lugte unter ihm hervor.

Ich stand auf und schloss die Tür. Griseldis saß auf der Bettkante und weinte. Sie hielt sich den Mund, das Blut tropfte auf ihre Schenkel.

Sie nahm die Hand beiseite und ich sah, dass ihr alle Vorderzähne fehlten. Einige von ihnen hatte sie in der Hand. In dem Augenblick tat sie mir fast leid.

Aber nur fast.

Ich riss sie hoch und schob sie ins Badezimmer, dort platzierte ich sie auf der Toilette. Dann wickelte ich den Stahldraht um ihre Fußgelenke und den Toilettensockel. Ihren rechten Arm band ich am Spülkasten fest, den linken ließ ich frei, damit sie die Hand vor den Mund halten konnte. Schließlich legte ich noch ein Handtuch über sie, damit sie nicht fror. Es gab keinen Grund, sie mehr als notwendig zu quälen. Im Bad gab es kein Bullauge, hier konnte sie so laut schreien, wie sie wollte, ohne dass jemand sie hören würde.

Der Steuermann war noch bewusstlos, aber sicher war sicher. Also verpasste ich ihm noch eins mit dem Eisenrohr. Das hatte er wirklich verdient. Dann machte ich mehrere Schlingen in den Draht, die ich ihm um Hals, Hände und Füße legte. Ich verknüpfte sie so miteinander, dass er sich selbst erwürgen würde, wenn er sich nicht ruhig verhielt.

Auch den Steuermann schleppte ich ins Bad. Ich stopfte ihm einen von Griseldis Waschlappen zwischen die Zähne. Ich selbst hätte das kaum überlebt. Ich hätte mich übergeben und wäre an meinem eigenen Erbrochenen erstickt. Wie Hanus í Rongs Lakai damit zurechtkam, interessierte mich nicht im Geringsten.

Griseldis saß schluchzend auf der Toilette und der Steuermann lag jetzt mit offenen Augen da, in denen man das Weiße sehen konnte. Soweit war alles in Ordnung. Ein wenig war ich schon über Griseldis enttäuscht, die mit ihren Zähnen jeden Biss verloren hatte.

Die Schar des Predigers wurde immer kleiner. Wenn schon der Kapitän nicht wusste, was eigentlich vor sich ging, dann tat das die Mannschaft noch weniger. Jetzt fehlte noch ein Steuermann, ja, und natürlich seine Majestät. Ich musste wieder hoch zum Kapitän und mit seiner Hilfe die Besatzung auf meine Seite bringen. Wenn das klappte, war die Sache gelaufen.

Erst jetzt bemerkte ich, dass die *Genesis* fast gar nicht mehr schaukelte, und als ich aus dem Bullauge guckte, sah ich, dass der Wind sich gelegt hatte und die Wellen lang und gleichmäßig geworden waren.

Ich horchte ein wenig, konnte aber nichts von draußen hören. Ich öffnete die Tür und schaute hinaus.

Niemand.

Auf Zehenspitzen lief ich den Flur entlang und aufs Deck. Auch dort war alles menschenleer. Dann lief ich weiter die Treppe hinter der Brücke hinauf.

Immer noch keine Menschenseele.

Jetzt wurde ich wirklich misstrauisch. Plötzlich hörte ich ein Stück entfernt Lachen. Ich beugte mich über die Reling und sah zwei Männer den Vordersteven streichen. Sie suchten also nicht mehr nach mir. Vielleicht dachten sie, dass ich früher oder später von selbst auftauchen würde? Das war ja ausgezeichnet, so konnte ich in Ruhe mit dem Kapitän reden.

Der saß sturzbesoffen im Sessel und schlief. Auf dem Boden lag eine grüne Flasche ohne Verschluss, und ein dunkler Fleck auf dem Teppich verriet, dass der Inhalt ausgelaufen war. Ich packte ihn bei den Schultern und schüttelte ihn. Das Einzige, was dabei herauskam: Er begann zu schnarchen. Ich schüttelte ihn noch einmal und er hörte wieder auf zu schnarchen.

Es war überhaupt nicht abzuschätzen, wann er wieder zu sich kommen würde und in welcher Verfassung er dann sein würde. Männer, die über Jahre stetig getrunken haben, reagieren auf ihren Rausch sehr unterschiedlich. Einige werden gar nicht klar im Kopf, wenn sie aufwachen, während andere prima funktionieren. Bis sie sich wieder das nötige Quantum hinter die Binde gekippt haben. Wie der Kapitän diese oft so raue See beherrschte, konnte ich nicht sagen. Da hieß es nur warten. Aber so lange konnte ich nicht hier am Bullauge stehen bleiben, wo mich alle sehen konnten, also ging ich ins Bad.

Hanus í Rong stand lächelnd vor mir, einen Revolver in der rechten Hand.

52

»Man muss sich eben mit Geduld wappnen. Haben die Alten das nicht so gesagt?« Der Reeder war die Freundlichkeit in Person. Es schien, als würde er einen lange vermissten Freund wiedertreffen.

Er trug eine knallgrüne Tweedjacke, einen weißen Rollkragenpullover und eine graue Hose mit messerscharfen Bügelfalten. Er sah aus wie einer, der auf dem Weg nach draußen war, um das gute Wetter zu genießen.

»Ich dachte, du würdest immer nur aus der Bibel dein Wissen schöpfen?« fragte ich so mürrisch, wie es die Umstände zuließen. Und das mir, der gerade noch gedacht hatte, dass jetzt alles klar sei.

»So spricht der Herr: ›Siehe vor euch liegt der Weg des Todes und der Weg des Lebens.‹« Er leierte die Worte herunter, wandte seine Augen jedoch nicht gen Himmel. Die waren auf mich gerichtet. »Gib mir deine Pistole, dann lege ich dich nicht gleich um. Ich folge immer den Geboten des Herrn, aber du hast die Wahl.« Seine Worte waren immer noch freundlich, ganz im Gegensatz zu seinen Augen.

Meine Pistole war in der Jackentasche, ich hatte also nicht die geringste Chance, zuerst zu schießen. Ich wollte mit der rechten Hand in die Tasche greifen.

»Benutze nur Daumen und Zeigefinger und dann hierher.« Er streckte die rechte Hand vor.

Ich legte die Pistole hinein.

»Und jetzt gehst du rückwärts zur Koje und setzt dich drauf.« Er machte kleine Bewegungen mit der Revolverhand.

Ich gehorchte ihm, während ich versuchte, mein Gehirn in Gang zu bekommen.

Der Kapitän saß immer noch schnarchend im Sessel und draußen lag das Meer in der Sonne gebadet da. Das wäre ein schöner Tag auf See.

Hanus í Rong setzte sich in angemessenem Abstand auf einen Hocker.

»Es gibt einiges, was wir beide klären müssen.« Jetzt sprach er wie ein Geschäftsmann, der einen Handel abschließen wollte. Schnell und effektiv.

Ich schwieg.

»Warum mischst du dich in Dinge, die dich nichts angehen? Du hattest die Chance, einigermaßen ungeschoren davonzukommen. Aber nein, du musstest dranbleiben und mir aufs Schiff folgen.« Man konnte ihm ansehen, dass er gern eine Erklärung dafür hätte.

»Du kannst es Neugier nennen«, antwortete ich. In Wirklichkeit wusste ich selbst den Grund nicht. »Vielleicht hatte ich auch einfach keine Lust, dich so einfach davonkommen zu lassen.«

Er lächelte wie ein zufriedener Kater: »Du weißt also nicht, warum du tust, was du tust. Du bist ein moderner Mensch ohne Gott und deshalb ohne Ziel und Sinn.«

»Und du unterstehst dich, Gottes Namen zu benutzen?« Ich versuchte empört zu klingen. Vielleicht gab es hier eine Chance? »Du lügst und betrügst, du sorgst dafür, dass Menschen umgebracht werden, ja, du bringst selbst welche um – du schmuggelst Drogen und dann redest du von Gott. Lass ihn das nur nicht hören.«

»Schweig, du Abschaum!« Meine Worte hatten den Reeder offenbar gereizt. »Sonst wird meine Wut dich treffen.

Du hast nicht nach meinen Wegen zu fragen, denn das sind die Wege des Herrn. Uriel hat dem wiedergeborenen Jeremias verheißen, dass die *Apostel* reiches Erbe empfangen werden. Und auf den Färöern bin ich ihr Heerführer.«

»Nicht mehr.«

»Warte nur. Wenn die himmlischen Domizile auf Erden errichtet worden sind und die Posaunen die Mauern zum Einsturz gebracht haben, dann, erst dann kehren wir zurück mit den Palmwedeln des Siegs in den Händen.«

Er kam richtig in Fahrt und wedelte mit dem Revolver herum, aber ich traute mich trotzdem nicht, mich auf ihn zu werfen. Selbst wenn ich ihm die Waffe wegschlagen konnte, hatte ich den Verdacht, dass Hanus í Rong stärker war als ich. Vorläufig konnte ich mich nur an die Worte des Dichters halten: *Schwere Zeiten – kleine Schritte.*

Der Prediger war inzwischen aufgestanden und ging jetzt auf und ab, ließ mich dabei aber nicht aus den Augen.

»Wenn man für Gott kämpft, dann ist nichts Schlimmes dabei, Drogen zu schmuggeln. Es geschieht ihm zu Ehren. Die Leute machen sich selbst zu Drogensüchtigen und deshalb ist es Gottes Wille. Alles, was geschieht, geschieht nach Gottes Willen. Es gibt keine Grenze, Gott allein ist die Grenze. Das gilt jedenfalls für die Auserwählten Gottes, denn Gott führt deren Hand und deren Fuß, während die anderen wie verirrte Schafe herumlaufen.«

Er redete sich langsam warm, aber ich konnte mich nicht zurückhalten, ich musste mich dennoch einmischen.

»Und wie steht es mit dem fünften und dem siebten Gebot?«

»Ha, das musst du gerade sagen. Wer war denn letzte Woche in Lugano und hat 250.000 DM geklaut? Heißt das, nach dem siebten Gebot handeln?«

Dazu gab ich keinen Kommentar ab.

»Du hast wohl nicht damit gerechnet, dass ich davon erfahren würde?« Er war mit sich selbst sehr zufrieden. »Sie haben mich von der Banco di Mediolanum angerufen und gesagt, dass ein Mann die Kontonummer und die richtigen Initialen angegeben hat. Hinterher kamen ihnen Zweifel, ob ich den Mann wirklich geschickt hatte, und da dachten sie, es wäre das Beste, telefonisch anzufragen. Sie haben mir auch gesagt, dass das Konto selbst nicht angerührt worden ist.«

Er musste lachen. »Du schweigst. Also hast du das Geld genommen?«

Ich wurde rot. Er hatte mich angeschmiert. Schließlich guckte die Bank ja nicht in die Box.

Jetzt lachte er erst recht. Kurz darauf wischte er sich über die Augen und fuhr fort. »Dann warst du es also, der in mein Haus eingebrochen ist und den Zettel mit der Nummer mitgenommen hat? Du kannst ihn gern behalten. Die Nummer ist geändert. Aber da ist etwas, was ich nicht verstehe: Warum hast du das Wohnzimmer verwüstet?«

»Das war ich nicht. Das war Rafael Vestergaard. Er wollte dich umbringen, aber stattdessen erwischte er nur mich. Um sich abzureagieren, hat er sich das Wohnzimmer vorgenommen.«

»Es ist wirklich bedauerlich, dass er dich nicht fertiggemacht hat. Wäre es nicht eine Ehre gewesen, in meinem Domizil umgebracht zu werden?« Er setzte sich wieder.

Einen Augenblick war er still. Wir hörten nur den Kapitän.

Schließlich fragte ich: »Warum hast du Christian Joensen umgebracht. Er hat dich doch nicht weiter gestört.«

»Das war auch nicht geplant gewesen. Sein Freund, Jákup Petersen, hat uns eine Zeit lang mit Informationen versorgt. Er hat mir erzählt, dass Christian Joensen ziemlich umfassendes Material über Gaia gesammelt hat und dass er darüber in der Zeitung schreiben wollte. Eines Abends, als er im *Bacchus* gewesen war, habe ich ihn in Vágsbotnur aufgehalten und höflich gebeten, nichts mehr über Gaia zu schreiben. Aber er war betrunken und führte sich unmöglich auf, wurde immer unverschämter, sodass mir gar nichts anderes übrig blieb, als ihm das Messer in den Hals zu rammen. Leider habe ich dabei das Messer verloren.«

Jákup Petersen versorgte Hanus í Rong also mit Informationen. Jetzt verstand ich besser, warum man ihn die ganze Zeit betrunken in der *Quelle* fand. Das schlechte Gewissen plagte ihn. Hoffte ich zumindest.

»So, so, Gianni di Poppa schmuggelt also Drogen und bringt Leute um«, sagte ich boshaft.

»Was bildest du dir eigentlich ein …« dann hielt er inne und lächelte vor sich hin. »Obwohl … das stimmt eigentlich. Eine ausgezeichnete Beschreibung. Vielen Dank.« Er erhob sich halb und verbeugte sich.

»Warum hast du dich mit P2 zusammengetan?«

»Das war eine Ehrensache. Nicht jeder wird ausersehen, in einen der einflussreichsten Verbände der Welt aufgenommen zu werden. Zusammen mit Männern wie Michele Sindona, Roberto Calvi und Licio Gelli. Ich bin der einzige Färöer, der es so weit gebracht hat.« Er strahlte vor Stolz. »Bis du und dieser Rafael Vestergaard gekommen seid und uns Knüppel zwischen die Beine geworfen habt, war das hier eine der sichersten Schmuggelrouten der Welt.«

»Sindona und Calvi sind beide umgebracht worden. Stört dich das nicht?«

»Warum sollte es? Sie haben sich nicht verhalten, wie sie sollten, und dafür sind sie bestraft worden. Wenn sie auf Gelli gehört hätten, wäre ihnen nichts passiert.«

»Dann hast du nicht zufällig den Banküberfall angeordnet, weil du Angst vor der gleichen Strafe hattest?«

»Ach, das weißt du auch? Ein Missgeschick, weiter nichts. Warum musste eine Palette ins Wasser fallen und dann gleich verbrannt werden?«

»Gottes Wille«, sagte ich. »Du hast doch selbst gesagt, alles sei Gottes Wille.«

»Quatsch. Was weißt du schon von Gottes Willen? Nichts.« Der Prediger bekam wieder Oberwasser. »›Nichts ist ohne mich. Ich bin der Herr, sonst niemand, der Ursprung des Lichts und der Schöpfer der Finsternis, die Quelle des Reichtums und der Schöpfer des Unglücks. Ich bin der Herr, der alles bewirkt.‹ Jesaja, fünftes Kapitel, Vers sechs und sieben. Dieses Bibelwort solltest du dir merken. Der Herr ist Licht und Finsternis, er ist Schöpfer und Zerstörer. Und Gottes finstere Seite heißt Malak und das ist das Gleiche wie Satan. Gott und Satan sind eins, und Satan ist die Seite, die sich dem Menschen zuwendet. Die lichte Seite könnten wir gar nicht ertragen.«

Er kam in Fahrt, aber für mich war es von größerem Interesse, dass der Kapitän aufgewacht war. Ich konnte ihn von der Seite sehen und feststellen, dass er die Augen geöffnet hatte und zuhörte.

»Ich habe das Gefühl, ich habe viel mehr geredet als du.« Hanus í Rong rutschte unruhig auf seinem Schemel hin und her. »Alte Gewohnheit«, sagte er mit einem entschuldigenden Lächeln. »Aber jetzt ist das Spiel aus. Du wirst mit mir aufs Deck kommen und dann machen wir dem Ganzen hier ein Ende.«

Es war nicht besonders lustig, dass dasjenige, dem hier ein Ende gemacht werden sollte, ausgerechnet meine Person war. Der Kapitän suchte nach der Flasche, von der Seite war also nichts zu erwarten. Ich machte einen letzen Versuch, Zeit zu schinden.

»Warum hast du nicht einfach Geld von dem Schweizer

Konto geholt, statt etwas so Riskantes wie einen Bankraub zu inszenieren?«

Hanus í Rong zuckte mit den Schultern. »Wenn der Herr dir ein wenig Geld für dein Alter gegönnt hat, dann verschwendest du es nicht einfach, nur weil du einmal in Gegenwind gerätst.«

Ein dunkler Schatten baute sich hinter dem Reeder auf und mit einem ekligen Geräusch zersplitterte eine Flasche auf seinem Nacken in tausend Stücke.

Postludium

Der Reinigungsstab rutschte im Lauf hin und her. Dann hielt ich das Gewehr gegen das Licht. Kein Staubkorn zu sehen. Das war schon nicht zu sehen gewesen, bevor ich mit dem Schmieren und Putzen begonnen hatte. Aber es war doch schön, an einem Sonntagnachmittag ein Gewehr auseinanderzunehmen und jedes einzelne Teil in der Hand zu halten. Den Schaft, den Lauf und den Kolben. Das Ganze bekam ein paar Tropfen Öl und dabei dröhnte Bruce Springsteen aus dem Plattenspieler *Born in the USA.* Die Bewohner oben waren schwerhörig und außerdem hörten sie sicher das Wunschkonzert in voller Lautstärke. Und danach stand mir momentan nicht der Sinn.

Der Kapitän hatte mich gerettet. Dafür hatte er Hanus í Rongs Schädel fast zerschmettert. Er war nicht daran gestorben, lag aber immer noch im Landeskrankenhaus und sah nicht gut aus. Es würde wohl kaum wieder in Ordnung kommen.

Es war nicht einfach gewesen, Olivur und die anderen Besatzungsmitglieder davon zu überzeugen, dass sie mir und dem Kapitän glauben sollten. Aber als sie die mit weißem Pulver gefüllten Plastiktüten sahen, gaben sie klein bei. Dabei war es von großer Hilfe, dass der Erste Steuermann unten in Griseldis Badezimmer lag. Der Zweite Steuermann schwor, dass er nichts von dem Schmuggel geahnt hatte, und vorläufig taten wir, als würden wir ihm glauben.

Nicht einmal vierundzwanzig Stunden, nachdem die *Genesis* aus Skipanes ausgelaufen war, fuhr sie in Tórshavn ein. Ein großes Polizeiaufgebot nahm uns in Empfang und sie zogen mit der Besatzung und Griseldis davon. Auch ich kam nicht darum herum, die Jónas Broncksgøta aufzusuchen, aber Piddi hatte keine Nachtwache, also ging alles ruhig und friedlich vonstatten. Bereits am folgenden Tag kam das Einsatzteam der dänischen Polizei und ich wurde ins Kreuzverhör genommen. Was sie sehr interessierte, war die Tatsache, dass Hanus í Rong behauptet hatte, ich hätte ihm Geld gestohlen. Ich erwiderte, dass er den Verstand verloren haben musste und dass ich niemandem etwas gestohlen hätte.

Zu Hause bei Haraldur sah es nicht sehr gut aus. Die Banditen des Reeders hatten das Haus gefunden, aber da war ich schon fort gewesen. Dafür hatten sie sich mit Vandalismus gerächt. Ich informierte Haraldur über seine Reederei davon und er rief aus Honolulu an. Er war bester Laune und meinte, es wäre nicht so schlimm. Er hätte seit Jahren versucht, von der Gemeinde die Genehmigung für einen Umbau zu bekommen. Er hatte dem Architekten in der Baubehörde gesagt, wenn dieser meinte, das Haus sei eine Perle, dann könne er gern diese Perle bekommen, wenn Haraldur dafür das neue Haus des Architekten bekäme. Daran war der natürlich nicht interessiert. Aber jetzt mussten sie ihm erlauben, das Haus zu reparieren.

Duruta hatte auch angerufen. Sie war zu Übungen in Norwegen gewesen und hatte vor ihrer Abreise ihre Adresse bei der Französin Raphaëlle hinterlegt. Aber Raphaëlle musste da etwas missverstanden haben. Duruta sagte, sie würde in vierzehn Tagen auf einen Sprung nach Hause kommen und damit rechnen, dass ich sie am Flughafen in Vágar abholte. Und lachend fügte sie hinzu, dass wir ja ins Hotel beim Flughafen gehen könnten, wenn wir es allzu eilig hätten.

Ich setzte das Remingtongewehr wieder zusammen und schob es in seine Hülle. Karl würde mich jeden Moment abholen. Morgen begann die Hasenjagd und heute Abend wollten wir schon nach Slættanes. Mit einigen anderen zusammen hatten wir uns einen Schein für die Hasenjagd im nördlichen Teil von Vágoy gekauft und wir wollten in einem Haus in der verlassenen Ortschaft dort wohnen. Die Jagd wurde sehr ernst genommen. Das hieß Zahnbürstenverbot, während ein Kartenspiel und etwas Flüssiges für den Gaumen vorgeschrieben waren.